裘　甄◎著

华夏旅游团

月球历险记

中国宇航出版社
·北京·

图书在版编目（CIP）数据

华夏旅游团月球历险记 / 裘甄著. -- 北京：中国宇航出版社，2023.2

ISBN 978-7-5159-2191-4

Ⅰ.①华…　Ⅱ.①裘…　Ⅲ.①幻想小说—中国—当代　Ⅳ.①I247.5

中国国家版本馆CIP数据核字(2023)第015660号

责任编辑　刘　凯　　　**封面设计**　王晓武

出　版 发　行	中国宇航出版社		
社　址	北京市阜成路8号 (010)68768548	**邮　编**	100830
网　址	www.caphbook.com		
经　销	新华书店		
发行部	(010)68767386 (010)68767382		(010)68371900 (010)88100613(传真)
零售店	读者服务部 (010)68371105		
承　印	北京中科印刷有限公司		
版　次	2023年2月第1版		2023年2月第1次印刷
规　格	880×1230	**开　本**	1/32
印　张	9.25	**字　数**	246千字
书　号	ISBN 978-7-5159-2191-4		
定　价	45.00元		

本书如有印装质量问题，可与发行部联系调换

序

惊诧、狐疑，这是我接到书稿时的第一感觉——航天科研系统的行政管理人员有闲情逸致写作文学作品？能写得好吗？

惊喜、首肯，这是我读完书稿后的第一感觉——有硬核科技和浪漫的想象力，有严密的思维逻辑和推理逻辑，又不乏引人入胜的情境描述……

应该说，这并不是一部言情小说，而是真正意义上的科幻作品。通过华夏旅游团月球旅行的历险遭遇，讲述了不可思议的科技魔力，美轮美奂的月上宫阙；荒诞离奇的碳基人与硫基人婚礼，波谲云诡的星际谋杀；既有策动劫月计划的恶势力，又有舍身维护家园的正义者；既有老谋深算的外星智慧，又有智勇双全的地球人类。作为一名多年从事航天科技行政管理工作的作者，能用如此神来之笔，将读者“诓入”一个个连环迷案，在现实和未来之间腾挪跳跃，忽而飘行云海天际，忽而坠入星球深渊，如读侦探小说一般欲罢不忍，实在难能可贵。

无疑，书中的硬核科幻，需要足够强大的科学理论支撑，需要足够雄厚的知识积淀，需要足够丰富的想象力，更需要对人性有深刻的理解，与那些玄之又玄的魔幻和武侠相比，科幻不存在所谓的超自然力，所设想的一切都可以用科学的或可预见（有可能出现）的科学来解释。唯有这些应该是禁得住岁月检验的，这也是作为身处科研单位的航天人写作科幻作品独有的优势。

正如科幻大咖刘慈欣所说："科幻不是一种消闲文学，甚至不仅仅是一种文学，她是一种信仰、一种生活方式，是人类创造美好未来宏大努力的一部分。"我们很多普通人终其一生都在脚踏大地、低头赶路，而科幻小说为我们提供了一种仰望星空、放飞梦想的良机，让我们有机会在疲惫琐碎的生活之余，对尘世之外的迢迢星河张望、畅想、兴奋乃至沉醉。因为在那片辽阔的天空之外，有另一个奇妙世界的大门正在向我们打开，一种新的生存方式正在向我们走来，一种创造新生活的激情正在我们内心涌起。就像作者那一代人当年读着儒勒·凡尔纳的《格兰特船长的儿女》《海底两万里》《神秘岛》《从地球到月球》等科幻小说引发的探索冲动一样，今天的人们仍然需要赓续探索精神，去推动社会的发展和人类自身的进步。

尽管，科幻还不是真实的科学，但却能让创新的原动力——好奇心和想象力迅速滋生萌发。脑洞大开的人，必定看山不是山，看水不是水，他的眼里会多出一个充满奇妙色彩的另类世界。

因此相对于其他文学题材，科幻小说自有其非凡的意义。它是人类站在地球摇篮中眺望彼岸的窗口，是现在链接未来的纽带。科幻作品的水平也显示着一个民族的想象力和创造力，甚至可以指引未来科技的发展方向。对于当代青少年来说，阅读科幻小说的意义就更加不同，有助于让好奇的天性自由地生长，让想象力风驰电掣地飞翔，让被分数扭曲的心灵得以解放，这无疑是一件利在当代、功在千秋的善事。

掩卷沉思，一股对作者的敬意不禁油然而生，也期待本书结尾留下的悬念早日打开魔盒，成为本书的后续篇章。提笔写下如上之语，是为序。

中国航天报社原总编辑

中国宇航出版社原副社长

航天科普作家

石　磊

2022-12-8

目 录

第一章　飞向月球

2060 年 12 月 8 日

华夏空天国际机场

随着云层渐渐散去，一轮明月高悬在晴朗的夜空。海拔高度拉近了地面与月亮的距离，使月亮显得特别大，喜欢遐想的人们似乎能看见神话传说中的桂树、嫦娥、吴刚和玉兔。

皎洁柔和的月光洒在广袤的戈壁滩上，仿佛为荒草砂石镀上了一片银辉。月光下，一条长 8000 米、宽 100 米的水泥跑道横卧在平坦的大戈壁上，随着一盏盏黄色的地坪灯笔直地通向浩瀚无垠的天际。

神鹰七号空天飞机稳稳当当地停在跑道的尽头。白色机身上四个红色大字“华夏航天”显得分外耀眼。

此刻，机长凌峻坐在驾驶座上，在启动空天飞机自动检测、显示一切正常之后，又和副机长韩天鹏分别对各系统进行了最后的复查。这位华夏航天系统的金牌航天员，已经驾驶神鹰空天飞机往返地球和月球三十五次，但在接到第三十六次飞行任务时，却深感忐忑，刚毅的面容里透出些许紧张。因为这是华夏前往月球的第一支旅游团，包括导游共三十人。以往的飞行搭载的客人大多是前往月球工作的科研人员，每次从未超过十人。而且这些人大多是往返多次，已经有了一定的经验。但此次飞行的乘客来自各行各业，最大的年龄已超过六十岁，最小的只有十岁。真不知道这次飞行会出现什么状况！

机舱内，美丽的空姐正在认真地检查着每位乘客的安全带和航天服上绿色的合格标签。这些乘客登机前，由专业人员对每人的航天服进行了严格的安全检查，并系上合格标签。与往日乘坐民航客机不同的是，没有了呼朋唤友、谈天说地的话语声，机舱内显得分外安静，只有空姐甜蜜的声音在舱内飘荡。旅游团的每个团员都正襟危坐，尽管这些人都乘坐过飞机，有的甚至一年要乘坐数十次，被称为空中飞人。可是这次乘坐的虽然也叫飞机，怎奈前面加上了“空天”二字，就与以往的飞行天差地别了。

空天飞机的外形与一般飞机并无大的区别，不同的是除了装备用于大气层内的喷气发动机，在尾翼下方还安装了大大小小的用于大气层外飞行的火箭发动机。神鹰七号就是这么一架集航天器和运载器于一身的超高声速飞行器。

而对于旅游团的团员来说，最直接的不同就是每个人身上穿着的航天服。为了抵御太空环境中如真空、无氧、高低温交变、太阳辐射等危害，每个团员在登机前都戴上了头盔，穿上了特制的服装、手套和靴子。不过，经过航天科技人员多年来的努力，这些装备已不像几十年前航天员初闯太空时穿戴得那么臃肿，大家穿在身上感到十分轻便灵活。

最令旅游团团员们感到新奇的是航天服胸前那枚银圆大小、镶嵌着华夏太空旅游金字的红色铭牌，乍一看只是一种装饰，其实那是一台最新型的感应电话，只要用手指按住铭牌，心中默念想通话人的姓名，便能自动接通对方电话。

在空姐做完检查工作之后，团员们面前的显示屏上出现了凌峻的笑脸：“各位乘客，大家好！我是神鹰七号空天飞机执行此次飞行任务的机长凌峻。本次航班飞行的直线距离是384000公里。我们这次飞行将穿过大气层进入地球轨道，然后变轨进入月球轨道，四十八小时之后抵达月球静海国际机场。我们机组的乘务人员将为大家做好服务工作，希望能得到大家的支持和配合。谢谢大家！”

凌峻的话音刚落，众人面前的屏幕上便出现了一张从地球到月球的飞行路线示意图。

“各位乘客，我叫虞燕芝，是本次航班的乘务长。怎么样？我看各位好像有点紧张，哦，不，我说得不准确。有少数乘客还是显得很淡定，有一位甚至已经睡着了。”空姐诙谐的话语引起了机舱内的一片笑声。

被笑声惊醒的那位乘客是个不满三十岁的年轻人，他揉着惺忪的眼睛问道：“怎么啦？这么快就到啦？”他的话又引起了机舱内的一阵哄笑。

空姐见众人神情有所放松，便接着说道：“我国的神鹰系列空天飞机从首飞到现在已经十二年了，从无人飞行到载人飞行，已经飞了一百多次，实践证明是安全可靠的。你们猜猜看，我跟这架神鹰七号飞了多少次？”

大家打量着这位年轻的姑娘，一米六左右的身材，面罩里的那张俊秀的鹅蛋脸上始终洋溢着笑容。她身上那套航天服，样式与众人穿的一模一样，只是颜色不是众人身上的银灰，而是清纯的湖绿。

“三次。”一位五十开外的大妈答道。她叫马桂兰，是航天系统的退休职工。

空姐微笑着摇了摇头。

“五次。”来自深海集团的老板樊进才说道。

空姐还是微笑着摇了摇头。

“总不会是十次吧！”一个圆脸的汉子满脸疑惑地说。

“啊，我认识你，你是申江 FC 足球队的张凯，我可是你的球迷！你的答案最接近，我跟这架神鹰七号已经飞了十一次了！”空姐的话里既流露出见到偶像的高兴，又有作为空天飞机客服的自豪。

她的话音刚落，机舱里再次热闹起来。有的人是对虞燕芝的十一次空天飞机的飞行经历啧啧赞叹；还有些球迷乘客听到张凯也在机上顿时激动起来，一个叫刘丽的女球迷兴奋地说道：“我说这次国家队怎么没有张凯，原来是和我们一起去月球！”要不是起飞前规定不能离开座位，恐怕她早就冲过去拍合影、要签名了。

“小虞，我有个问题。”后排座位上一位女士举起了手。

“啊，冯老师请说。”虞燕芝礼貌地抬了抬手。

“现在我们能和你相互通话，大家说话相互也能听见。可之前为什么我和邻座之间就什么也听不到呢？”冯彦君问道。

“这正是我接下来要介绍的。我现在开启的是公共通道，所以大家可以相互通话。当我关闭公共通道后，各位只要在遥控器上按下想要通话人的编号就可以对讲了。这编号就是各自的排号加座位号，比如 8A、9B。这样就不会相互影响，也便于保护个人隐私。”虞燕芝答道。

冯彦君恍然大悟：“原来跟手机是一个道理。”

在虞燕芝介绍了一些安全注意事项后，她便关闭了公共通道。机舱内顿时热闹起来，大家纷纷尝试着与相邻或相识的团友通话。

机长凌峻和副机长韩天鹏对空天飞机的各系统进行了最后一次检查，确认一切正常后，凌峻打开了呼叫器："塔台，07 呼叫。"

随即耳机中传来了塔台指挥员的应答："07，请讲。"

凌峻和韩天鹏交换了一个眼神，沉稳地说道："07 准备就绪，请求起飞。"

塔台指挥员的声音坚定有力："07，可以起飞。"

机舱内，虞燕芝打开公共通道对团员们说道："各位乘客，请按下你面前的红色按钮收起小桌板，再次检查是否系好了安全带，我们的飞机很快就要起飞了。"

一听到要起飞，机舱内瞬间安静了下来。这可不是一般的飞行，是要穿过大气层登月的呀！每个人都显得有些紧张。最紧张的要数五十八岁的马桂兰。这位航天系统的金牌服务员，二十二岁大学毕业那年，就应聘进了申江航天实业公司，投身航天后勤服务工作，负责安排一支支试验队的衣食住行，一干就是三十六年。酒泉、太原、西昌、文昌、喀什、日喀则六大发射基地都留下了她辛勤的汗水和爽朗的笑声。每当火箭腾空、飞船上天，她都会想，什么时候自己也能去太空看看多好。

半年前，她偶然从《中国航天报》上看到我国将组织第一次太空旅游，目的地是月球。她立刻准备好所有材料，和老伴俞洪发一起去华夏太空旅行社报了名。

报名之后的半年时间，他们夫妇接连闯过了体检、政审、法律法规考核三关，参加了体能和心理素质专题培训，在炼狱般的考评中，脱颖而出，顺利进入了前一百名的候选名单。剩下最后一关是由航天系统的领导和专家组综合确定三十个席位的名单。

为了顺利晋级，马桂兰找到航天系统领导软磨硬泡。最后，面对一位焊接了几十年火箭箭体的高级技师和一位金牌后勤服务明星，领导无奈地笑着说道:“好吧，就作为对有功之臣的一次奖励！”

想到这里，马桂兰止不住地笑出声来。

“傻笑什么，快看窗外！”俞洪发推了推沉浸在回忆中的马桂兰。

“已经飞上天了？我怎么一点都没感觉？”马桂兰惊讶地问道。

虞燕芝笑着介绍:“我们神鹰七号起飞用的是最先进的第三代电磁弹射技术，又稳又快。”

天空湛蓝湛蓝的，没有一丝云彩。也许是失去了参照物的缘故，时速数万公里的空天飞机在人们眼中仿佛停驶了一般，好像漂浮在蓝色的大海里。

旅游团员耳机中再次响起凌峻那浑厚的男中音:“各位乘客，现在我们向大家推荐一部由法国伟大的电影艺术家、被誉为戏剧电影之父的乔治·梅里爱拍摄于158年前的影片《月球旅行记》，这是世界上第一部科幻电影，虽然影片长度只有14分钟，却在电影史上具有里程碑意义。”

凌峻的话音刚落，团员们面前的显示屏上便出现了当年的黑白默片经后人上色配音的彩色影片《月球旅行记》。

影片中，天文学院院长在黑板上画了一个地球，又画了一个月球，一支箭头示意炮弹从地球射向月球。他提出的月球旅行计划，收到强烈反响。有人挥拳反对，更多人欢呼雀跃。于是工人们开始用锤子和钢锯制造炮弹舱。炮弹舱建成后，参加登月旅行的人在礼仪小姐的引导下依次进入炮弹舱。

此刻神鹰七号机舱内，旅游团团员们议论声顿起。

樊进才惊呼:“他们就坐在炮弹肚子里登月？”

马桂兰笑道:“你别说，这炮弹跟我们飞船的返回舱还挺像。”

当影片中炮弹舱击中月球的右眼，月球露出尴尬的苦脸时，机舱里的团员们爆发出一阵笑声。

影片中旅行者走出炮弹舱，来到了长着不同形状蘑菇的山洞。睡梦中见到了月球上空的星星和坐在月牙上的仙女。可惜，不一会儿，来了一群长相奇特的人强行将旅行者带去见他们的首领。

单小萍问道:“他们这是被外星人劫持了吗？”

乔羽生答道:“这部影片取材于法国小说家儒勒·凡尔纳的《从地球到月球》和英国小说家乔治·威尔斯的《登月第一人》。从《登月第一人》内容来看，这些应该是月球土著人。”

影片中，土著人首领下令将旅行者处死，旅行者奋起反抗，同月球土著人展开殊死搏斗，打死了土著首领，最后旅行者乘坐炮弹舱返回地球。剧终时，机舱内响起了热烈的掌声。

华夏太空旅行社导游魏虹的甜美嗓音传到了每个团员的耳中:“我们感谢机组为我们提供了如此久远却又如此贴近现实的影片。我看了真的很震撼！ 158 年前，他们就想到了去月球旅游，虽然这在当时仅仅是梦想、幻想。但是，通过几代航天人的努力，把先辈们的梦想、幻想变成了我们今天的现实。我们不仅要感谢航天人的拼搏奉献，也要向敢于梦想、幻想的先辈们致敬！”

机舱内，再次响起掌声。

此刻，乔羽生却陷入了沉思。刚才他虽然回答了单小萍的提问，自己心里却“咯噔”了一下。

这位来自华科院太空研究所的高级研究员，是带着一项重大科研任务参加月球旅游团的。他在天体观测中发现月球与地球的距离在加大，尤其是近年来这种变化趋势在加速，这一发现引起他高度的重视和深深的忧虑。是宇宙天体界的自然规律，还是另有未知力量的影响？没有人比他更清楚这种变化将给地球人带来的灾难性后果。所以，当他听到华夏组织月球旅游团的消息，这位年过花甲的老人毫不犹豫地报了名……

耳机中传来了海天物流公司的业务主任吴思祥的声音："魏导，我们这次会碰到月球上的土著人吗？"

魏虹听了竟笑出了声，笑罢说道："吴主任可真有想象力。据我所知，到目前为止，月球上只有从我们地球上去的少数工作人员，还没有发现月球土著人或者外星人。"

乔羽生听了暗道："这姑娘真行，说话滴水不漏，有了'据我所知，到目前为止'这九个字，这次月球之旅真要碰到什么意外，还真抓不到她什么把柄。"

想到此，他轻轻摇了摇头，笑自己想多了，还能有什么意外呢？尽管如此，不知为什么，他心里还是感觉有些忐忑。

突然，前面有人举起了手。乘务长虞燕芝轻盈地走过去问道："樊董，请问您有什么问题？"

樊进才有些紧张地问道："听人说到了太空，会有失重，啊对！还有什么黑障，人会特别难受。我们还有多长时间会碰上啊？"

"啊，您别紧张。刚才有一段时间外面一片漆黑，我们的飞机也有些轻微的抖动，那就是黑障区，已经过去了。至于您说的失重，我们的航天科技人员早就研制出了反失重系统。要不然我怎能走过来，只能飘过来了。"说着，虞燕芝舒展双臂做了个向上飞翔的动作。

樊进才看完笑出声来："哈，过了黑障了。我还以为是黑夜呢。"

但随即他收住笑容说道："早知这么平稳，何必练什么甩大臂，害得我吐了好几回，把苦胆水都吐出来了，你没看到那个姓林的教官，脸板得像铁板，恶狠狠地教训我：'樊进才，你不是想登月吗？这样怎么行！只有好好练，练到不仅不吐，还要在飞机上能行动自如。'我就皱了下眉，谁知他竟说：'你要吃不了苦，随时可以退出。有成千上万的后备队员伸长脖子等着替补呢！'燕子，你说我能不练吗？"

虞燕芝听了，轻声说道："林教官说得不错啊，万一要是反失重、反超重系统出了问题呢？当然这种概率很低。我说的是万一，您怎么办？"

樊进才尴尬地笑道："那只能做首次登月旅行的牺牲品了，啊不对，应该是首次登月旅行的探索者。"

他的话引起团员们一片笑声。这位深海集团的董事长，年轻时经得起挫折吃得起苦，加上天生一副经商的好脑子，从一艘挖泥船做起，经历二十多年的打拼，硬生生在沉船打捞业闯出一片天地，拥有了百亿身家。早已周游世界的他，原本对旅游已经失去了兴趣，但这次听说能去月球旅游，他不顾家人反对，立即报名参加。他说："我樊进才就是喜欢做第一个吃螃蟹的人，能去的地方我一定要去看看。"

正是这种强烈的欲望促使他埋头学习、刻苦锻炼，通过了层层考试，进入了前 100 名。不过，要想再进一步，对他来说谈何容易。

人要是走运，想拦都拦不住。面对前 100 名候选人，评审组反复权衡，成绩体能各项条件都差不多，一时难以取舍。于是有一位领导提出首次组团最好能有更多领域、更多行业的人员参加，既能扩大影响，又能为今后的普及打下基础。而樊进才恰好是前 100 名候选人里唯一的企业家。于是开门的芝麻就稳稳地掉进了他这针眼里。

“小虞，航空和航天到底有什么区别呢？”樊进才问道。

虞燕芝答道：“大家知道，我们地球的表面包围着一层气体，通常称为大气层。至于航空和航天的区别，简单地说，就是在大气层中的飞行活动，比如飞机、直升机、飞艇和气球等的飞行，称为航空。而冲出地球大气层、进入宇宙太空的飞行活动，比如航天器及其运载火箭的飞行，称为航天。我们的‘神鹰’在大气层内外都能自由翱翔，所以称为空天飞机。”

樊进才继续追问：“我们吃海洋饭的都知道，浅海是指水深小于 500 米的区域，深海是指 500 米以上水深的区域。大气层无边无际，航空和航天到底以什么高度为界限呢？”

“您问了一个非常专业的问题。国际著名科学家、空气动力学家、华夏航天奠基人钱学森的老师西奥多·冯·卡门把这个高度定为 100 公里，得到了国际航空联合会的认可并定义了一个概念——卡门线。卡门线外的飞行活动可称为航天。”虞燕芝答道。

乔羽生听到虞燕芝的回答，特意转过身来朝她竖起大拇指。

也不知过了多长时间，突然空天飞机一阵轻微的抖动，大多数人还没感觉到，虞燕芝却感觉到了。她笑着对樊进才说道：“放心吧，您担心的那万一已经不会出现了，现在我们已经进入月球轨道了。”

她这句话立刻引起机舱内一阵骚动，大多数人都不约而同地向舷窗外望去。

坐在左侧舷窗边的阿龙第一个大声惊呼：“哇！好大的地球仪，比我们家的大多了。”

阿龙是航天 736 研究所研究员关彤的儿子，今年才十岁。关彤的妻子是航天系统的医生，三年前在一次抗洪抢险的战斗中壮烈牺牲。这次他是以首次月球出团需要不同年龄段的人的资料，自己又是对这项工作最熟悉、对儿子最了解为理由，才得到批准将阿龙带上了飞机。

“小朋友，什么地球仪，那就是地球。”虞燕芝笑着说道。

随着阿龙的呼声，右侧的人也一起望向左侧。

众人就像在看环幕电影，黑色的天幕上一颗硕大的蔚蓝色星球，闪着蓝色的光，是那么晶莹悦目。

“阿姨，我们在地球上看月亮那么小，怎么现在看地球却那么大，而且要亮得多？”问话的是阿龙。

虞燕芝答道：“因为地球的平均直径是12742公里，阿姨想问一下阿龙，为什么要说平均直径呢？”

阿龙歪着脑袋想了想答道：“因为地球是椭圆形啊，有的地方直径大，有的地方直径小，所以阿姨才会说平均直径。”

虞燕芝笑着说道：“阿龙说得完全正确。月球的平均直径只有3476公里，地球的直径比月球的直径大了将近2.7倍，这样地球的体积比月球大48倍。刚才阿龙还问为什么地球看上去要亮得多，这是因为海洋占了地球大部分面积，它会反射出蓝色的光线。我们现在距离地球大概362000公里，所以看到的地球，就是一个非常庞大，并且散发着明亮的蓝色光线的美丽星球。”

虞燕芝见众人听得非常认真，接着说道：“而月球就不同了，它的体积相当于地球的1/49，所以我们在地球上看月亮比现在看地球要小得多。因为月球上没有大气，没有植物，也没有水，只有光秃秃的岩石沙土，所以月球反射出来的光线是灰白色的。”

“阿姨，月球上没有植物，没有桂花树，那吴刚怎么能捧出桂花酒呢？”阿龙问道。

虞燕芝笑道："那是神话传说呀！你想，月球上白天温度可以达到 130℃，晚上只有 -190℃，桂花树怎么能活呢？所以那里到处都是光秃秃的，你到了月球就知道了。"

阿龙听了，撅起小嘴嘟囔道："这么说，月球上没有吴刚，没有嫦娥，也没有小白兔了。"

关彤见阿龙不高兴了，忙拍了拍他的头，说道："阿姨不是说了吗，那是神话。不过你到了月球上，一定可以看到许多你在地球上看不到的东西。"

华夏太空旅行社的导游魏虹坐在最后一排，她抬腕看了看表，接着朝虞燕芝做了个手势。

魏虹打开耳麦说道："各位团友，我们很快将抵达月球静海国际机场。由于月球上没有大气，再加上月面物质的热容量和导热率又很低，因而月球表面昼夜温差很大。白天，月球表面在阳光垂直照射的地方温度高达 130℃；夜晚，其表面温度可降低到 -190℃。所以，请注意你们左臂航天服状态指示灯的颜色，我们在行前培训中都说过，绿色为正常，黄色为警告，红色为故障。如果谁发现指示灯的颜色为黄色，请立即向我报告。"魏虹的声音圆润，音质醇美，每个字仿佛都带着磁性。

"那我们在月球上的十天都要穿航天服吗？"吴思祥问道。

魏虹答道："那倒不是。在室内和一些特定的区域是不用穿的。"

"室内？那月球上有房子吗？"东方外语学院的学生单小萍问道。

"也许是像陕北那样的窑洞吧？"申江电视台的摄像熊兴海说道，他半年前刚去陕北瓦窑堡参加了大型文献纪录片《从窑洞走向城楼》的拍摄。

“听说陕北的窑洞早就不住人了，仅有的几座已经当成文物保护起来了。”作家闻奇说道，“如果真能住几天月球窑洞倒还不错。”

魏虹打断了众人七嘴八舌的议论，笑着说道：“你们不用猜了，请允许我保留一些月球的神秘感。这十天的月球之旅，无论是生活还是观光，我们华夏太空旅行社都做了精心的安排。如果不出现意外，我想一定能让大家满意。不多说了，我们的神鹰七号已经开始下降了。”

第二章　华夏太空家园

神鹰七号空天飞机稳稳当当地降落在月球静海国际机场。

跑道不长，仅五百米，神鹰七号几乎是垂直降落。由于凌峻高超的驾驶技巧和神鹰七号卓越的防震性能，旅游团的人们不仅没有听到往常普通飞机落地时的咯噔声，就连飞机本身的刹车都没有感觉到。

透过舷窗，可以看到不远处有一座透明的建筑物，足有十层楼高。准确地说，就是一个硕大的半球形玻璃罩扣在月面上。神鹰七号舱门外紧连着一条长长的通道伸向那玻璃罩，如同地球上机场的登机桥。不同的是，这条不足二百米的通道上竟有三道门！

随着机舱门的开启，登机桥的第一扇密封门随之打开。

魏虹指挥大家排成一行进入："现在我们正走在安检通道上，你们一定奇怪怎么没有安检设备，也没有安检员？这是因为通道的上下左右安装了数百个无形探头，发现违章物品便会亮起红灯报警，而且指向非常清楚，红灯会紧跟违章人。"

"这么好的东西为什么不在地球上开发呢？"樊进才问道。他的商业头脑真是精明。

“成本太高，代价太大。何况地球上有的是人。”魏虹还没说完，大家已经笑声一片。

谈笑间，随着前方门楣上绿灯闪亮，第二道密封门打开。魏虹介绍道：“这里是消毒灭菌通道，凡是从地球上带来的细菌病毒都将被杀灭。”

第三道密封门打开，迎面是一堵高三米、宽五米的屏风墙。墙上挂着一块金色的铭牌，上面用中英法德俄五种文字写着：月球海关。

绕过屏风墙，众人顿时眼前一亮：一个足有数千平方米的大厅，大厅的两侧林立着数百根旗杆，上面挂着各个国家的国旗。正面白墙上方嵌着的关徽——地球和月球并列、被两根交叉的金色橄榄树枝相托——象征着世界和平，显得庄重肃穆。

一位身材高大的男士站在大厅中央，看见旅游团一行人进入大厅，他快步迎来，嘴里不停喊着：“欢迎欢迎，热烈欢迎来自地球、来自华夏的朋友们！”浑厚响亮的嗓音说出的是一口标准的普通话。要不是那一头棕色的卷发、深邃蓝色的眼睛、高高的鼻梁和浓密的大胡子，还真以为他是华夏哪一位男高音歌唱家呢。

魏虹连忙给大家介绍：“这位是国际月球事务管理局局长兼海关关长菲利普先生。”

菲利普向大家挥着手说道：“无论是环境天气，还是地形地貌，月球与地球都有很大的不同，等一会儿我们海关为大家办证时，会发给每人一本注意事项，希望各位认真阅读，严格遵守。行程中一定要听从魏导指挥，一旦违反，很有可能会付出生命的代价。”

菲利普的身后是几个办证窗口，每个窗口前都坐着一位身穿海蓝色制服的海关工作人员。

马桂兰面对的是一位细眉细眼的姑娘。金黄色的头发，圆圆的脸上镶嵌着一对深陷的眼窝，显得鼻梁特别高。

“您好！请出示您的证件。”

马桂兰一下愣住了，这些外国人怎么普通话说得那么溜！她连忙递上了那本大红封面的《月球通行证》。

金发姑娘翻开通行证仔细翻看，核对着电脑中的资料，还不时抬头看一眼马桂兰。

大概两三分钟时间，只见她在通行证上盖上了蓝色的月球通行印章。

大部分人的进关手续都办理得十分顺利，最后只有吴思祥还在窗口前坐着。

“怎么啦？有恐怖分子嫌疑？”樊进才边往外走边和吴思祥开着玩笑，回头还对着窗口喊道：“好好查查他，让他一个人回地球去！”

吴思祥正说不出地窝火：“走你的，再起哄我杀了你！”

窗口里坐着的是一位黑人姑娘，浓眉大眼厚嘴唇。只见她满脸严肃地用双手把通行证递给吴思祥：“对不起，你听不懂普通话，我有理由怀疑你是不是来自华夏。因此你不能进行接下来的行程。”黑人姑娘说的可是一口正宗的宁波官话。

这一下可把吴思祥弄懵了，他仿佛遭受雷击，脸色煞白，汗也开始淌下来。他的嘴唇哆嗦着，什么话都说不出来。

原来方才黑人姑娘用普通话对他说“欢迎来到月球，请出示您的证件”时，吴思祥十分惊讶，她的普通话怎么这么流利、这么标准？他想逗逗这位黑人姑娘，于是用宁波话说道：“我听不懂你的话，我只会说宁波话。”

所以黑人姑娘也用宁波官话拒绝了他。

魏虹见状忙过来问了事情经过，她严肃地对吴思祥说道：“在月球上可不能开这样的玩笑，解决不了的话，你将只能在神鹰七号上啃着压缩饼干等大家一起返回地球。”

说完，魏虹返身请来了菲利普先生。他探身对窗口里的黑人姑娘笑嘻嘻地不知说了几句什么，那黑人姑娘才在通行证上盖了章。

魏虹打开了公共对讲通道：“各位团友请注意，现在我们将乘车前往宾馆。每人所住的房间号码已经发到了你们的手机上，行李也已经送到了你们的房间。”

樊进才边从胸袋里掏出出发前发的月球表边问：“为什么我这块表走得特别慢？”

走在他后面的吴思祥可算找到了报复的机会：“你连这都不知道？没文化！没听说过天上方一日，世上已千年吗？”

樊进才似乎被他那“没文化”三个字激怒了，回转身大声吼道：“你说什么？！”

张凯和尚春林二人一把拉住了他。他们俩一个是足球运动员，一个是京剧武生演员，樊进才双臂被他二人抓住，哪还动弹得了？

魏虹严肃地批评道：“你们怎么回事？忘了月球旅游团的规定和纪律了吗？每一个团员都要维护我们华夏人的形象。”

一辆旅行车停在海关出口的大门外。从外表看和地球上的旅游大巴也没什么区别，一定要说有什么不一样，就是底盘比旅游大巴要高得多，八个车轮也大得多。白色的车身上印有六个鲜红的大字：华夏太空一号。

等大家坐定，魏虹清点人数无误后，回身示意司机开车。

“刚才吴思祥说天上方一日，世上已千年，这是流传了多少年的一句俗话，有一定道理，但过于夸张。其实我们在月球上的一个昼夜相当于地球上的 28 天，因为月球自转跟公转一样，所以在月球上的白天会持续 14 天，夜晚也持续 14 天。”

“那我们现在是白天还是黑夜啊？”马桂兰问道。

“现在是白天，你们看窗外远处的山、近处的荒漠是不是很清楚？”魏虹答道。

坐在第三排的小男孩阿龙仰脸问道：“阿姨，白天为什么天是黑的呢？是要下雨了吗？”

听到阿龙的问话，众人这才注意到车窗外天空是一片漆黑。

“你是叫阿龙吧？阿姨告诉你，白天月球上的天是黑色的，可不是要下雨。月球上几乎处于真空状态，没有水蒸气，所以说，月球上是不会下雨的。”

魏虹边说边抬眼看了看，车厢里的每个人都注视着她，继续说道：“确实，在地球上天气好的时候，我们看到的天空是湛蓝的，那是因为太阳光通过大气层时发生了散射。而月球上是高度真空，没有大气层，太阳光也不可能发生散射，所以不管是白天还是黑夜，从月球上看天空，都是一片漆黑。”

熊兴海是申江电视台的摄像师，这次是带着任务随团。他的微型摄像机从登上神鹰七号空天飞机那天起就一直在工作，此刻在他的镜头中又出现了魏虹那张清纯甜美的笑脸，她在向团员们介绍：“太空一号旅行车是我国最新一代的高科技交通工具，最高时速能达到 500 公里，能自动越过 50 厘米以下的障碍物，而且既能经受 180℃的高温，也能经受 -190℃的严寒。所以无论是白天还是夜晚，我们车内都能保持 25℃左右的恒温。”

“太空一号是用油还是用电？”张凯举着右手问道。

“太空一号是用太阳能和核能混合动力，性能稳定持久，续航可达 3000 公里。”魏虹答道。

“哇！续航 3000 公里？太厉害了。”张凯惊叹地说。

车窗外是一片浩瀚无垠的戈壁滩，黑褐色的月面上坑坑洼洼，时而平坦，时而凹凸，时而若粗砂铺地，时而有岩石独立。没有一棵树，没有一株草，满目荒凉，毫无生气。一切都是静悄悄的，静得让人窒息。

“你看，除了天是黑的，其他像不像青海柴达木盆地无人区？”罗云莉问坐在她旁边的单小萍。这位著名的女高音歌唱家，为参加这次太空旅行，取消了将近一年的演出。

单小萍想了想，说道:“我看更像冰岛从凯芙拉维克机场出来到雷克雅未克的那段路。”

坐在她们前排的冯彦君插话道:“我看都不像。那些地方虽然荒凉，但还有些生气，至少可以看到几棵红柳、白刺、芨芨草之类的植物，偶尔还能看到野兔、田鼠之类的小动物。可是这里光秃秃的，无论是绵延的沙包还是凸起的石块，都是一片灰黑，死气沉沉。”

单一的色彩，单调的景象，仿佛催眠灵药，大家很快先后进入了梦乡。

太空一号旅行车果真像魏虹说的那样棒，在崎岖不平的月面上快速飞驰，系统自动调节座位的平衡，所以坐在车里的人一点也没有感到颠簸，以至车在一座庞大的建筑物前停下，睡着的人都没醒。

“大家醒醒啦，我们到家了！”魏虹兴奋地呼叫。

“什么？到家了？”

睡眼惺忪的团员们顺着魏虹手指的方向朝车窗外看去，眼前是一个更大的半球形玻璃罩扣在月面，玻璃罩里一座建筑物，比月球海关那座还高。红色的墙面，上面是墨绿色的琉璃瓦，两扇红色的大门上分布着一排排金色的铜钉，乍一看好像到了故宫。

马桂兰兴奋地喊道："这可是真正的华夏风！"

"还用你说，没看见顶上那招牌：HUAXIA SPACE HOME。"

小阿龙高兴地对曹秋玉说："阿姨，我认识那是华夏太空家园！"

"对，阿龙真聪明！目前月球上只有四座宾馆，分别是华夏太空家园、M 国的阿波罗酒店、E 国的维多利亚宾馆和 F 国的笛卡尔大酒店。我们这次月球之旅，大多数住宿都是在华夏太空家园。现在大家准备下车。"魏虹大声说道。

随着她的声音，大红门缓缓向两边打开，里面伸出一条柔性通道，通道前面是一扇两米高、一米宽的小门，与太空一号的车门无缝对接在一起，驾驶员按了一下绿色按钮，车门和小门同时打开，魏虹领着大家下车。

小门里的通道大约十米长，通道的顶、壁和地面都是玻璃做的，但走在上面一点也不滑。旅游团的人全部下车进入通道后，身后的小门关闭，每个人的耳中开始传来一阵很轻的丝丝声。大概两三分钟后，丝丝声听不到了，身前的小门打开。

眼前的景象令每个人都发出"哇"的一声惊叹：足有上千平方米的大厅，仿佛被晴天的太阳照射得光华明亮。抬头看，湛蓝的天空中飘浮着几朵白云，让一路看到的尽是黑色天空的团员们感觉又回到了地球上。更令大家惊奇的是，大厅两侧摆满了五颜六色的花卉，牡丹、月季、芍药、菊花、君子兰、郁金香争奇斗艳，流光溢彩。就连平时难得一见的昙花，也长势茂盛含苞欲放。

此刻，一个五十开外的男士朝魏虹走来，他身着藏青色西装，白衬衣上打着一条蓝色的领带，标准的职业装。他那张古铜色的国字脸上笑意盎然。笔挺的身躯、矫健的步伐，似乎告诉人们，他曾

HUAXIA SPACE HOME

经是一位军人。

魏虹一见到他马上打招呼:“黄总，您好！”然后转身对大家介绍:“这位就是华夏太空家园的总经理黄振军先生。”

“黄振军？他就是那个蓝盔部队特战团的团长？”黄振军这三个字对于武警总队的文职军人刘丽来说，简直是如雷贯耳。在部队中，谁不知道百战百胜的蓝盔部队，谁不知道被称为战神的特战团长！

“旅游团的各位同胞，你们好！欢迎大家来到太空家园。这里就是你们在月球的家，我代表太空家园的全体工作人员向来自祖国的亲人们表示热烈的欢迎！”

说完，他举起双手鼓起掌来。

不知什么时候，他的身后已经站了二三十个人，清一色的黑西装、白衬衣、红领带。黄振军的话音刚落，他们便跟着一起鼓掌，个个脸上笑容可掬。

“你们也许很奇怪，为什么我们都没穿航天服。难道你们没有感觉到这里和我们地球上的家乡一样吗？在我们太空家园，常年都能呼吸到新鲜的空气，温度始终保持在 22° C ～ 25° C。所以你们一会儿到了房间，就可以脱下航天服，换上你们自己的衣服了。”

黄振军的话引发团员们一阵欢呼。他举起双手往下压了压，示意大家安静:“下面请大家对表，现在是燕京时间 18 点 05 分，给你们 25 分钟时间，18 点 30 分到餐厅用餐。餐厅就从后面那条通道进去五十米。今天给大家准备的晚餐是炸猪排、罗宋汤和面包片。”

话音未落，又是一阵欢呼。

“请大家注意，明天早晨燕京时间 6 点～ 7 点早餐，8 点出发。出发前请大家穿好航天服，检查指示灯的颜色，有问题及时告诉我。

现在大家可以进房间了。”魏虹说罢，引导众人走向各自的房间。

突然，樊进才拉住了她：“魏导，您给我换个房间，我不跟吴思祥住一个房间。”

魏虹说道：“我们团的人数是按照太空家园的房间数确定的，并没有多余的房间。你们的房间是早就安排好的，现在我真没法给您换，您看是不是能克服一下？”

“不行，我一看见他就来气，我怕压不住火动手揍了他……”樊进才说道。

就在魏虹为难之际，走在身后的一位团员紧走几步来到魏虹面前，说道：“魏导，要不今天就让他住我房间，我和吴思祥住一间。”

魏虹透过航天服面罩一看，这位中等个子，头发斑白，鼻梁上带了副金丝边眼镜的老者是乔羽生，她连忙说道：“那怎么行？指挥部特别关照，您是华科院带着工作来的，专门给您配的单间……”

乔羽生摆摆手说道：“反正今天没事，我就跟小吴住吧。让他俩息息火、降降温。”又对樊进才说道，“你就住 128 房间吧，这是我的开门码。”说罢，他就将手机上的开门码发给了樊进才。

乔羽生紧走几步，跟着吴思祥进了 116 房间。

客房不大，估计有 20 平方米。布局与三星级标房没什么两样，两张床上崭新的床单被套白得耀眼，令人惊讶的是，竟然还有一个小小的卫生间。

两个 21 英寸的黄色行李箱放在床的两侧，上面挂着的白色牌子分别写着吴思祥和樊进才的名字。

两人三下五除二脱下了航天服，顿时感到浑身轻松。

乔羽生刚准备推着樊进才的行李箱去换回自己的箱子，门铃响了。

打开门一看，原来是魏虹。她已经把乔羽生的箱子送来了。

吴思祥一看，魏虹送来的是两个箱子。一个是和他们一样的黄色行李箱，另一个稍大些的蓝色行李箱上印着一行白色的字：华夏科学院太空研究所。吴思祥知道这是乔羽生工作用的仪器和工具箱。

乔羽生道了声谢，把樊进才的行李箱交给魏虹。

太空家园餐厅不大，能容纳一百多人同时用餐。三十张餐桌，每张餐桌旁放着四把椅子。湖绿色的桌椅在洁白墙面的映衬下显得格外洁净，每张桌上还放着一个可爱的瓷娃娃，外形颇有些像无锡大阿福泥娃娃。

餐厅四面白墙，一扇供食客进出的门，只是在三米高处有一扇一平方米大小的窗口。

单小萍和罗云莉首先走进餐厅，刚一坐下便听到瓷娃娃轻声说道："欢迎光临。"

单小萍用手去抚摸瓷娃娃，却听瓷娃娃说道："谢谢您的关爱，但请不要碰我。"

三分钟后，两个托盘一前一后从高处的那个窗口飘下来，到了她们这一桌的上方准确地下降，平稳地落在桌上。

瓷娃娃随即说道："二位的菜齐了，请慢用。"

托盘里，炸猪排外焦里嫩、色泽金黄，罗宋汤鲜香可口，加上绵软而奶香扑鼻的面包片，引得二人食欲大开。

紧跟着的团员们三三两两进入餐厅，看到这一幕无不"啧啧"称奇。

"人都到齐了吗？"坐在角落的魏虹站起身来问道。

脱下航天服的魏虹，着实让旅游团员们惊艳：乌黑光洁的短发，白里透红的脸庞，修长的柳眉下一对水汪汪的大眼睛，高挺的鼻梁下微凹的嘴角，一笑现出一对小酒窝。宝蓝色的套装里，洁白的衬衣领口系了一条鹅黄色的丝巾，配上她丰腴苗条的身材，充满着青春活力，更显得妩媚动人。

“我给大家介绍一下，桌子上的小瓷娃娃是个小机器人，你一坐下，它便将信号传送到后厨，按照你的订单加工送出。我们今天是团餐，你只要坐下，就可以等着吃了。”魏虹说道。

马桂兰好奇地问道：“我们怎么看到她们的餐盘是从上面飞出来的呢，不会打翻吧？”

“不会，这是我们华夏独有的最先进的悬浮技术，它会根据瓷娃娃的指引，准确降落在你面前的桌子上。”魏虹笑着说道。

众人听罢，迫不及待地找到座位，亲身体验这魔幻的一刻。

乔羽生、俞洪发、马桂兰和冯彦君一桌。

马桂兰边吃边夸赞：“这猪排炸的，比德隆西餐馆的还好！”

魏虹在一旁介绍：“这里的菜肴食材一流，调料上佳，火候、油温、时间全部由电脑控制，所以色香味绝对没问题。”

张凯、尚春林、鲍林逸和汤美琴一桌。

张凯问道：“魏导，我要是一份不够，可以再添吗？”

魏虹答道：“我猜你也不够。”接着转身对大家说道，“我们的团餐管饱，谁有需要，可以对瓷娃娃提出你们的要求。”

张凯听了，立刻对着瓷娃娃说道：“娃娃，我还要两份。”

“对不起，为避免浪费，只能先给您添加一份，不够可以再添。”瓷娃娃答道。

瓷娃娃的回答引起周围一片笑声。

樊进才回到乔羽生的房间，往床上一躺却毫无困意，住过多少顶尖的高级宾馆，但哪儿都有没太空家园的档次高，这可是躺在月亮上啊！此刻他真想找个人说说话，可惜这是单人间。想到这里，他起身抓起电话听筒："喂，是客服中心吗？"

"是的，请问先生有什么事吗？"电话中传来客服小姐圆润淳美的声音。

"我想要一杯咖啡。"樊进才随口说道。

"好的，请问先生咖啡要不要加糖？"

"不要加糖，清咖就可以了。"

"好的，我很快给您送过来，请稍候。"

挂断电话不到五分钟，门铃就响了。

樊进才打开门一看，门口站着一位妙龄美女，高挑的身材，丰乳细腰肥臀，白里透红的脸上有一对仿佛会说话的大眼睛。

樊进才一时看呆了：哇，这可是满分的大美女啊！

"这是您要的咖啡。"服务员说着，将托盘中的咖啡杯放在小圆桌上，"请慢用。"

"谢谢，谢谢！"樊进才边说，边将一张百元纸币放在托盘上。

服务员将纸币放回圆桌上，说道："谢谢，我们有规定，一律不收小费。"

"小姐可以坐一会儿，我们聊聊天儿吗？"樊进才笑着问道。

"对不起，我的任务已经完成了。樊先生晚安！"说罢，转身出了客房。

樊进才关上房门，嘴里还"喃喃"自语："这样的美女，怎么来做服务员？可惜了。"

他端起咖啡杯闻了闻，浓香扑鼻，浅浅咪了一口，感到有些烫，便将咖啡杯放回了桌上。

其实，樊进才要咖啡只不过是随口一说，他知道喝了就更睡不着了。想到此，竟似乎有了些许睡意。他感到灯太亮又找不到开关，嘟囔了一句：“这灯太亮了，怎么睡？”谁知，奇迹立刻出现了，灯仿佛听懂了他的话一样，慢慢地暗了下去，直到完全熄灭。

此时的月球上还是白天，但地球上应该已经是晚上了。

第三章　樊进才不见了

第二天早上 7 点 50 分，每个人的耳机中都传来了魏虹那甜美清脆的声音:“请各位团员准备到大厅集合。”

俞洪发和马桂兰最早来到魏虹身边。

小阿龙蹦蹦跳跳地跑过来，被曹秋玉一把抓住，他那身特制的小航天服被曹秋玉又仔细检查了一遍。

“阿姨，您都是第三个安全检查员了。魏虹阿姨说过，只要是绿灯亮就说明是正常的、安全的，你们怎么就是不相信呢？”阿龙显然对阿姨们的过度认真有些不满。

尚春林和张凯并肩走来，同时还夸赞着太空家园健身房的设备齐全且先进。原来二人早上 4 点就起床晨练，一个练武功，一个练体能。他们在回房间的走道上还碰到了练嗓回来的罗云莉。他们三个是团里起得最早的。

因为昨晚捧着手机打游戏到半夜，单小萍起得最晚，要不是同室的罗云莉大声对她说吃早餐的时间到了，她还不肯起来呢。

“一、二、三、四、……、二十八、二十九……”魏虹数着人数，随即叫道，“怎么少一个？”

“好像是深海集团的樊进才没到。”乔羽生说道。他有着惊人的记忆力，只要见过一次，他就能牢记对方的相貌特征和姓名，甚至一些独特的习惯动作。

黄振军一听少了个人，便说道：“我去房间看看。”

魏虹点点头，转身对众人说：“大家先互相检查一下航天服，我们今天要走出车外踏上月面，航天服可不能出一点问题。”

几分钟后，黄振军回来了。他轻轻对魏虹说道：“房间里没人。”

“那他会去哪儿呢？”魏虹问道。

“别急，我来找找。”黄振军边说边打开手机呼叫：“保安一号、二号、三号、四号、五号、六号，仔细巡查分管区域，看有没有客人踪迹。巡查完毕，向我报告。”

当黄振军耳机中先后传来保安“未发现客人踪迹”的报告声后，黄振军傻眼了。

从他那凝重的脸上，魏虹知道没找到樊进才。她问黄振军：“他会不会出了太空家园？”

黄振军沉吟片刻，答道：“应该不会。太空家园一共三个出口，使用的是最先进的 AQ 密码锁，每扇门的密码都不相同，各自都是字母、数字和汉字混合的二十四位密码。这些密码只有我一个人知道，他是不可能出去的。”

这时，一个人在黄振军耳旁轻声说道：“黄总，我可以去 128 房间看看吗？”边说边递上了自己的黑皮证件。

黄振军一看，证件上盖着华夏公安部太空治安总队的钢印：“啊，您就是赵天宇！”

太空治安总队是华夏公安部根据太空开发的形势需要新成立的一个部门，赵天宇就是太空治安总队的副总队长。一周前，公安部就通知太空家园，赵天宇将前来调研。黄振军没想到他竟来得这么快。

此刻，赵天宇已经脱下了航天服。他看上去三十七八岁，中等身材，圆脸短发，浓眉下一双大眼，炯炯有神。

他对魏虹说道：“魏导，我们一起先到现场看看，然后可能还要向大家了解一些情况。你是不是先安排一下。”

魏虹点了点头，通知众人在大厅休息等待。

黄振军按下密码打开了 128 房间的门，房间的灯自动亮了。

赵天宇没有马上进去，而是站在门口仔细打量这间客房。他全神贯注地扫视着屋内的每一件家具、每一寸墙面和地面，足足看了有五六分钟。随后掏出手机拍了几张照片。他示意其他人站在门口，自己从口袋里掏出一副鞋套套在脚上，才抬脚跨进房间。

128 房间虽然是单人间，却比标准双人间还要大，大概有四十平方米。赵天宇注视着地面，米黄色的毛茸茸地毯平整如新，就连樊进才的脚印也没有。他看了一下自己走过的地方，脚印很快就平复了。于是，他招呼其他人进了房间。

房间中间是一张宽一米五的大床，被子凌乱地堆在床上。赵天宇伸手试了试被子的温度，翻看了一下，接着轻轻掀开枕头，没有任何东西。

房间内最显眼的是有一张大办公桌，上面放了一台国际最先进的 28 英寸环宇牌电脑，无论在哪里，此电脑都可以无线上网。黄振军介绍到，这是为乔羽生特配的，便于他开展工作。

赵天宇检查了办公桌的每一个抽屉，除了中间抽屉放了一些文具用品，其他全是空的。

他打开电脑，显示屏上出现了环宇牌电脑的商标，等了好长时间也没见电脑启动。赵天宇打开电脑侧板，问黄振军：“这台电脑没装硬盘吗？”

黄振军十分肯定地答道：“有硬盘啊，昨天我还开机检查过。”

“那看来硬盘是被人拆走了。”赵天宇说道。

赵天宇沉思片刻问道：“黄总，太空家园一共有几名工作人员？”

“一共四个人，除我之外，还有一个客服经理，一个安保经理和一个技术经理。”

赵天宇的目光突然移向靠窗的小圆桌，上面放着一只深蓝色的咖啡杯。

他走过去端起杯子，与客房白瓷茶杯明显不同，这只蓝色咖啡杯上烫着“华夏太空家园”六个金字。赵天宇发现杯口一侧留有咖啡的痕迹，很明显有人曾经喝过。是樊进才吗？

“黄总，一般客房好像没有这样的咖啡杯，是吗？”赵天宇问道。

黄振军看到他手上的杯子，答道：“对，这是咖啡厅专用的。大概是服务员给他送的咖啡。”

赵天宇将杯子放到鼻前闻了闻，除了浓浓的咖啡馨香，并无异味。于是他又从口袋里掏出一个像名片匣似的皮匣，从里面抽出三张纸片，分别放到咖啡中然后取出来，仔细分辨后对黄振军说道：“咖啡没有问题，无毒，也无麻醉剂。”

赵天宇放下咖啡杯说道：“是否可以把昨晚当班服务员请来问问情况，也许有些线索。”

黄振军打开手机看了一下，说道：“昨晚是五号服务员值夜班……”

听了他的回答，赵天宇和魏虹心里都同时泛起一个疑问：“服务员？刚才他不是说一共才四个人吗？”

赵天宇不动声色，魏虹却憋不住了：“黄总，您不是说只有四名工作人员，怎么又出来个五号服务员？”

黄振军还在拨弄着手机，没回答她。门口的周东国答道：“魏导，俺们太空家园确实是四个人。还有六个服务员和八个保安都是机器人。”

“真的？！”魏虹惊讶地大声叫道，“餐厅窗口服务的那个也是机器人？完全看不出来。”

这时，黄振军才抬起头说道：“看不出来吧，其实，海关那些窗口工作人员也都是机器人。不过您可别外传。”

“我们的科学家在太空家园这十四个机器人身上都装了录音设备，对服务过程进行全程录音，并自动传输到我的手机上。所以不用叫她来，我这里就可以查到他们对话的全部录音。”黄振军边说边打开了录音：

“这是您要的咖啡…… 请慢用。”

“谢谢，谢谢！”

“谢谢，我们有规定，一律不收小费。”

“小姐，可以坐一会儿，我们聊聊天儿吗？”

“对不起，我的任务已经完成了。樊先生晚安！”

录音不长，很快就放完了。就连那一声轻微的关门声都是那么清晰。

赵天宇陷入了沉思：虽然听到了关门声，但五号服务员真的离去了吗？如果真的离去了，难道是樊进才自己有问题？是樊进才偷走硬盘然后潜逃？还是有人潜入偷走硬盘并劫持了樊进才？如果是前者，那樊进才是谁派来的？如果是后者，潜入者到底是哪一股力量？什么目的？他设想着一种又一种可能。

“安保经理和技术经理现在在哪里？能否请他们到 128 房间来一下？”赵天宇问道。

“报告，安保经理周东国到！”还没等黄振军回答，周东国已跨前一步说道。

赵天宇打量了一下进来的中年人，一米八以上的个子，浓眉大眼，虎背熊腰，浑身上下都散发出一股军人气息。

赵天宇见他一脸严肃、站得笔挺地向自己行了个军礼，忙道:“周经理不用客气，我想问你几个问题，可以吗？”

“可以。”

“在我们抵达后的十四个小时内，太空家园有什么异常情况吗？”赵天宇问道。

“报告，十四个小时内我一共巡查了三次，没有发现任何异常情况。”周东国答道。

“有没有这种可能，有人破解了门锁密码，然后在你巡查间隔时间打开大门呢？”赵天宇问道。

“报告，没有这种可能。因为凡是有权开门的人，系统都进行人脸识别，其他人即便破解了门锁密码，也会被拒绝，且在我的手机上会发出警报。”

“除了三个出入口，还有没有与外面相通的设备或者管道？”赵天宇接着问道。

周东国挠了挠头，他实在想不出还有哪里能通向外面。

“啊，氧素生发装置有管道可以通向外面。”黄振军答道。

“氧素生发装置？”赵天宇从未听过这种设备。

“对，这种设备能将月面下含有的大量氧素转换成含氧的空气供给月球上的人在室内使用，由于人在室内活动会产生二氧化碳等大量废气，所以有一根管道将这些废气排放出去。不过这根排放管直径只有 20 厘米，连个小孩都出不去，更别说樊进才那么胖的人了。”黄振军解释道。

对于黄振军和周东国，赵天宇是绝对信任的。在做登月调研的准备工作时，他就看过这两人的材料，一个是解放军蓝盔部队特战团的团长，一个是援非维和部队的特级战斗英雄，在部队都是响当当的人物。经过航天集团两年的特训，他们才成为太空家园的当家人和保卫者。

于是他抬起头对黄振军说道:“是否可以去监控室看看？”

“当然可以。”说罢，黄振军率先迈出房门。

赵天宇对周东国说道:“把 128 房间先封上,不允许任何人进入。你还要命令手下继续找人。”

“是！”周东国立正答道。

一个戴着眼镜的中年人打开了监控室的大门。

魏虹一见他就愣住了，这张脸太熟悉了！几秒钟之后，她突然大叫一声:“方华轩！”

中年人憨厚地笑着向魏虹伸出了手:“听说这次来了个校友当导游，小学妹，真没想到会是你。”

原来，方华轩也是航空航天大学的毕业生，而且是全校有名的学霸，成绩始终稳居全校前三名。魏虹比他低两届，虽然各科成绩优秀，但还是经常听班主任说起方华轩的名字，让她不要骄傲，继续努力，因为以方华轩作标准还差得很远。为此，她还专门去方华轩所在班级的教室偷偷看了他一下，并将方华轩作为自己努力的标杆，不断向全校前三冲刺。

据说方华轩毕业后将被分配到国家航天局工作，但谁知毕业分配的名单上却没有他，方华轩仿佛一下子就从人间蒸发了似的，谁也不知道他去了哪儿。

方华轩本来就是许多女同学心目中的偶像，她们到处打听他的去处。魏虹虽然没有像她们那般痴狂，但心里也确实惦记了很长一段时间。她想，方华轩或许是去了某个绝密单位，谁知今天在距地球 384000 公里的月球上碰上了，对魏虹来说这真是意外的惊喜！

她紧紧握着方华轩的手说道："我也没想到，你竟然会在太空家园！"

黄振军打断了他们的谈话："你们先别叙旧了，方工先把昨晚 23 点以后 128 房间外面公共区域的录像调出来。"

魏虹伸了伸舌头，不好意思地笑着松开了手。

监控室很大，足有一百多平方米。墙面上挂着几十个 32 英寸的显示屏，中间是四张 70 英寸的显示屏，屏上的图像都十分清晰。中间四张屏上显示的是大厅，可以看到旅游团的团员们三三两两聚在一起在议论着什么。只见张凯、尚春林、单小萍和乔羽生围着吴思祥在说着什么，吴思祥的情绪好像还挺激动。

赵天宇对方华轩说道："能不能听到他们在说什么？"

方华轩摇了摇头："大厅里人太多，声音嘈杂，恐怕很难。我来试试看行不行。"

说着，方华轩就把图像聚焦到他们五个人的地方，在嘈杂的声音中，勉强可以听到吴思祥激动地咆哮："我昨晚一步都没走出房间，不信你们可以问乔老师！"

"对，他确实一直在房间里，没离开过。"乔羽生说道。

单小萍对乔羽生说道："乔老师，您不会一晚上都没睡觉吧？"

乔羽生一时语塞，十分尴尬地摇摇头。

“单小萍，你什么意思？你是想说乔老师睡着了，我偷偷出去了！”吴思祥一下子从沙发上站起来，眼睛里仿佛要冒出火来。

张凯双手将吴思祥按回沙发上，说道：“老吴，你别激动嘛，小萍的意思，不过就是问你知不知道樊进才去哪儿了……”

吴思祥吼道：“她为什么不去问其他人，偏偏要来问我吴思祥呢？”

张凯的声音比他更大：“因为她昨天听到你说要杀了樊进才！”

一石激起千层浪，原本分散在四周的旅客听到张凯的话都围了过来。

吴思祥的脸色一下变得煞白，嘴唇颤抖着，好半天才说道：“我那是说的气话……”

大家七嘴八舌，议论纷纷，十分嘈杂。

“难道真是吴思祥杀了樊进才？”赵天宇暗想。随即又自嘲地摇了摇头，只有短短十五分钟，对太空家园的环境又不熟悉，吴思祥应该没有时间也没有条件杀人、藏尸、处理樊进才的所有行李物品。再说，即便是为口角之争杀人，也不用偷走电脑硬盘。

于是，赵天宇对方华轩说道：“我们还是先看看昨晚的录像。”

方华轩没有回答。

赵天宇见他双眉紧锁，额头沁出豆大的汗水，顺着脸颊向下淌着。

“怎么啦？”赵天宇问道。

“见鬼了，凌晨 3 点 10 分到 3 点 25 分这十五分钟的所有录像都消失了。”

方华轩按下 3 点 10 分的进度键，所有屏幕上都是一片雪花，扬声器里传出的是沙沙声。

黄振华沉声问道:“是设备故障吗?”

方华轩答道:“应该不是,3 点 26 分,所有录像就又恢复正常了。”

果然,他按下 3 点 26 分的进度键时,所有的图像又出现了。赵天宇看到 128 房间外的走道清晰可见,没有一个人影。

赵天宇问道:“这套设备以前是否碰到过这样的情况?”

“没有。”方华轩十分肯定地回答。

“那你认为这可能是什么原因引起的呢?”赵天宇又问道。

方华轩思考了片刻答道:“这好像是用一种非常强烈的干扰波阻断了整个监控系统的正常工作,使我们的红外探测和激光拦截功能同时失效。不过奇怪的是,这种干扰波只有十五分钟,之后便消失了。”

此时,周东国进了监控室,他对赵天宇说道:“又彻底找了一遍,樊进才肯定不在太空家园。”

赵天宇点点头,接着问道:“太空家园的保安巡逻时间是怎么安排的?”

周东国答道:“原则上是半小时一次,但为了不让外人摸到规律,也经常变更时间,具体由我来设定开始时间。”

“那今天凌晨 3 点 10 分到 3 点 25 分这十五分钟保安巡逻到什么位置?”赵天宇问道。

周东国打开手机查看后答道:“应该在大厅、正门和办公区。巡视结果显示正常。”

“啊?”听了周东国的回答,赵天宇似乎想到了什么。

赵天宇此次登月原本只是调研太空家园的治安工作,为下一步太空家园的运营开发制定稳妥的治安方案。没想到一来就遇上了樊进才失踪。他沿着电视墙踱着步子，眼睛仔细看着一个个显示屏，脑海里浮现出一个个场景，但一次次被自己否定。

许久，他才对黄振军等人说道:“看来樊进才的失踪问题很复杂，一时还难以弄清楚是什么性质的问题。我们现在远离地球，为了应对当前形势，我建议由黄总、魏导、周经理、方经理和我一起组成专案组，由我担任组长，黄总任副组长，大家有什么意见吗？”

见众人都无异议，赵天宇接着说道:“眼下有几件事要做，首先请黄总马上将这里的情况分别向国安局、公安部、国家航天局和旅游委报告，及时听取他们的指示。”

黄振军点点头说道:“我马上去报告。”

“第二件事是尽可能了解一下 E 国、M 国和 F 国在月球上的三家酒店，包括 M 国牵头十三个国家参加的月球氦 3 开发基地筹备组的动态，会不会是他们中有人在捣鬼？”

方华轩说道:“这件事我来做。这里情报信息工作是我负责的。”

“好。”赵天宇接着说道，“第三件事是请周经理继续搜寻樊进才的下落，橱柜、箱、桶，只要是能藏人的地方都要检查。只是这第四件事比较麻烦……”

第四章　静海并不静

赵天宇说到第四件事便停住了，双眉紧锁，脑海中不停翻转着三个字：“怎么办？”

魏虹见赵天宇不说话，着急地问道：“什么事最麻烦？”

“旅游团怎么办？团员们可都在大厅等着。”赵天宇说道，“我想听听您的意见。”

魏虹解决问题的能力是一流的。她从燕京大学一毕业就被保送进航空航天大学读研，此后又被选拔进航天员培训中心，接受了严格的训练，成为一名杰出的航天员。期间遇到过难以数计的各种困难，都被她以百折不饶的精神解决了。

两年前，为开展太空旅游作准备，她被送到旅游专科学校导游专业学习，在实习的过程中，她曾经碰到过游客失踪的事例。那是她带一个三十人的旅游团去南非，在行程的最后一天下午，安排大家在约翰内斯堡的商业区自由活动。大巴车缓缓停靠在 Crescent Drive 路边，下车前，魏虹再一次强调了到时间准时集合的重要性：“我们自由活动的时间是两个小时，大家务必准时回来，因为这里到机场还有一个半小时的车程，万一堵车，误了航班，那就麻烦了，且不说回国的时间要推迟，这么多人的住宿、吃饭就是一笔不小的开销。”接着，她又开了句玩笑，“如果谁迟到，导致大家误了航班，所有人的费用都将由他一人承担。”

在一片赞同声中，团员们陆续下了车。

商业区附近有许多国际知名品牌的商店、酒吧和餐厅。由于临近圣诞节，沿街竖起大小不一的圣诞树，上面装点着五颜六色的剪纸和彩灯，店员化装成圣诞老人在店门前招揽客人。团员们三三两两进出各种商店购物，有的去买钻石，有的去买化妆品，还有的商量着去买小礼品回国送亲友。很快，路边就只剩下魏虹一个人。

Crescent Drive 和 The High Street 交叉的路口有一家咖啡店，店主沿街摆放了几十张藤制的桌椅，上面撑着绿色的帆布遮阳伞。最醒目的是，在转角处的座位上放置着两尊栩栩如生的少女铜像，铜像的造型仿佛是一对闺蜜边饮咖啡边说悄悄话。魏虹要了一杯咖啡就在铜像旁边坐了下来，因为这里最显眼，团员们无论从哪条路回来，都能一眼看到她。

一个半小时以后，团员们陆陆续续回来了，路口顿时热闹起来，大家互相交流着购物过程中碰到的事，议论着别人购买的商品。还有的人在前几站没买企鹅蛋纪念品，现在想买，谁知这最后一站竟没有，不由懊悔不迭、唉声叹气。魏虹安慰道：“没关系，到机场还能买到。”

两个小时到了，还有一个团员没有回来。他叫古风，是一位摄影爱好者，肩上斜背着三脚架，挎着一个大大的相机包，里面除了一台专业级的相机，还有三四个不同的镜头，这套装备少说也得十几万元。每到一站，他从不进商店，只是一个劲地拍照。

“有谁知道他是往哪个方向去了？”魏虹问道。

“下车后他好像一个人往那边走的。”一位团员指着 The High Street 西侧的道路答道。

魏虹几次拨打古风的手机，每次都传来话务员亲切的声音:“对不起，您拨打的号码已关机。”

魏虹顺着团员手指的方向望去，那里商店很少，人也不多，不觉担心起来。她对团里两个年轻人说道:“麻烦你们俩往那边去找找看，不要走远，大概走 100 米，没有找到人就赶紧回来。”

二人应了一声，便分别沿着道路两侧寻了过去。不一会儿，二人回来都说没有找到。

十五分钟很快过去了，人群开始骚动，一位来自燕京的女孩轻声向魏虹说道:“魏姐，怎么办？大家都等急了，有几个人还要去机场免税店买东西呢。”

魏虹答道:“叫大家别着急，我们是团签，古风不回来，也许今天我们谁都回不去。大家再耐心等他一会儿。”她的语调是平静的，甚至脸上还有淡淡的微笑，因为理智在提醒她，身边有那么多双眼睛在看着她。

虽然魏虹说让大家别着急，其实她心里比谁都急。她不停地向四面道路张望，心里就像有团火在燃烧，古风到底在哪里？她设想了几种可能性：一是迷路了，这应该是最好的结果；二是遇到劫匪被绑架了。这两种情况都可以求助于领事馆和警察局。最坏的情况是故意脱团潜逃……魏虹不敢想下去了。

时间一分一秒地过去，有些人原本期盼的眼光开始渐渐罩上对迟到者的愤怒。作为导游，此时一句不得体的话语，甚至一个不合适的表情，都可能在团里引发争吵甚至动手。

五十分钟过去了，再不出发就真的赶不上航班了！魏虹分别拨通了华夏驻约翰内斯堡总领馆和当地警察局的电话，报告了情况。其后通过国际漫游电话将发生的事向旅游公司的领导作了汇报。领导一听头都大了：“你怎么搞的，这么不小心把人给弄丢了！要是脱团潜逃，我们今后出境游签证将会受到限制，对公司影响太大了！所以无论如何都要将人找到。”

魏虹深感委屈，这一路她兢兢业业，细心操劳着旅游团的各项业务，关心着每个人的状况，满足大家的需求，对于每次的集合时间都是反复叮嘱，几乎将工作做到了极致！谁知最后一天还是出了事。但作为导游，工作还要继续。于是她领着大家上车前往机场。在开出市区的路上，魏虹一直探身看着窗外，希望突然能看到古风的身影。直到大巴车出了市区上了去机场的高速公路，魏虹才失望地靠在椅背上。幸好她坐在第一排，没有人看到她眼角沁出的两滴眼泪。

大巴车赶到机场时，离值机关闸只有十五分钟了。魏虹带领大家拖着行李箱一路小跑来到了值机柜台。

黑人值机小姐看到跑得气喘吁吁的团员们，咧开大嘴露出一口白牙笑着安慰大家：“别着急，你们的航班晚点一小时，关闸时间延长了，慢慢来，慢慢来。”

几位要去免税店购物的团员原本以为来不及了，现在一听飞机晚点了，竟高兴地喊起来。

魏虹给大家指了安检大厅的位置，目送着团员们离开后，她才掏出手机准备给地接社打电话，想委托他们去领事馆和警察局代为办理书面报备手续。

按了几个号码，她又停住了，飞机晚点也许是个好兆头，还有时间，也许……她还想再等等。她问那位值机小姐什么时候关闸，黑人值机小姐笑着回答："十分钟。"接着关心地问道："怎么啦？你们还有人没到？"

魏虹点点头。值机小姐耸耸肩，双手手心向上做了个"不可思议"的手势。

值机大厅高处的大钟秒针一格一格不停地跳动，仿佛一下一下敲在魏虹的心上。她这时真切体会到了望眼欲穿的含义。她站在大门外，不停地眺望，不放过每一个远处过来的人。她多希望其中有一个就是古风！

随着一次又一次的失望，魏虹感觉大钟秒针的跳动越来越快，她的心跳也跟着越来越快。汗水不知不觉顺着脸颊淌下，带走了她最后的希望。

魏虹拉起了行李箱准备去安检口。跨出一步，她心有不甘地回头望去：远处耀眼的警灯闪烁，一辆警车风驰电掣般驶来。

奇迹出现了，车门打开，下来的正是古风！

在回国的飞机上，古风才告诉魏虹，他被绚丽多彩的异国风情迷住了，几乎是移步换景、处处入镜，因此越走越远，最后也不知到了哪里，只见房屋越来越矮，人越来越少，脚下是一条泥泞的巷子。他想该回去了，可是回身一看眼前有好几条小路，却不知自己从何而来，连忙掏出手机给魏虹打电话。可是手机没电了！这时他开始慌了，紧张地四处张望，看到附近一幢房子的门前有一位年老的黑人大叔在和两位黑人妇女聊天，旁边还有一个七八岁的孩子。于是他便过去向他们问路，怎奈语言不通，他用双手比划了半天，对方只是一个劲地摇头。其中一位妇女还算机灵，将他带到一位头领的家中。头领拿出自己的护照，示意要他出示证件。他翻出了自己护照的复印件，头领见了上前一把抱住了他，嘴里不停地说着"OK,

OK”。头领显然知道了他是华夏人，但是还弄不清他要到哪儿去，还是一个劲地向他索要能说明来路的东西。情急之下，乱了方寸的古风掏出了昨晚所住的太阳城酒店的卡片，本意是想告诉对方自己是从太阳城酒店到约翰内斯堡。谁知弄巧成拙，头领给他指向了去太阳城酒店的公路，就这样，他离旅游团越来越远。

幸好，华夏驻约翰内斯堡总领馆的同志联系了当地警察局，每个治安网点都出动了警车搜寻，找到以后，便以最快的速度将古风送到了机场。

此后，每当魏虹回忆起南非带团所经历的古风失踪一事，她都感觉自己是那么幸运。过程是紧张的，结局却是圆满的。她自信，只要是在地球上，哪怕是在距华夏最远的国家，发生了团员失踪的事，她都能有应急预案，都能不慌不忙地处理好。

但是，眼下是在远离地球 384000 公里的月球呀！樊进才的失踪猛烈地冲击着她的心理防线。

魏虹上牙咬着下嘴唇，她清楚三十位旅游团成员的安全是第一位的。樊进才失踪了，另外的二十九个团员千万不能再出事。但是，真正的月球之旅行程还没有开始，还要继续吗？

黄振军似乎一眼看穿了她的为难：“要是从安全考虑，在没有弄清情况之前，还是待在太空家园比较稳妥。只要我们加强一下安全防范措施，相信不会再出事。”

确实如此，太空家园安防系统十分强悍，在月球设点的几个国家中是最先进的。而且在专案组中，除她之外，另外几位都是身经百战、经验丰富的老大哥，有他们的保护，留在太空家园的安全系数是最高的。

但是作为首次登月的华夏旅游团的导游，魏虹考虑的更多。这可是全世界第一支登月旅行的队伍，各种媒体一年多的宣传，出发前锣鼓喧天的送行场面，国家领导人满怀期望的深情嘱托历历在目。这支旅游团在月球每一天的点点滴滴，不仅祖国人民在关注着，全世界的人都在注视着。如果就躲在太空家园，一天月球行程也没走，到时候返回华夏，那么就意味着这次太空旅行的失败。

赵天宇见魏虹不吭声，又追问了一句："魏导，我想听听你的意见。"

赵天宇炯炯有神的目光和沉着冷静的神情，仿佛有股力量传递给了魏虹，她觉得自己必须承担起导游的职责，于是轻声说道："樊进才的失踪原因我们并不清楚。按照旅游行业的惯例，即使少了个人，我们也会将行程走完。何况我们这次旅行早就向全世界公开，出发仪式还通过央视向全球直播，在什么都未知的情况下便决定放弃，将造成很坏的影响，所以我认为不妥。"

赵天宇和黄振军对视了一眼，黄振军赞许地点了点头。

此时，方华轩对赵天宇说道："E 国、M 国和 F 国的酒店以及月球氦 3 开发基地筹备组的联络信号一切正常，卫星巡视也没有发现异常动态。"

几乎同时，黄振军的手机绿灯闪亮，黄振军打开一看，信息是由此次登月旅游活动的总指挥、国家航天局局长芮长安发来的："目前暂未发现月球表面有任何异常动态。太空活动是非常复杂而且艰难的，可能会受到许多未知因素的干扰，同意组建专案组，查清真相。对于是否继续旅游团月球行程，由专案组根据具体情况决策。切记大胆谨慎，力求全胜。"

赵天宇看了黄振军递过来的手机信息，脸色更加凝重了，他最能理解"力求全胜"这四个字的深刻内涵。虽说问题由专案组根据具体情况决策，但要求是很高很全面的。显然，旅游团就待在太空家园，到期返航，即便安全回到华夏也不是全胜。他迅速将事件的所有因素在脑海中梳理分析了一遍，对可能发生的问题和产生的后果制订了应对预案后，他才长长舒了一口气，说出了自己的看法：

“樊进才的失踪，从十五分钟信号干扰来看，显然有外部势力侵入。这有两种可能。一种是内外勾结，外部势力协助樊进才偷盗硬盘后潜逃。第二种可能是樊进才是被动的，也就是被劫持了。这两种可能在太空家园都没有留下蛛丝马迹，我们不知道对手是谁，更不知道他们的目的。我认为留守太空家园虽然相对安全，但非常被动。倒不如在做好防护的前提下继续后续的行程，这样对手很可能会出手，到时候我们再见招拆招，战而胜之。”

黄振军、周东国、方华轩和魏虹都表示同意。

赵天宇问道：“太空家园有没有武器？”

黄振军答道：“除机器人专用武器外，还有手提导弹发射器 2 台，红外激光枪 5 支，火焰喷射器 2 根，XSJ 手枪 10 把和 CS-20 机枪 2 挺。”

“哈哈，你这里家伙什儿还不少啊！”赵天宇笑道，“我建议，振军和小方留守太空家园，并随时与国内保持联系。东国和我们一起继续行程，为防不测，我们携带手提导弹发射器 1 台，红外激光枪 2 支，火焰喷射器 1 根。除了我和东国一人一把手枪，再带一挺 CS-20 机枪。不过要悄悄装车，以免引起团员们的恐慌。”

“好。”黄振军转身安排周东国去做准备。

突然，方华轩指着监控屏幕惊呼：“快来看，那里好像有个人躺在月面上。”

大家一起走近监控屏幕，赵天宇要求方华轩将图像放大。

果真是个穿着航天服的人，边上还有一个行李箱。

“樊进才！真是樊进才！！”魏虹惊喜地大叫。

赵天宇忙问：“这是哪里？”

“离 3 号门 100 米左右。”方华轩答道。

“走，快救人！”赵天宇边说边抓起旁边的航天服。

3 号门，是太空家园的备用进出口，平时一般不开启。

虽说只有 100 米左右，但是在月球上每迈一步都非常困难。因为不知樊进才目前是什么状况，所以黄振军开出了一辆轻型救护车，赵天宇和魏虹上了车，一起出了 3 号门。

樊进才静静地躺在月面，左臂航天服状态指示灯闪烁着柔和的绿色。魏虹十分熟练地取出生命状态测试仪，将导管插入樊进才航天服的接口。数据很快就出来了，心律、血压和呼吸完全正常。魏虹那颗悬着的心，这才完全放了下来。

她笑着对黄振军说道：“看来他是睡着了，我来叫醒他。”

黄振军摆手制止了她，示意她看身后。

赵天宇正围着樊进才睡倒处绕圈踱步，每一圈都逐步扩大，仔细地注视着月面。

找到樊进才，对魏虹来说是惊喜交加，对黄振军则是喜忧参半，他忧的是樊进才是怎么出去的？那么先进的门禁系统竟形同虚设！

而对赵天宇来说，更多的是迷惘和焦虑。按照他的推断，樊进才是被某种势力劫持。可眼前的樊进才是真实的，睡得很沉，如果不是宇航面罩的阻隔，也许能听到他高低舒徐的鼾声。如果是劫持，为什么不将他带走，反而将他留在门外？难道真是樊进才自己走出来的？他有神话小说里那种穿墙越壁的本领？赵天宇根本就不相信，他看过旅游团每个人的材料，他相信樊进才没那个能耐。

周东国将几个绿色的木箱装上了太空一号旅行车，听说找到了樊进才，他也很高兴，急忙赶了过来。黄振军用手示意他不要出声。

突然，赵天宇停住脚步，接着蹲了下来，盯着左前方一块石头足足有半分钟。然后回头向众人说道："你们来看。"

顺着他手指的方向，一支黑色长圆柱形物体出现在众人眼前。

黄振华一看说道："这是……"

魏虹说道："这怎么像支钢笔，啊，不，更像是小型手电筒。"

赵天宇问黄振华："这是太空家园的吗？"

黄振华又仔细看了看答道："不是，肯定不是。"

当赵天宇看到这东西，而黄振华又说这肯定不是太空家园的东西时，他的心猛地一沉，立刻意识到这件事的严重性。如果此前他还把樊进才失踪按照一般刑事案件来思考的话，那么现在他已经感觉案件的复杂性和严重程度远远超出自己的想象。

赵天宇的倔强、好胜在华夏刑侦界是出了名的。越是复杂、越是困难的案件，越能激发他的斗志，调动他的潜能。眼下，看着这支黑色长圆柱形物体，他脑海中灵光一闪，"难道是……"

他迈步过去，弯腰将它捡了起来，捧在手掌看了许久才说道："果然是它！"

魏虹上前伸手去拿："这是什么？"

"别动！"赵天宇推开魏虹的手，神情严肃地喊道。

"啊！"周东国惊呼。

赵天宇问道："你见过？"

"没有，只是见过图片。前年 M 国军事代表团来我们部队交流时提起过，我就是从他们的 PPT 上看到的。"周东国说道，"据介绍，一个外星飞碟落在大西洋的小岛上，起火爆炸，小岛上建有M国的军事基地，他们在残骸现场发现了一支TWK激光发射枪。这次劫持樊进才，难道是他们所为？”

“不。”赵天宇摇摇头说道，“TWK激光发射枪是一款威力十分强大的轻武器，它受激辐射的光能在1000米内穿透3米厚的石墙。从1960年M国发明了人类第一台激光器算起，至今整整100年过去了，全世界激光武器也没能达到这种水平。所以M国得到TWK激光发射枪后如获至宝，遗憾的是，至今也未能仿制成功。你想，唯一的一支TWK激光发射枪，如果换作是你，能将它带到月球上，又轻易丢失在这里吗？”

周东国忙道：“那这支……”

赵天宇打断了他的话：“好了，暂时不研究这个问题了，我们看看樊进才醒了没有。”

说罢，他小心翼翼地将TWK激光发射枪装进一个随身携带的皮口袋里。

樊进才还没醒，众人只好将他抬上救护车送回太空家园。

“他怎么睡得那么死？”魏虹边说边帮樊进才取下航天服头罩，然后用拇指尖按了按他的人中穴，樊进才一下就醒了。

“啊，起床了吗？”樊进才翻身从救护床上坐起，“嗯，我怎么睡觉没脱航天服？”

听了他的话，大家不约而同地笑了起来。

“要是脱了航天服，你就……”魏虹还没说下去，赵天宇拉了她一下，抢着说道：“人齐了，准备出发。”

第五章　欢乐背后的陷阱

大厅里出奇的安静。

樊进才的失踪像一张无形的危机大网笼罩在每个团员的心头。谁也不知道到底发生了什么，也不知道下一步还会发生什么。

在长达半年的行前培训中，说到了各种各样的意外情况，断水、断粮、旅行车抛锚、航天服故障等等，大大小小的事情都有应急预案，而且每个人都背得滚瓜烂熟、了然于心。恰恰就是没涉及有人失踪！

俞洪发和马桂兰夫妇坐在沙发的两旁，吴思祥苦着脸坐在他们中间。二位老人苦口婆心地做了好长时间的工作，才使吴思祥平静下来。

乔羽生静静地站在墙边，面对着墙壁久久不动，就像他平时思考科研课题那样。不过此刻他却带有几分懊恼地想着，如果昨天不跟樊进才换房间，吴思祥和樊进才一起住，也许就不会发生这样的事情了。

关彤坐在一张单人沙发上，小阿龙懂事地靠在爸爸身旁，两只大眼睛滴溜溜地转着。他只知道那个姓樊的叔叔不见了，开始还说："肯定是樊叔叔不听话，自己乱跑。要是像阿龙一样听话，就不会不见了。"后来见大人们一个个都沉着脸，爸爸也不吭声，只是一个劲地将他搂在怀里，他也就不再说话了。

突然，小阿龙一下从关彤怀里跳起来，开心地叫道：“樊叔叔回来了！”

原本沉寂的大厅随着阿龙的喊声一下热闹起来，团员们向着樊进才围了过去，冲在最前面的是吴思祥。他一把抱住樊进才喊道：“樊董，老哥哥，你怎么回事？”

马桂兰抓住樊进才的手臂急切地问道：“大兄弟，你跑哪儿去了，真急死人了！”

樊进才好像刚从睡梦中醒来，有点木讷，他轻声答道：“我也不知道怎么回事，我昨晚明明上床睡觉了，不知为什么，一觉醒来才知道睡在了外面，而且航天服还穿得好好的，要不是魏导叫我，我还没醒呢。”

赵天宇问道：“你确定昨晚是脱衣进被窝睡觉的吗？”

“是啊，我喝了一口咖啡，想起多喝会睡不着，就没再喝，脱了衣服便上床睡了，而且睡得很香，一直到魏导喊醒我。”樊进才说道。

魏虹问道：“那你穿上航天服，提起行李出门，自己一点也不知道？”

樊进才茫然地摇摇头。

“那你以前有梦游症吗？”俞洪发问道。

“我从没听到家里人说我有这怪毛病，这回不知道是怎么回事。”樊进才答道。

曹秋玉从人群中挤了过来，关切地问道：“老樊，现在你有什么不舒服吗？”

樊进才挥了挥拳头笑着说：“没有啊，零件齐全，功能不减。谢谢曹医生关心。”

魏虹见势说道："既然人到齐了，大家准备上车，我们出发。"

太空一号旅行车的首席驾驶员姓楼名宝坤，楼宝坤在航天系统也是赫赫有名，年纪四十多岁，年轻时就开我国最先进的导弹发射车，一开就是二十年，专业技术熟练，驾驶水平顶尖，荣立过一等功，还被评为全军大练兵十大英模。听说要遴选太空一号旅行车驾驶员，立刻就报了名。经过层层比拼筛选，他脱颖而出，转业进入航天系统，成为太空一号旅行车的首席驾驶员。

自打太空一号下线，楼宝坤就一直陪伴着它。他对太空一号就像对自己的孩子一般溺爱，熟悉它的每一个零部件，对每一道程序都了如指掌。在试车过程中，有一次遇到了故障，技术人员排故查找原因，他在旁边三天三夜没合眼。总设计师劝他回去休息，他说自己放心不下。还说要多学几招，万一将来在月球上出了问题，也好应对。

太空一号的二号驾驶员叫茅招骅，是华夏汽车集团的一名试车员。看上去三十多岁，却显得老成持重，这可能和他平时少言寡语有关。在太空一号旅行车驾驶员的遴选过程中，他一路过关斩将，在年轻人中可谓出类拔萃，毫无争议地成为太空一号旅行车的二号驾驶员。

楼宝坤将一杯刚泡的明前龙井茶放置在杯座上，在显示屏上熟练地设置了旅行车的行驶路线，又检查了一遍驾驶台上的各种仪表，确认一切正常，便招呼了一声坐在副驾驶位置上的茅招骅，随后按下启动按钮，太空一号缓缓启动，离开了太空家园。

开始时，团员们都好奇地看着窗外，他们都想看看神奇的月面。但窗外的景象令人失望，一望无际的灰褐色戈壁滩，偶尔可见玄武岩透出暗兰色的光。月面上没有路，太空一号依靠华夏最新研制的

华夏太空一号

导航系统指引方向前行，自动绕过较大的岩石。旅行车的速度越来越快，时速达到了300公里，但依然十分平稳。

阿龙和关彤坐在第二排，就在魏虹的身后。阿龙第一个从窗口收回目光，疑惑地问道:“阿姨，不是说这里是静海吗？为什么看不到大海，看不到水啊？”

魏虹回头看着他，笑道:“静海就一定是大海，一定会有水吗？”

“我们老师说，长江黄河最后都汇入大海，所以海里有很多的水，没有水，怎么能叫海呢？”阿龙追问道。

“大家谁能回答阿龙的问题？”魏虹问道。

“月球上是没有水的。之所以把月球上的某些地方称为海，是因为早期的天文学家在观察月球时，有的地方比较明亮，而有的地方则比较暗，便以为发暗的地区都有海水覆盖，因此把它们称为‘月海’，而把那些明亮的地方称为‘月陆’。”答话的是冯彦君，她是中学地理老师。

魏虹接过了冯彦君的话:“月海其实是指月面上比较低洼的平原，当我们在地球上用肉眼看月亮时，有一些黑暗色斑块，那就是月海。静海位于月面的中央偏右，面积约26万平方公里，低于月球表面1700米左右。我们今天从静海去笛卡尔高原，所以是从盆地往上走。”

单小萍像在外语学院上课那样举手提问:“魏导，静海这名字是谁命名的呢？”

“是意大利天文学家弗朗西斯科和乔万尼于1651年在他们的月球图《新天文学大成》中命名的。”魏虹答道。

驾驶座上的楼宝坤回头对魏虹说道:“魏导，三分钟后我们准备悬空加速。”

“好的。”说罢，魏虹又回头对旅游团的团员们说道，“下面，楼师傅要为大家表演一个节目，魔术悬空加速。请大家闭上眼睛，体会一下自己身体的变化。听我口令，数到三再睁眼。现在开始！”

团员们十分好奇，随即闭上了眼睛。说来也怪，每个人竟然都有向上升腾的感觉。

“一、二、三，睁眼！”魏虹大声说道。

众人睁眼一看，每个人都露出了惊讶的神色：太空一号已经悬空在离月面十米左右的高度，前行的速度明显比之前快了不少。

魏虹笑着对大家说道：“之前我们都看到了，月面上大多数地方都是坑洼不平的，所以车辆很难提速。我们的科学家利用月球引力相对较小的原理，对太空一号进行了创新设计，就是大家现在体会到的悬空加速。现在我们的时速已经提高到了 500 公里。”

这种超低空飞行的感觉，可以说团里没有人体验过，大家纷纷拿起手机拍照。

马桂兰兴奋地说道：“这么快还这么稳，真是棒极了！”

张凯说道：“我要是在地球上有这么一辆车，在马路上空开着，还不让下面堵车的人羡慕死啊。”

就在众人浏览着远处的连绵群山，对太空一号的先进与神奇“啧啧”称道时，突然，车厢内响起了“叮铃、叮铃”的提示铃声。车速也随之慢了下来，缓缓下降。

魏虹大声说道：“各位团友，这里是我们今天行程的第一个参观点，人类第一次登上月球的遗址。请大家检查一下航天服的安全指示灯，然后依次下车。”

严格来说，这是旅游团第一次在室外踏上月面。马桂兰第一个下车，刚迈出脚步，身后仿佛被人推了一把，一步跨出去好远，再迈步又是如此。

小阿龙一下车便向前跑去，竟像腾云驾雾一样飞出去老远。急得关彤跺脚喊他小心，谁知一跺脚，人竟窜得老高，足有四五米，然后轻飘飘落下。

张凯见了，哈哈大笑:“老关真厉害，要是参加奥运会跳高比赛，稳拿冠军。”说着，自己也想试一下。

张凯刚摆好姿势准备躬身上跃，魏虹便制止了他:“大家注意，一步步慢慢走，不要奔跑跳跃，否则会增加氧气的消耗。”

走了 20 多米，魏虹便招呼大家停下脚步不再前进，然后手指前方 30 米左右说道:“这里的位置是月球北纬 0.8°、东经 23.5°，91 年前，也就是 1969 年 7 月 20 日格林尼治时间 20 点 18 分，美国阿波罗 11 号平稳降落在月球。这是人类第一次登月。大家看那里有一面美国国旗和留有航天员以及美国总统尼克松签名的纪念牌，以及纪念阿波罗 1 号殉难航天员的奖章，还有登月的两名航天员尼尔 · 阿姆斯特朗和巴兹 · 奥尔德林留下的脚印。”

吴思祥和樊进才还想往前走，仔细看看奖章和脚印。魏虹拦住了他们:“不要再往前了，再往前会破坏现场。这是人类的共同财富，保护登月遗址也是大家共同的义务。”

“阿姨，他们也是像我们一样坐飞机来的吗？”小阿龙稚气的声音响起。

“当然不是。”魏虹边招呼大家上车边说道，“这里有一个很精彩的故事，等上了车再讲给阿龙听好吗？”

月面上，随着车向前驶去，大小不一、形状各异的石头越来越多，有的通体乌黑，有的灰褐中透着蓝色。小石头像篮球，大的少说也有三米多高，完全遮挡了视线。楼宝坤驾驶着太空一号仿佛行驶在石头阵中，左弯右拐蜿蜒前行，大大降低了行车速度。

车厢里，魏虹在给团员们介绍阿波罗 11 号的登月情况："阿波罗 11 号由土星 5 号火箭于 1969 年 7 月 16 日 9 时 32 分在美国肯尼迪航天中心发射升空。无论是星箭分离还是由地球轨道转往月球轨道，一切都很顺利。按原设计，阿波罗 11 号登陆点在月球静海南部 Sabine D 环形山西南 20 公里处，因为那里地势平坦，视野开阔。在环绕月球飞行的过程中，航天员在空中已经看到了计划中的登陆点。可是就在成功触手可及的最后一刻，当阿姆斯特朗和奥尔德林离开指令舱、驾驶登月舱朝月面下降时，意外出现了：计算机过载的警报器响起，接着导航计算机也一次次发出刺耳的程序警报声。"

说到这里，魏虹停了下来。她看到团员们个个都瞪大眼睛看着她，于是笑着问道："你们说这时候谁最紧张？"

团员们立刻七嘴八舌地议论起来。有的说航天员最紧张，因为万一出事，他们就回不去了；也有的说导航计算机的设计和制造人员最紧张，因为他们承担着极为重大的责任；还有的人说航天员的家属最紧张，因为任务成败关系着亲人的生命。只有乔羽生大声说道："此时此刻，登月工程总指挥最紧张，因为他的抉择不仅决定着阿波罗 11 号登月的成败，而且关系到两名航天员的生命。"

魏虹点头表示赞同："是的，此时此刻在休斯敦约翰逊航天中心的飞行控制指挥官史蒂夫·贝尔斯最为紧张，他面临着艰难而关键的抉择：是终止登月让航天员返回，还是命令航天员按原计划登月？他后来承认，当时是凭直觉允许阿姆斯特朗尝试登月的。此时'鹰'已经飞过了计划登陆点几公里，下面有许多砾石和陨石坑，登月舱推进剂即将耗尽，阿姆斯特朗改用手动控制登月舱下降，冷静地找到一块相对平整的地方平稳降落。在这短短的几分钟，休斯敦约翰逊航天中心的大厅里鸦雀无声，每个人手心里都捏着一把汗。直到音响传来阿姆斯特朗的声音：‘休斯敦，这里是静海基地，鹰着陆成功’时，大厅里顿时爆发出热烈的欢呼声。1969 年 7 月 24 日，阿波罗 11 号飞船指令舱带着三名航天员，成功降落太平洋中部维克岛附近。”

“不是说两名航天员吗？”阿龙问道。

“小家伙儿，要是只有两名航天员，那哥伦比亚号指令舱谁来驾驶呢？”魏虹话还没说完，车厢里已是一片笑声。

相似的石头，相同的左拐右弯，很快令人昏昏欲睡。大约过了一个小时，太空一号才驶出石头阵，开上了一段相对比较平坦的月面，车速又开始加快。

“山，我看见山了！”突然听到单小萍一声欢呼。

团员们抬头往前看去，果然远方天边出现了崇山峻岭，巍峨绵延，黑压压一片。

魏虹打开了话筒：“各位团友，前方就是我们今天的目的地——笛卡尔高原。我们将入住 F 国超豪华的笛卡尔大酒店，比起地球上的五星级宾馆可丝毫不逊色哦。”

车厢里一下热闹起来，没想到月球上还有条件这么好的酒店。每个人的脸上都洋溢着兴奋和期待，毕竟好几天没有好好睡一觉了。

“你们先别高兴，我要考考你们。有谁知道笛卡尔是什么人吗？没人知道的话，今晚我们大家只能住普通标间。只要有人说出正确答案，那全团升级豪华标间。”魏虹笑着说道。

车厢里一下安静下来，不少人你看看我、我看看你，显然不知道笛卡尔是谁。但也有几个人微笑着，一副胸有成竹的样子，只不过暂时不想加入如此简单的问答游戏。

几分钟后见没人应声，马桂兰起身对乔羽生、鲍林逸和关彤说道："怎么？你们几个大专家也不知道？还是故意跟大家过不去？"她认识这几个华夏航天系统的精英。

小阿龙摇着关彤的手臂说道："爸爸，你知道吗？要是知道就快说嘛。"

在阿龙的央求下，关彤说道："笛卡尔是法国伟大的哲学家、数学家和物理学家。他是西方现代哲学的奠基人之一。数学上他创立了解析几何，对现代数学的发展做出了重要贡献。物理学上他首次提出了动量守恒定律，为后来牛顿等人的研究奠定了一定的基础。"

"关老师的答案……"魏虹故意停顿了一下，用狡黠的眼光看着大家，片刻后突然大声说道："满分！"车厢里顿时掌声一片。

太空一号的驾驶室和车厢是用高强度防弹玻璃隔开的，团员们能透过前窗清楚地看到前方的景色，当然也能看见两位驾驶员的一举一动。

此刻太空一号缓缓停下，楼宝坤对茅招骅说了些什么，便起身和对方交换了座位，改由茅招骅驾驶。魏虹看到楼宝坤刚在副驾驶位置上坐下几分钟便低下了头，可能是睡着了。魏虹想，楼师傅可能是太累了。

离开了阿波罗11号静海基地，楼宝坤就感到有些头晕。渐渐地，他只觉浑身发软，眼皮沉重。这种状态在楼宝坤身上从来没有过，哪怕是连续几天不睡觉也没这么困乏。虽说是自动驾驶，但还是要防止电脑出现意外。于是他对茅招骅说："小茅，你来开，我眯一会儿。"

茅招骅按下启动按钮，太空一号又继续前行。

随着太空一号向前行驶，外面的山似乎也在跟着移动，大家刚才看见的远处的山，转瞬便到了跟前。太空一号开进了大峡谷，两面的高山好像张开双臂拥抱他们。从车窗望出去，只见峰峦高耸，像剑峰千仞；峭壁突兀，似斧劈刀削。山上寸草不生，光秃秃的通体漆黑，看了令人感到阴森恐怖。

开着开着，山又渐渐远了，视野好像又开阔了。

魏虹告诉大家，这就是环形山的特点，刚才离山近的地方是山口。

吴思祥笑着说道:“这好像个大口袋，我们像是钻进口袋阵了。”

他本是一句玩笑话，可是言者无心，听者有意。赵天宇心里顿时“咯噔”一声，警惕地向车窗外望去。

灰蒙蒙的天，黑压压的山，七零八落的石头，坑坑洼洼的月面。给人的感觉就是压抑，压得人喘不过气来。

赵天宇下意识地伸手摸了摸右侧皮袋中的TWK激光发射枪，接着又松开了手。谁也没注意到，他自嘲地微微一笑，自己是不是太紧张了?

车厢里又响起了阿龙那稚嫩的声音:“阿姨，我可以问个问题吗?”

魏虹笑道:“当然可以，我们的阿龙要问什么问题呀?”

“不是说月球上没有水吗，怎么昨天太空家园水龙头里有水，难道是从地球上运过来的吗?”阿龙问道。

“现在光在月球上工作的已经有一百多人了，就这一百多人的吃喝洗漱用水就很多了，从地球上运过来可能吗?那样做代价太大、成本太高，没有人会那么干的。”魏虹说道。

“那这些水是从哪里来的呢？”小阿龙打破砂锅问到底。

“那是因为国际上组织了月球水资源勘探组，对月球风化层、表面环境以及挥发物进行了探测，发现月球两极的永久阴影区存在大量的冰水物质，并对这些水资源进行了开采，建立了小型月球淡水厂，满足了目前在月球上人的工作和生活用水。要不然没有水的话，笛卡尔大酒店怎么能称得上五星级酒店呢？”魏虹答道。

“阿姨，还要多长时间到笛卡尔大酒店啊？”阿龙又问道。

魏虹笑着说：“快了快了，还有个把小时就能到酒店了。到了那里，阿姨请你吃大餐。”

不知不觉中，两侧的山靠得越来越近，从之前的几公里间距渐渐靠拢到几百米，甚至只有几十米。突兀险峻的山峰好像在太空一号的两边列队，车上的人从旁边窗口望出去，只能看到山而看不到天。从顶部天窗望出去，闪过的山峰像野兽的獠牙，随时准备将太空一号吞入腹中，又像一把把利剑架在太空一号的头上，随时准备劈下来。

这样的景色在地球上从未看到过，使团员们感到刺激。许多人掏出相机或手机拍照。熊兴海举着摄像机不停地记录下月球奇景，回去后在申江台一放，准会让全国乃至全世界的观众惊叹、震撼，收视率准能拔得头筹。

此刻，魏虹看着迎面黑沉沉压来的大山感觉有些不对劲：按踩点时的路线，进了环形山后，应该沿着一侧的山边前行，一小时左右将到达另一个山口，出山口就能远远看到笛卡尔大酒店了，可是眼前的景色自己从未见过。她打开了与驾驶室的对讲器：“楼师傅，路线好像不对。”

楼宝坤头斜靠在副驾驶椅背上，没有回答。

茅招骅直视前方答道："原来的路发生了山体滑坡，连山口都堵死了，根本没法过去，只好绕路了。"说着，他一踩油门加快了前行速度。

头顶两侧的山峰终于合拢了，太空一号开进了山洞。

山洞很大，因为是由两侧大山聚合而成，渐渐地越来越小，只有三四层楼那么大小了。幸好太空一号的车灯非常给力，照亮了前方的"路"，也将这黑咕隆咚的洞窟送入了人们的眼帘。

两面洞壁凹凸不平，怪石嶙峋，黑暗中透着蓝光。

乔羽生看到这些石头顿时来了兴致，他向赵天宇介绍道："我们之前看到的那些石头，是玄武岩，含铁和钛，所以看上去大多是黑褐色，一般分布在月海。而这是斜长岩，富含钾、稀土和磷等，主要分布在月球高地。你看无论是洞壁还是路边的石头，都是自然堆砌，浑然天成……"

他的话还没说完，便被眼前的情景惊呆了。

前方不远处出现了一道通体墨黑的石壁，山洞似乎到了尽头。

魏虹大声问茅招骅："怎么回事？怎么没有路了？"

茅招骅"嘿嘿"笑道："谁说没有路，你看！"

他的话音刚落，石壁中间裂开了一条缝，随之向两边移动，仿佛两扇门似地打开了。

赵天宇突然大喝一声："停车！赶快停车，别开进去！"

第六章　神秘的隧道

如果说方才那段路是在山洞里，如今大家看到的则是隧道，一条由人工建造的隧道！

石壁后的洞口是圆形的，比进来时的山洞要小得多，无论是高度还是宽度都容不下两辆太空一号并排行驶。也就是说，这条隧道是一条单行道。门口上方刻着几个字，笔划时方时圆，弯弯曲曲中夹杂着三角和五星符号，谁都不认识是哪国文字。

赵天宇大喊停车，但太空一号还是呼啸着闯进了隧道。

赵天宇“唰”的一下从皮袋中掏出 TWK 激光发射枪，大声吼道：“我叫你停车，听见没有？再不停车，我就开枪了！”

他这一吼，惊动了车厢里所有的人，大家都不知道发生了什么事，气氛陡然紧张起来。

茅招骅从反光镜中看到了赵天宇手中正对着自己的那把 TWK 激光发射枪，不禁打了个寒颤，他知道这种枪的厉害，不得不将脚从油门上慢慢松开。

太空一号渐渐慢了下来，停在了离隧道口二百多米的地方。

隧道里灯光明亮，如同白昼。顶上和两边都是涂抹的角砾岩屑颗粒，黑色的洞壁在灯光的照射下泛出星星点点的蓝光。

“这是怎么回事？从来没听说过月球上有这么条人工建造的隧道啊。”乔羽生喃喃自语。

“是啊，我们的卫星也从来没有发现这里有山洞，洞中还有隧道。”鲍林逸是航天卫星制造中心的高级工程师，看过“嫦娥”发回的所有照片。

赵天宇说道:“山洞和隧道都被山盖住了，卫星自然看不到。大家系好安全带，在座位上不要动，我和老周下车看看。”他心里想的是去驾驶室，掌握太空一号的控制权。

周东国在赵天宇大吼要开枪时便已意识到出事了，多年特种兵的职业素养令他很快做出了反应。当赵天宇要他一起下车看看时，他的手里已经多了一挺 CS-20 机枪。

魏虹接受过紧急情况下打开车门的训练，她从座位上站起，到太空一号车门处旋转了开门旋钮，可是门纹丝不动。显然车门被驾驶室总控锁死了。

于是，她拍着车厢与驾驶室之间的玻璃大叫:“茅招骅，开门！”

回答她的是一阵轰隆隆的闷响。二百多米外，方才进来的那扇门慢慢地关上了。周东国从后车窗看去，门上竟安装着黑洞洞的圆管，很可能是某种武器的发射管。

车厢里谁也不说话。关彤把阿龙紧紧地搂在怀里，原本在摄像的熊兴海也放下了摄像机。

死一般的沉寂，几分钟之后，一个沉闷而带有嘶哑的声音在隧道里响起:“这里是金色帝国月球基地的月火隧道，欢迎来自地球的华夏朋友。”

虽然说的是欢迎词，一口普通话也够标准，甚至怀疑他是华夏人。

但这声音听在耳中却有一种说不清的阴冷，令人毛骨悚然。

“金色帝国？”一个巨大的问号出现在车厢里每个人的脑海中。谁也没听说过有这么一个国家。特别是周东国和魏虹，一个是负责太空家园安全保卫工作的，经常和国际月球治安部联系，和其他国家驻月球机构相互交流；一个是负责月球旅游的策划落实和导游工作的，与月球海关及几个国家的酒店也常有来往。但他们从未听到过关于这个“金色帝国”一丝一毫的消息！

“魏导，你这导游是怎么当的，把我们导到这死亡陷阱里来！”吴思祥嘶声喊道。

“闭上你的臭嘴，我们现在最重要的是团结一心，想办法从这个死亡陷阱里冲出去。”赵天宇的脸阴沉得像块铁。

他又一次敲击驾驶室的间隔玻璃：“茅师傅，能不能向后倒车，到门口我们想办法开门，然后再冲出去。”

茅招骅看着他，双手不停摇着，接着又用右手指着耳朵摇摇头，好像示意听不清楚。

赵天宇无奈，只好指指车门，做了个打开的手势。谁知茅招骅还是一个劲地摇头。

要是在过去，碰上这样的情况，用枪把门锁打烂就是了。可赵天宇明白现在是在月球上，只有保证太空一号完好无损，才能将这一车人带回去。

这时，关彤把阿龙交给旁边的曹秋玉，他走到车门口对赵天宇说道：“我来试试。”

车门上方有一扇高三十厘米、宽二十厘米的小门。打开小门，里面有标着不同数字的触摸式按键。边上还有一个二维码。关彤站在门前仔细看着那些数字。过了一会儿，只见他打开手机扫描二维码，然后触摸了十来个数字，很快车门就打开了。

赵天宇心中大喜，他对车上的人说道：“大家谁都不要动，我先下去看看。”

可是对方好像听到了他说的话：“你也不要动！”刚才隧道里那沉闷而带有嘶哑的声音此刻增添了几分严厉。

“我们对你们并无恶意，相反会盛情地欢迎你们。不过，入乡随俗嘛，你们必须遵守我们的规则、服从我们的命令。要不然……”

“要不然怎样？”赵天宇问道。

“回头看看门上那四根圆管，很不起眼是吗？告诉你，只要我摁下按钮，十分钟就能让你们连人带车统统化为灰烬。”听得出，嘶哑的声音中带有几分得意。

赵天宇向后车窗望去，周东国朝他点点头，那是四根威力巨大的火焰喷射管。

看着那四根黑洞洞的喷射管，赵天宇沉默了。他将魏虹叫到身边，耳语了一阵。然后他对着隧道大声说道：“我们可以遵守你们的规则，但是你们必须确保我们的人车安全。”

“OK！完全没有问题。现在你们的车一直往前开，到了隧道尽头，你们将拥抱快乐和幸福。”嘶哑的声音在隧道里响起。

赵天宇在对讲器里对茅招骅发出了“开车，但要开得慢一些”的指令。于是，太空一号慢慢向隧道深处开去。

赵天宇挥手将周东国、魏虹、刘丽和侯炳昆叫过来，低声对他们说道：“我们五个都是当过兵的人，现在组成一个战斗小组，由我担任组长，统一指挥。危难时刻，我们要肩负起保护其他人的责任。我刚才在车内说话，对方都能听到，说明不是车内被安装了窃听设备，就是有内鬼向外传递信息，大家要多加小心。眼下我们在明处，对手在暗处，我们不知道他们是谁，更不知道他们要干什么。所以只能遇事多商量，走一步看一步，千万不要轻举妄动。”

众人点了点头，赵天宇接着说道：“我们将面临一场特殊的战斗，要保持外松内紧的状态。老周将车内再仔细检查一遍，看有没有什么窃听设备。魏虹和刘丽负责安抚团员情绪，保护团员安全。”

说罢，赵天宇将两把手枪分别交给了魏虹和刘丽，并轻声叮嘱道：“把枪收好，没有我的命令或者不到万不得已不许开枪。”

车厢里，每个人的脸上都写满了紧张。单小萍瞪着大大的双眼，望着马桂兰说道：“马姨，怎么会出现这样的事？我这次来都没告诉爸妈，我们会死吗？”

马桂兰过去搂着她轻声说道：“不会的，别害怕。傻孩子，这么大的事，怎么能不告诉你们家大人呢？”

单小萍眼里噙着泪花说道：“我要是告诉他们，他们准不让我来。我想反正很安全，等回去后再给他们一个惊喜。谁知现在竟出了这样的事，万一回不去，爸妈都不知道我去哪儿了，非急疯了不可。”说着，泪珠顺着脸庞滚了下来。

吴思祥被赵天宇一吼收敛了许多，他闭着眼睛心里盘算起另一本账：除了太保的旅游意外险，他还买了国际保险公司的人身意外险，一旦发生意外，他能获赔五百万美金！虽然自己是享受不到了，但老婆和儿子后半生就不用愁了。

想到这里，吴思祥说不清是喜还是悲。他转头看看旁边的樊进才，发现樊董镇定自若，目不转睛地看着手上的平板电脑，那上面正播放着下载的电影《星球大战 18》。

吴思祥摇摇头说道：“我说你真是个扫把星，要不是你一部一部的看什么星球大战，何至于我们这里也要爆发星球大战？”

樊进才听了不但没恼，反而笑着说道："好啊，那拍出来就是《星球大战 19》了。"

要说镇定，还真有一个人处变不惊，那就是乔羽生。

自从发现樊进才失踪到莫名其妙的回归，乔羽生的心里就结了个疙瘩：对方好像是针对自己来的。要是他不和樊进才换房间，那也许失踪的就是自己。要是失踪的是自己，是不是也像樊进才那样能回归呢？想到这里，他竟激灵灵地打了个冷战。

乔羽生从小就对宇宙太空充满兴趣，在市少年宫航天科普班是有名的"学霸"。初中没毕业就被华夏科技大学破格录取，两年后就以 680 分的成绩取得硕士学位。此后进入华夏航空航天大学攻读博士学位。当时，他被冠以"神童"头衔，成为新闻媒体追逐热捧的对象。

然而就在他获得博士学位之后，这位天文学界的新星却突然淡出了人们的视线，电视、网络、报纸、杂志上再也听不到关于他的任何信息，仿佛一下从人间蒸发了似的。

直到五年之后，Y 国宇宙论坛刊登了一篇题为《月球正加速离我们而去》的论文，不仅震惊了天文学界，而且震惊了各国的政要乃至平民百姓。论文的作者正是乔羽生！

如果说当年被媒体热捧的乔羽生还是个二十来岁的小伙子，面对摄像机镜头还带着几分腼腆和生涩，而今天的乔羽生已经是六十开外的年纪，成为太空研究领域泰斗级的人物。

早在几十年前就有学者提出："月球正在慢慢地远离我们，大约每年 3.8 厘米，几万年之后，地球上的人们看到的月球将比今天的小。"

每年 3.8 厘米，对地球来说影响微乎其微。因此谁也没有把这种变化放在心上，那些有实力对此进行研究的国家照旧忙于争夺石油，侵占地盘，扩大霸权影响。

但是，乔羽生的论文以深厚的专业功底对大量的实验数据进行了严密的逻辑推理分析，向世界敲响了警钟：“月球的离心力与地球对它的万有引力之间的平衡正在被打破，不排除有一股不明力量在拉大月球的公转轨道，加速月球远离地球！”

随着论文发表，乔羽生的名字顿时上了热搜。各国各种论坛讲座的邀请函如雪片般飞来，每天都有数十个媒体人要求对华科院太空研究所进行采访，都被太空研究所宣传部门的负责人婉言谢绝。有记者追问起乔羽生的去向，单位领导双手一摊，苦笑着回答：“我们也不知道。”

于是，记者们干脆分头在单位和住所蹲点守候，接连几个月，谁也没见到乔羽生的身影。渐渐地，人们也就淡忘了这件事，淡忘了乔羽生这个人。

这次他是作为个人报名、华科院推荐、航天系统特邀参加的华夏月球旅游团，并未向外界公开，否则很可能引起新一轮的轰动。

当太空一号刚冲进隧道时，他看到周东国从座椅下夹层中拿出一挺 CS-20 机枪时，乔羽生感到全身的血管在收缩，这种往日只有在影视剧中才能看到的临战场面竟活生生地出现在眼前。不过，他这种本能的紧张反应很快便松弛下来，甚至对即将来临的未知有了些许向往：作为一个神游于宇宙星球之间的太空求索者，还有什么能比眼前即将发生的机遇更令人兴奋的呢！哪怕刀山火海，他也要去“金色帝国”看看。

此刻，他镇定地靠在椅背上，望着窗外一幅幅令人惊骇的画面：红脸、黑脸、蓝脸、绿脸，是神？是怪？是鬼？是魅？一个个瞋目呲牙，伸出手抓向车窗，那两寸长的指甲仿佛已经碰到了车窗玻璃。

“哇——”阿龙终于吓得哭出声来。

关彤把他紧紧搂在怀里，不停地说着：“别怕，别怕，那不是真的。还记得阿龙曾经问爸爸电影胶片上的人不会动，为什么电影机放出来它就会动了呢？”

阿龙止住了哭声，含着眼泪的大眼睛转动着想了片刻说道：“我想起来了，那叫视觉暂留！”

“对！视觉暂留。图像作用于视网膜是有一定时间的，图像移去后，视神经对它的印象不会立即消失，而要延续0.1秒的时间，所以，当电影胶片的播放速度超过每秒24张时，在人的眼睛看来，就是在观察一个活动的物体了，胶片上的人物也就鲜活起来了。”关彤进一步解释道。

“那和我们现在看到的有什么关系呢？”吴思祥也来了兴趣。

“你真笨，现在是我们的车在开，达到一定的速度后，窗外的图片便动起来了。爸爸，阿龙说得对吗？”阿龙得意地说。

“对对对，阿龙真聪明。”关彤接着说，“那阿龙还害怕吗？”

阿龙摇着头说道：“那些妖怪是假的，阿龙不怕。”

孩子是不怕了，可是有个大人却害怕了——电视台的摄像熊兴海。

如果说乔羽生对所谓金色帝国是一种专业范畴里的兴趣，而对于熊兴海来说，则是一种职业性的向往。把在金色帝国所见所闻都用摄像机记录下来，带回地球播出，收视率绝对不输任何一部大片。台里肯定会以惊人的天价向全世界出售版权，到年底经济收入肯定能创历史新高。当然，自己的个人收益也绝对可观，提职、加薪、奖金……

可是，正当他把摄像机镜头对准小阿龙时，他突然发现镜头里一片漆黑，什么都看不见。

“难道是没电了？不能啊，早晨刚换的新电池。”熊兴海边嘟囔边从配件包中取出一块新电池换上。

可是开机后镜头里依旧是一片漆黑，他一下傻眼了。

坐在他边上的申江台导演侯炳昆也急了，从熊兴海手上接过摄像机仔细检查起来。他是摄像出身，要说对摄像机的使用，他绝对不比熊兴海差。他知道，他们此行的目的就是全程记录旅游团在月球上的衣食住行等活动情况。要是没有摄像机，对台里来说，这一趟岂不是白来了！

侯炳昆急忙提醒熊兴海：“不是还有两台备用机器吗，快拿出来。”

熊兴海起身到车后的银色设备箱中取出了备用摄像机，结果还是黑屏。他对侯炳昆摇摇头说道：“见鬼了，我再去拿那台微型摄像机……”

他的话还未说完，那沉闷而带有嘶哑的声音再次响起：“尊敬的先生，奉劝你们不要再做无谓的尝试了。我们的 HS 干扰波已经中止了你们所有电器的工作。不信看看你们的手机就明白了，哈哈哈哈。”

刺耳的狂笑声中，旅游团的成员纷纷用手指按住胸前的感应电话，竟然没有一点反应！

此刻，太空一号车厢里出奇的安静，每个人的目光都看向赵天宇。

“大家别紧张，反正这里也没信号。他们不是说是信号波干扰吗，离开干扰波段，也许就能正常使用了。”赵天宇这么说，显然是为了安抚一下大家的紧张情绪。其实他自己心里也没底。他另有一台太空专用手机，经过了特殊处理，掏出来一看，这时虽然没有黑屏，但信号也很不稳定，时断时续，若有若无。

太空一号还是以每小时 120 公里的速度在隧道里急驶。

赵天宇老僧入定般盘腿坐在座位上，竭力让自己冷静下来，思索前方可能遇到的问题和应对办法。他感到身体不由自主地前倾，意识到太空一号在不断地向下前行。

突然，他发现自己的手机屏幕也变成了漆黑一片，这意味着他们与外界唯一的联系通道也被切断了。他下意识地抬头看了看太空一号驾驶室，那里有着五花八门的电子产品，不知有没有受到干扰。

最显眼的是驾驶台上那块导航彩屏，五颜六色的线条符号竟那么刺眼。各种仪表盘上的指针也都稳稳地处在正常位置。

赵天宇心里暗暗吃惊：对方所谓的 HS 干扰波指向性怎么那么强，一道玻璃之隔，车厢里的所有电器都被干扰，驾驶室却安然无恙，何况太空一号是在不断前行，难道驾驶室里有什么古怪？此刻，他竟有些后悔怎么没带上方华轩，他在的话，也许能解决眼前的难题。

突然，周东国拍了下他的肩膀说道：“老赵快看，前方亮点。”

果然，在遥远的前方出现了刺眼的亮点，那亮点随着车辆的前行越来越大，那肯定是隧道的出口。只是那里实在是太亮了，仿佛那上面挂着个太阳，照得人睁不开眼。

说时迟那时快，还没等众人反应过来，太空一号已经呼啸着冲出了隧道，减速停了下来。

车后隧道的大门缓缓关上，门上的装饰和墙体严丝合缝地连成一体。

随后，那沉闷而嘶哑的声音再次响起，但“叽里咕噜”地不知说了些什么，周围的墙体突然转了起来，速度越转越快，等到停下来的时候，车上的人早已分不清进来的门在哪里。

“尊贵的客人们,欢迎各位来到金色帝国月球基地。现在请下车吧。”

茅招骅按下了开门按钮，太空一号车厢门缓缓打开。

赵天宇手握TWK激光发射枪朝周东国做了个手势，示意自己先下车，又指着周东国手上的CS-20机枪轻声说道:“等我开枪，你再下来。”

“啊，不不不，尊贵的朋友，我刚才就说过了，不要做无谓的尝试。你们那些武器在这里发挥不了任何作用，只能给你们带来灾难。别忘了你们是客人，带着武器做客是没有礼貌的。我劝你们还是把武器放在车里，我们不会也不屑于去动你们那些玩具似的武器。”说罢，对方“嘿嘿”一阵冷笑。

赵天宇也是一声冷笑:“既然是玩具，那为什么不让我们带下车呢？”

“因为我怕它破坏了我们之间的和谐气氛。你放心，只要我们合作愉快，到时候我保证你们人车毫发无伤，完璧归赵。”

赵天宇听了一愣，随即说道:“哦？你竟然懂得完璧归赵？你到底是什么人？”

对方笑道:“你想知道我是什么人，下车不就知道了吗？”

赵天宇一想僵持亦无益，不如下去看看。于是回身将TWK激光发射枪交给周东国，空着手下了车。

一片刺眼的金光扑面而来，照得他睁不开眼。他忙闭上眼，几分钟后才缓缓睁开。

这是一个足有四个篮球场大小的圆形大厅，高有三十米开外，穹顶上的一盏“灯”，放射出太阳般的光芒。厅里空无一物，周围全部用金砖砌墙，脚下是金砖铺地，在顶灯的照射下，人仿佛置身于金色的海洋之中。

第七章　太空一号失联

赵天宇去过 A 国八星级的皇宫酒店，它耗资 30 亿美金打造，用金箔贴墙，以至到处都是金灿灿的，名副其实的金碧辉煌。但是与眼前这金色圆厅相比，就逊色多了。

赵天宇大声说道:“我出来了，主人怎么还不露面？”

话音未落，只听一阵极轻微的响声过后，大厅中间的金色砖面慢慢向两边打开，下面是一格格金色阶梯，顺着阶梯走上一个“人”来。

走上来的与其说是人，倒不如说是怪。

那怪脸色暗黄，身高足有两米开外，但头却很小，以至两只环眼长在脸上显得特别大。嘴巴向前突出，又向耳后撇开，两只鼻孔藏在厚厚的嘴唇后面，一眼看去，就像没有鼻子一样。

最令人惊骇的是，他的头顶中间长着一个二十厘米长、直径三厘米左右金光闪闪的角。

“爸爸，我知道他是谁了！”阿龙兴奋地叫起来，“金角大王！”

“什么金角大王？”关彤一下子没反应过来。

阿龙大声说道:“就是《西游记》里莲花洞的妖怪金角大王，

本来是太上老君兜率宫看丹炉的童子，海上菩萨要他在莲花洞托化妖魔考验唐僧师徒……”

他本来还想说下去，关彤却用手捂住了他的嘴。

赵天宇听到阿龙说话，抬眼看看那怪物，心道：“还真像。”

此刻，那怪物已伸出双臂向赵天宇走来：“欢迎欢迎，尊敬的地球人！”

“站住！”赵天宇大声喝道。

那怪在离赵天宇十米的地方停了下来：“为什么那么凶？我们做朋友不是很好吗？我早就说过，金色帝国并无恶意，你看我没有任何武器。”说着，他高举双手原地转了个圈儿。

赵天宇冷冷地说道：“你们为什么将我们诓到这里来？”

“诓？这是从哪儿说起呢？你们自己将车开进了我们月火隧道，反说我们诓，真是不可思议。难道你们地球人都是这样的吗？”说着，那怪摊手耸肩的动作与人没什么两样。

“哼，好一个我们自己将车开进隧道，你敢说茅招骅不是你们的人吗？”说着，赵天宇过去拉开了太空一号驾驶室的大门。

茅招骅从车门处的台阶上走了下来，脸上带着淡淡的笑，那笑容中带着几分得意、几分嘲讽。

“啊，亲爱的茅，你干得真漂亮！”那怪笑着迎向茅招骅。

赵天宇一把抓住茅招骅，厉声问道：“你到底是什么人？”

茅招骅答道：“华夏人啊，不信给你看身份证。”边说边要从口袋里掏身份证。

“行了，你给我过来。”那怪大声说道。

接着，他又对赵天宇道：“他的身份证你们不知道看过多少次了，看出什么问题了吗？看不出吧！因为那不是什么假证件，那是真的，茅就是地球人，就是华夏人。不过他是我的雇员。”

茅招骅在一边点头哈腰，连说：“是是是。”那模样活脱脱就是影视剧中的汉奸。

赵天宇说道：“这么说还是你通过这个内奸将我们诓到这里来的。你们到底是什么人，想要干什么？”

那怪发出一阵刺耳的狂笑：“你要说诓，那就是诓。其实我们是请你们来做客的。你们不了解我们，不愿意来，我们只得将请字换成了诓字，不诓你们肯光临此地吗？”

赵天宇听了大笑说道：“请客也罢，诓客也罢，你总要让客人知道主人是谁呀！怎么样，请自我介绍一下吧！”

“啊，对对对，我忘了自我介绍。”那怪拍了拍脑门说道，“我们来自金星，和地球是最近的邻居。你们华夏不是有句话叫作远亲不如近邻嘛，我们应该相亲相爱、友好往来对吗？”

“哈哈，想不到你还是个华夏通！”赵天宇笑道。

“我叫高登格兰特，是金色帝国月球基地的总督。说我是华夏通不敢当，但对你们华夏，我还是有些研究。不瞒你说，你们的八级汉语考试对我来说，还真不是什么难题。”那怪得意地说道。

车厢里刚才还紧张的气氛竟被他这句话逗得稍显松弛，单小萍撇了撇嘴，说道：“吹牛吧？他在哪儿学的，还八级！”

仿佛是在回答单小萍的问题，高登格兰特继续说道：“我们的飞行器一直围绕你们地球游弋，能转播你们所有的电视信号。”

它见赵天宇露出怀疑的眼光，立刻伸出一根手指往金色的穹顶一指，口中“叽里咕噜”地发出一句指令。穹顶上顿时露出一块硕大的屏幕，播放的正是华东电视台的新闻节目。

这一下不仅让车厢里的人目瞪口呆，就连赵天宇也被惊得说不出话来。

“怎么样，我没有说大话吧？你们要相信我们的能力，更要相信我们的诚意。看来你是他们的头领，你叫什么名字？”高登格兰特问道。

“我叫赵天宇。”

“啊，现在我们总算可以交流了。赵天宇你看是不是可以叫你的同伴们下车了？”高登格兰特指着太空一号旅行车说道。

“别急，高登先生。你费尽心思将我们诓，啊，是请到此地，恐怕不光是为了让我们来做客那么简单吧？”赵天宇冷声问道。

“咯咯咯咯……”高登格兰特得意地大笑起来，笑罢说道，“赵先生真是个聪明人，除了友好交往之外，我们还有些事情想要请你们帮忙。”

“要我们帮忙？我们能帮你们什么忙？”

高登格兰特说道：“这件事三言两语也说不清。我看你们也累了，先去用餐，今天就在我们基地休息，我们明天再谈正事儿。”

赵天宇听了，沉思片刻说道：“请高登先生略等片刻，让我和大家商量一下。”

高登抬手示意：“请便。”

赵天宇转身返回太空一号。他和高登格兰特的对话大家都听得清清楚楚，对于要暂留此地都觉得忐忑不安。

经过几分钟的考虑，赵天宇冷静地说道：“眼前局面明显对我们不利。如果拒绝留宿甚至反抗的话，势必车毁人亡。我的意见是顺水推舟，先留下来，看看他们到底要干什么。觅得机会再离开这里。”

乔羽生第一个表态同意。紧接着，众人也都表示没有异议。

赵天宇回身走近高登格兰特说道：“你要我们今天留下，我们认为可以。但有三个条件。”

高登问道：“什么条件？”

“第一，保证我们每个人的安全；第二，保证太空一号旅行车完好无损；第三，我们要随身携带防身武器。如果你同意，我就招呼大家下车。”

高登听了一愣，说道：“前两条没有问题。只是这第三条么……”

赵天宇说：“高登先生，我们华夏有句老话叫害人之心不可有，防人之心不可无，我们对你们一无所知，携带武器防身心里也踏实些。我想你应该可以理解吧？”

高登沉思片刻，说道：“说实话，你们的这些武器在我们眼里真没什么用。好吧，你们就带上吧。其实只要你们愿意配合，一切都没有问题。”

赵天宇对太空一号打了个手势：“魏导，带大家下来吧。”

几乎与此同时，华夏太空家园已进入紧急状态。

黄振军正在与凌峻研究神鹰七号的检查和保养问题，方华轩突然推门而入，脸上神态十分紧张。

方华轩性格沉稳，平时言谈举止温文尔雅、讲究礼仪。无论进谁的房间都先敲门。此刻的行为肯定是出了什么大事儿。

“黄总，不好了，太空一号不见了！”方华轩一进门就大声喊道。

“什么？不见了？太空一号不见了？”黄振军手上的笔“啪”的一声掉在桌面上，“怎么回事儿，别急，你慢慢说。”

嘴上说别急，却一把抓住方华轩的胳膊往监控室方向快步走去。凌峻也跟了过去。

方华轩指着屏幕说道:“我按规定每小时检查一次太空一号的位置。五十九分五十秒的时候，我打开了四号屏幕，这是太空一号专用频道。每次都能看到一个红色圆点表示太空一号的位置，可是刚才打开一看,没有红色圆点。我向四周扩散五十公里,也没有找到。”

黄振军盯着屏幕问道:“会不会是太空一号的信号发射系统出了故障?”

“应该不会，太空一号有三套信号发射源，不会一起出故障。”方华轩答道。

“这一路上有没有发现灾害性事故?”黄振军继续问道。

方华轩肯定地回答:“没有。”

“那难道是导航故障，致使他们迷路了?”黄振军脸色越来越阴沉。

“数据显示，他们的导航系统没有问题。”方华轩几乎堵死了黄振军能想到的所有可能性。

“如果正常情况下，他们应该到哪里了?”黄振军问道。

方华轩答道:“正常情况下，半小时以前他们就应该到达F国笛卡尔大酒店了。

黄振军似乎抓住了最后一根稻草:“也许他们到了宾馆，关闭了系统。”

方华轩还没回答，黄振军的手机响了。

“黄总，您好。我是凯萨琳，你们的旅游团怎么还没到?”对方的声音圆润淳美，只是中文发音略显生涩。

“啊，您好，我是黄振军。怎么?旅游团还没到吗?”黄振军问出这句话时心一沉，身上已经冒汗了。他停顿了几秒钟，稳定了心神才接着说道:“凯萨琳小姐，旅游团是准点从太空家园出发的,可能路上耽搁了。我会抓紧跟他们联系。一有消息，我马上通知您。”

“好的，黄总。我马上派人迎上去找找。再见！”

黄振军挂了电话，立刻对方华轩说道：“我们不是申请了中继十二号卫星对这次旅游团活动路线的录像吗，那我们就顺着太空一号前往F国笛卡尔大酒店的路线查找。看他们到底到哪儿了。”

“对呀！”方华轩顿时眼前一亮。

监控室里，方华轩熟练地操作，通过中继十二号卫星很快便搜寻到了太空一号行进的录像。他清楚地看到，旅游团在阿波罗11号静海基地停留，离开后便向着笛卡尔大酒店开去。可是不知道为什么，太空一号渐渐偏离了方向，驶向了无名环形山。

当看到太空一号开向了无名环形山时，方华轩带着疑惑的表情看向了黄振军。而此时，黄振军竟也扭头看向了他，眼神中满是讶异。往F国笛卡尔大酒店肯定不是这个方向，现在的这条路线谁也没有走过。

黄振军自言自语：“按照原来的路线，他们应该穿过迪卡环形山，走不多远就能看到F国笛卡尔大酒店了。楼宝坤可是咱们的活月图啊，这条路他少说走了不下二十次，今天怎么就走偏了呢？”

“黄总，你看！”方华轩惊得大叫，“他们怎么进了无名环形山呢？那可是条死路啊！”

无名环形山规模比迪卡环形山大得多，但只有一个口。太空一号即便是碰到什么路障，也不会绕道进这无名环形山呀！

就在他们二人收回惊讶对视的目光重新看向屏幕时，录像正清晰地记录着无名环形山里那奇形怪状的石头，黑里隐约透着蓝色，看着都感觉瘆人。

方华轩将录像倒回去，然后慢镜头回放，只见太空一号开到一块硕大的山石前便消失了，仿佛钻进了地下，没有留下任何痕迹。

“会不会是有人用技术手段遮盖了太空一号，使我们看不到它？”黄振军问道。

“不可能，绝对不可能！你看环形山里大到山峰、小到石头，每一帧都清清楚楚，怎么会单独屏蔽掉太空一号呢？”方华轩斩钉截铁地说。

黄振华听了，眉头皱得更紧，思索片刻说道：“你立刻将情况分别报告国家航天局、安全局、外交部和文旅部。我立即和国际月球治安部和月球安全警察部队联系，请他们到无名环形山搜寻。我就不信，太空一号会钻到月球里面去！”

国际月球治安部主任海肯的脸色铁青，语气沉重地问道：“你们有谁知道或干了点什么，还是早点说出来，要是有那么一点点隐瞒，我们将取消你们国家在月球的球籍！”

会议桌两旁坐着十来个国家驻月球的负责人。黄振华犀利的目光从每个人的脸上扫过，发现这些人对于太空一号失踪的通报，无一例外都表现出震惊，用目瞪口呆来形容一点也不过分。因为在月球上从来没发生过这样的事。

M 国驻月球联络官汤姆第一个打破了沉默。他慢条斯理地说道：“这是个令人惊讶的消息，那么大的太空一号居然会失踪！月球上现在能上来的就那么十几个国家，一共也不过一百多号人，谁能有力量做出这么大的行动？再说无名环形山附近也没听说发生月震、山崩和泥石流之类的自然灾害，太空一号怎么就不见了呢？”

汤姆的话刚说完，E 国驻月球治安管理员娜塔莎便说道：“要说人多，你们国家的人最多，你们那个什么氦 3 前期研究团队就有二十多个人。”

“我抗议！娜塔莎小姐的话似乎暗指这件事是我们干的。”汤姆气得脸都红了，“几十年前，我们之间虽然有那么一点矛盾，但这早就过去了。我们氦3前期研究团队的人是多一点，但那都是大家提议的，都是些技术人员。凭那些人能把太空一号从月球上抹掉？！”

娜塔莎刚要说话，海肯伸手制止了她。

海肯用手按了按太阳穴，然后沉声说道：“我请大家不要忘记这里是月球，不是地球，在这里，人类命运共同体的理念尤为重要！千万不要把地球上的争吵带到月球上来。如果谁忘记了这一点，那么就请立刻离开这里！”

也许海肯自觉语气过于严厉，停顿了片刻，才缓缓问道：“你们最近有没有人去过无名环形山附近？”

Y国驻月球治安管理员亨利答道：“我们的巡视员三天前曾经经过无名环形山外面，但没有进去。回来报告说一切正常，没有发现任何异常情况。”

黄振军说道：“海肯先生，我申请月球安全警察部队派人进入无名环形山寻找太空一号的去向，哪怕是太空一号失踪的线索。”

海肯听后没有马上回答，只是用右手食指和中指敲击着桌面。半晌，才缓缓说道：“黄振军先生，我理解你的焦急心情，我也和你一样担心太空一号的安全。但是你想过没有，无名环形山里面不是安全警察部队的职责范围，他们只负责各个国家在月球的机构和宾馆外围的安全保卫工作。无名环形山里面也许充满危险，要他们派人去恐怕会产生一笔不小的费用……”

黄振军一听，立刻明白了他的意思，毫不犹豫地说道：“费用不是问题，全部由我们承担。只是请海肯先生马上安排，越快越好。”

海肯听黄振军这么说，便爽快地说道：“OK，我马上跟莱恩少校通电话。”边说还边用食指和拇指做了个 OK 的手势。

黄振军轻咳一声，继续说道：“海肯先生，我还有个请求，也是对大家的请求，在事情还没有眉目之前，请大家保守秘密，千万不要向外界透露，以免过早引起不必要的恐慌。”

海肯用食指点向每个参会人员：“记住、记住、记住！”

国家航天局。

小会议室内紧急绝密会议已经开了一个多小时，航天局局长芮长安看上去镇定自若，实则心急如焚。太空一号失踪，这可是天大的事啊！他第一时间就把此事向最高领导作了汇报，答复只有一句话“不管你用什么手段，尽快分析原因、查清真相，及时向我汇报！”

短短二十四个字，却字字千钧，压得芮长安喘不过气来。

他亲自打电话请来了国家安全局分管太空安全的副局长杨剑、外联部副部长石岩和文化旅游部部长柳海清。

第一个来的是石岩。他和芮长安是党校同学，又是同一宿舍的室友，关系铁得像亲兄弟。听老同学说有急事商量，立刻放下手上的工作及时赶到。

芮长安刚让石岩坐下，还没来得及寒暄，杨剑和柳海清也到了。

秘书给三位客人泡上茶，便退了出去。

芮长安开门见山，将太空一号失踪一事说了一遍，传达了最高领导的指示。

会议室里顿时静了下来，死一般的寂静，一根针掉在地上都能听到响声。

几分钟后，杨剑打破了沉寂，他看着芮长安说道：“你们不是有各种紧急情况下的应急预案吗？下一步准备怎么做，需要我们配合些什么，尽管说。”

芮长安一听更急了：“兄弟，你叫我说什么呢？我们的应急预案做得够细致了，从技术故障到自然灾害，从吃住行游到团员伤病，分门别类五百多项应急预案。不瞒你说，就连万一有不友好国家干扰破坏都有应对程序，可就是没有集体失踪这一项啊！”

“对呀，要是在地球上，无论在哪个国家，我们都会立刻派人过去，要求当地政府帮助寻找。可那是月球呀！”柳海清皱了皱她那高挑的双眉，“哎，芮局，你们不是可以通过卫星进行搜索吗？”

芮长安苦笑着摇摇头，伸手按了一下桌上一台微型投影仪的播放键，白色幕布上出现了太空一号进入无名环形山的画面，不久就从画面上消失了。

石岩沉思片刻说道：“那可以提请月球安全警察部队帮助搜索啊。”

“十名太空警察已经前往无名环形山，不过我不抱太大希望，因为我们的卫星抵近搜索可以看清每一块乒乓球大小的石头，但就是找不到太空一号。”芮长安边说边关闭了投影仪。

会议室又恢复了寂静。

突然，杨剑的手机消息提示音响起。杨剑打开一看：“赵天宇！！！”

第八章　短信背后的故事

杨剑顿时大叫:“快来看，赵天宇从月球发回的信息!”

众人一起围拢过来，杨剑握手机的手竟不由自主地颤抖起来，只见信息仅有一句话:“我们迷路了，只能开始新的行程。”

芮长安把这句话又反复念叨了几遍，终究还是不得其解:“迷路了？就凭楼宝坤也会迷路？再说不是还有导航系统吗？”

石岩和柳海清也接过手机看了那条信息。

柳海清说道:“既然赵天宇能发信息回来，其他人怎么一点消息也没有呢？这么大的事，魏虹应该发信息给我的呀。”

出发那天，柳海清一直将旅游团送到神鹰七号空天飞机的舷梯下，反复叮嘱魏虹，万一遇到什么意外，要及时向她报告。怎么只有赵天宇发回了信息呢？

杨剑捧着手机，眼睛盯着屏幕一动也不动，眼神仿佛要穿透这短短的两行字，看到每个字背后的东西。几分钟后，他随手取过一张白纸，掏出水笔将那条短消息写在纸上。

“太空一号出大事了！”杨剑猛地一拍桌子，桌上的茶杯被震得跳起来。幸亏他是侦察员出身，眼疾手快一把扶住，茶水才没洒出来。

芮长安急忙问道:“兄弟，你可别吓我，你怎么知道出大事了?”

杨剑答道:“赵天宇外表刚猛，其实心细如发，做事十分谨慎，而且文字功底深厚。他的这条短消息虽然只有十三个字，但其中暗藏玄机。”他指着纸上的字，“你们来看。”

芮长安一看，杨剑在“迷路”“只能”和“新的行程”下面划了三道杠。

“赵天宇说他们迷路了，根据芮局对楼宝坤的了解，他就是个活月图。去笛卡尔的路，他闭着眼睛都认识，何况还有自动导航系统辅助。真迷路的话，只有在楼宝坤出事，同时导航系统故障的前提下才会发生。”

芮长安说道:“可是我们查了，导航系统运行正常，只是找不到太空一号。也就是说太空一号离开了导航系统的跟踪。”

“那问题就在后面的字上了。”杨剑接着说道，“新的行程？为什么是新的行程？迷路的话立即跟太空家园联系，也可以跟 F 国笛卡尔大酒店联系，弄清方向回到原来的行程上来。为什么要走新的行程?”

“对呀，任何一支旅游团一旦迷路都是辨清方向回到原来的行程上来。他们要走新的行程，是要走到哪里去啊?”柳海清不解地问道。

杨剑用水笔在“只能”二字上画了个圈:“这新的行程他们不是自愿的，而是被迫的，主动权不在他们手上。赵天宇用‘只能’这两个字告诉了我们现在他们的处境。”

石岩低头沉思，一直没有说话，听了杨剑的分析才轻声说道:“现在在月球上建点驻人的就那么几个国家。根据我们掌握的情况，相互间的关系还是和谐的，国际月球事务管理局对在月球各国的掌控还是有效的。大家都知道，在宇宙太空，人类命运共同体的理念显得尤为重要。谁会去胁迫我们华夏旅游团呢？”

柳海清说道：“会不会是哪家表面友好，暗中使坏，劫持了我们的太空一号？”

杨剑答道：“根据我们的情报，各国在月球的人力物力和活动范围都是有限的，还没有具备劫持太空一号的能力。”

柳海清瞪着那双大眼睛说道：“如果不是地球人干的，难道会是外星人？”说着自己也不信地摇了摇头。

听了她这话，芮长安脸上显得更加焦虑：“你还别摇头，没准还真是外星人！”

周东国和张凯将迷迷糊糊的楼宝坤从驾驶室里抱了下来。茅招骅从口袋里掏出一个紫色的小瓶，对着楼宝坤的脸喷了两下，楼宝坤顿时清醒过来。

他十分尴尬地笑着说：“你看我这一觉睡的，都到了。哎，不对，这不是笛卡尔大酒店！”

赵天宇伸手捂住他的嘴：“楼师傅，别说话。”

见旅游团的人都下了车，高登格兰特略略弯腰对赵天宇做了个请的姿势：“赵先生请。”

赵天宇安排周东国压阵，让他提着 CS-20 机枪走在最后面。自己手握 TWK 激光发射枪走在最前面。

这是一个圆形通道，直径足有八米，十分高大宽敞。走下二十二格阶梯便是一条三米宽的道路。通道里虽然没有用金色装饰，但每隔十米一盏壁灯的灯座金光闪闪。

通道不长，三百米后便被一堵墙挡住了去路。高登格兰特一按遥控器，墙面由中间移开。里面是一架电梯。三十多人一起进去也不显得拥挤。

赵天宇明显感觉到电梯正是在往下去，速度很快却很平稳。待到电梯停住，赵天宇估计至少下降了 500 米。

电梯门打开，众人顿觉眼前一亮：这里与国内的宾馆大堂几乎完全一样，前厅的吧台、休息的沙发和脚下柔软的地毯。特别是魏虹感觉这里的布局似曾相识。唯一不同的是，前台工作人员是和高登格兰特一样的“怪”，小头、环眼、突嘴、厚唇，头上也长着金角，身高比高登要矮，只是身上穿着金色的纱裙。

高登挥手对前台招呼：“艾柯莎，这是来自华夏的贵宾，你给他们登记姓名，每人分发一支门启。”

魏虹问道：“门启？什么是门启？”

“门启就是……就是……在你们国家怎么说呢？啊，想起来了，就是钥匙，开门的钥匙。”高登见是魏虹忙打招呼：“啊，对不起，好像您就是导游魏虹小姐，我疏忽了，分发门启本来应该是您的权利。现在您是否可以让大家排成一列。”

马桂兰和俞洪发是排在最前面的。在吧台上有一个摄像头，艾柯莎叫马桂兰在一本登记册上签名，然后递给她一个门启。

当马桂兰拿到门启时竟扑哧笑出声来。门启是金色的，形状像地球人常用的不锈钢调羹：“什么门启，不就是个金调羹吗？”

她的话音未落，脸上的笑容一下变成了惊奇：“咦，相片已经印在上面了。”

魏虹接过门启一看，圆圆的凹勺中央现出马桂兰的头像，柄上刻着中文“马桂兰”三字和 001 的房间号。

俞洪发拿到的是 002 号门启：“老马，咱们不住一间屋？”

魏虹见了，忙对高登说道：“高登先生，他们俩是夫妻，住一间房间就可以了。”

高登连连摇头说道：“不不不，我们的床都很窄，只能一个人睡。在我们金色帝国是不允许两个人睡在一间房间的。”

魏虹还想争取，高登干脆说道：“魏虹小姐，你们华夏不是有句老话叫客随主便吗？到了我们这里就听我们安排好吗？”

趁着团员排队领门启，赵天宇叫来了高登：“高登先生，你请我们来做客，可是我们的国家、我们的亲属都不知道，他们会急死的。你看能不能让我们发条信息，好让家里放心。”

高登沉思片刻说道：“每人都发肯定不行。这样，我可以向你开放一次信息通道，只是你不能泄露这里的秘密，与金色帝国相关的事一个字也不许出现。”

赵天宇想了想，点头答应。于是便有了杨剑收到的那条短信。

正在此时，前台又出了问题。

关彤指着阿龙对艾柯莎说：“他才十岁，生活还不能自理，怎么能自己住一间房间？”

艾柯莎使劲摇着头说道：“不行！”

其实，在家里阿龙也是一个人住一间房间的。只不过在这里，关彤不放心。尤其是出了樊进才失踪的事情之后。

任凭关彤怎么说，艾柯莎就是不松口。关彤的说话声越来越大，惊动了赵天宇和高登。

赵天宇问高登：“高登先生，阿龙还是个孩子，不能离开大人，您看……”

高登摇头说道：“不行，我们的国家没有孩子。”

冯彦君在一旁听了说道：“你们那里没有孩子？那你们出生就

这么大吗？”

“是的，我们出生就这么大，所以没有孩子。”高登答道。

吴思祥笑道：“没有孩子？那我们的冯老师岂不要失业啦！”

他的这句话要在平时也许会引来一阵哄笑，但此时不但没有人笑，马桂兰还狠狠瞪了他一眼。吴思祥只好无趣地退出人群。

赵天宇心想，高登的金色帝国将他们诓到此地，口口声声希望合作，又是那么客气，必有所图。因此也不能样样都依他。于是冷着脸对高登说道：“高登先生，你既然自称华夏通，应该知道我们的国家孩子就是我们的未来，是最珍贵的。如果阿龙不能和他爸爸住在一起，那我们都不住了，你送我们回太空一号吧。”

“赵先生不要发火嘛。”高登挥了挥手说道，“既然赵先生说了，那我就给你个面子，就破例让关先生和阿龙住在一起。不过床窄的问题我可没办法解决。”

等大家都登记完毕领到了门启后，魏虹对高登说道：“高登先生，作为导游，我想先看一下我的团员们的房间，这是我的职责，也是我们的行规。”

高登听了先是一愣，随即满口答应：“可以可以，魏小姐请。”

转过大堂是一条长长的走廊。走廊的两边是客房，房门边上有一块金色的门牌。门牌上有两行字，上面一行弯弯曲曲不知是什么文字。魏虹心想，这可能是他们所谓金色帝国的文字。下面一行却是地球人用的数字，标着房间号。

魏虹让马桂兰用门启开门，可是门上没有任何可以使用门启的设备。

魏虹问跟在边上的茅招骅：“这怎么打开？”

茅招骅接过门启说道：“要把门启放在胸前，正面对着门，说声开，门就会打开。”

他做了个动作，门却没有打开，看着魏虹狐疑的目光，他忙解释道：“这是智慧门，能看清开门的是不是房间的主人。”说着，他将门启交还给了马桂兰。

马桂兰按茅招骅说的做，果然房门自动打开了。

房间不大，有十五六个平方，一张单人床，一张桌子，一把椅子。靠里面有个小卫生间。虽说简陋，但也是麻雀虽小，五脏俱全。

魏虹打开桌下的抽屉，一个抽屉里面有两个面包和一瓶水，另一个放着一本书。

“怎么这里还有面包？”魏虹问道。

“啊，这是我们听取了茅先生的意见，特意为你们准备的。”高登答道。

正当众人准备去往各自的房间时，高登又叫住了大家：“各位各位，尊敬的客人们，我有两件事告诉你们，一是你们的房间里都有氧气，你们可以脱下航天服，轻松睡个好觉。另一件事就是不要出来乱走，否则你们如果受伤甚至遇到生命危险，我们不负任何责任。”

赵天宇一听，立刻说道：“我是不是可以理解成我们是被囚禁起来了？”

“不不不，赵先生误会了。你们是我们最尊贵的客人，怎么会是囚禁呢？”高登指着走廊说道，“这里有许多防卫设施，是会伤人的，你看！”

说罢，高登嘴里“叽里咕噜”地说了句口令，只见二十米开外不知从哪儿发出几道蓝色的电弧。

“我说不让你们出来，完全是为了你们的安全。”高登说道。

“万一谁要是有什么事需要帮助……”赵天宇问道。

高登笑着说道：“每人床头都有一个金色按钮，按下按钮，我们就会有人过来提供服务。”

看到团员们都分别进了各自房间，赵天宇也向自己房间走去，高登在后面叫住了他：“赵先生，请等一等。”

赵天宇停下脚步看着跟来的高登。

“你们团里有位叫乔羽生的科学家，我们想请他参加我们金色帝国的学术研讨会，不知是否可以？”高登问道。

“可以告诉我是什么学术研讨会吗？”赵天宇问道。

“主要是研究太空中星球之间相互关系的研讨会。具体的学术理论，我也说不清楚。”

“研讨会什么时候召开？”赵天宇又问道。

“只要乔先生愿意，随时都可以安排。”高登答道。

赵天宇心中堆满疑云，嘴里却说道：“那我要问问乔先生自己的意思，看他愿不愿意参加你们的研讨会。”

“当然当然，那我们一起去问问他？”

当赵天宇和高登一起走向乔羽生的房间时，魏虹已经有了惊人的发现。

魏虹爱干净，对床品的要求特别高。进了房间，她第一件事就是检查枕头和被子。

打开洁白的被子，发现在被角用蓝色丝线绣着一行字母：M.The blue sky。翻过枕头，枕角也有相同的一行字母。

“蓝色天空？这不是 M 国一家著名的五星级宾馆的名字吗？这些床品怎么会出现在这里？难道金色帝国的背后黑手是 M 国？”

魏虹对 M 国蓝色天空宾馆非常熟悉。两年前在旅游专科学校导游专业学习时，她曾经在那里实习过两个月。

蓝色天空宾馆坐落在 M 国蓝色妖姬国家森林公园附近，青石山下、绿树浓荫中一幢 12 层的白色建筑，在周边萋萋芳草和红色小屋的点缀下显得尤为突出。

宾馆布局合理，设备先进，装饰精美，服务规范。魏虹在这里学到了许多，也交了很多朋友。其中最要好的是领班莫尼雅和保安洛克，他们是一对夫妻。他们见魏虹远在异国他乡，特别关心她，经常请魏虹去他们家做客，参加他们的舞会。

洛克的家就在离宾馆不远的蓝色天空小镇上。小镇很小，二十几幢别墅分散在绿树丛中，由几条三米宽的石板路交互联通。商店就开在各家别墅的一楼，吃喝日用商品齐全，顾客进店购物就像邻居串门。去的多了，大多数店主也都认识了魏虹这个来自华夏的姑娘。

最令魏虹难忘的是宾馆背后的青石山，这里是 M 国的滑雪胜地。洛克和莫尼雅还领魏虹来滑过雪。三月，春寒料峭的青石山依然是雪肤冰肌，随着银色的滑板俯冲而下，皓洁的白雪扬起晶莹的雪花，与惊呼和笑声一起组成一幅欢快的交响音画。

可是，就在魏虹回国半年后的一天下午，她收到了洛克的短信：青石山下遭遇了前所未有的龙卷风，小镇幸免于难，蓝色天空宾馆却被连根拔起，就像一根巨大的火箭升空，消失在滚滚乌云之中。M 国请各国帮助查找，寻遍了五洲四洋也没找到蓝色天空宾馆的下落，哪怕是残迹遗骸。而莫尼雅那天正在蓝色天空宾馆当班！

听到噩耗的魏虹把自己关在房间里大哭了一场。由于重任在肩，不能去 M 国安慰洛克，只能发了一条两千字的微博以示哀悼。此后很长一段时间，她眼前时常浮现莫尼雅的身影，久久难以忘怀。

现在竟然在所谓的金色帝国看到了蓝色天空宾馆的布草，叫魏虹怎能不震惊!

魏虹毫不犹豫地按下了床边的金色按钮。

天花板上传下来浑厚的男中音:“尊敬的魏虹小姐，请问您有什么需要?”

“我现在要见我们的领队赵天宇先生。”魏虹答道。

“不好意思，赵天宇先生、高登总督和乔羽生博士正在开会，请魏虹小姐耐心等待。会议结束我会第一时间通知赵先生。”浑厚的男中音彬彬有礼。

乔羽生第一眼见到高登时，脑海里便现出三个大字:“外星人!”

地球上各个国家的天文和宇航科学家近百年苦苦搜寻外星人的踪影，探察莫测高深的外星文明，动用了无数的人力物力，迄今一无所获。这次月球旅行竟碰上了，对于毕生研究太空科学的乔羽生来说，兴奋之情难以言表，反而将心底那一丝恐惧完全掩盖了。

此刻，他坐在床边近距离端详着站在对面的高登，不由钦佩起那些科幻片的编剧导演，影视剧中他们凭空想象出来的外星人形象和眼前的高登几乎就像一个模子里刻出来的。

高登首先问道:“乔先生，对这样的住房条件还满意吗?”

乔羽生答道:“非常满意，这里的家具床品和我们地球上的宾馆用的没什么两样。”

“乔先生满意就好。”高登显得很兴奋，“为了迎接来自地球华夏的客人，我们从两年前就开始准备了。”

“两年前?”乔羽生心里咯噔一声。

“两年前，我国发布了华夏航天十年发展规划，其中就提到二十一世纪六十年代初开发公民月球旅游项目。难道那时候他们就盯上了？”乔羽生暗想。

赵天宇问道:“这些东西都是你们生产的吗？”

“那当然。”高登接着解释道，“我们那里是不用这些的，这完全是为你们准备的。”

赵天宇笑道:“看来你们还真是处心积虑啊。”

高登听了一愣，随即说道:“赵先生的中文水平看来不怎么样，据我所知，‘处心积虑’这个词在华夏文字中好像是贬义，用来形容我们的热情好客，似乎不太合适。”

赵天宇心想这家伙对中文还真懂得不少，于是哈哈一笑说道:“开个玩笑，咱们言归正传。你不是要邀请乔先生参加什么学术研讨会吗？”

“对对对，我们知道乔先生是华夏，不，是你们地球上最伟大的科学家，能请到乔先生参加我们的研讨会是我们的荣幸。”高登显得非常真诚。

乔羽生略略沉思后说道:“不过我对你们的国家，你们研讨会的具体课题一无所知，贸贸然就去参加，似乎不太合适。”

赵天宇立刻明白了乔羽生的意思，接过话茬:“要请乔先生参加你们的研讨会，总要让我们知道你们的国情、了解你们的目的、研讨会的主题和有哪些人参加，好有所准备。”

“啊，对对对，应该让你们先看看金星，看看我们的金色帝国，那是你们从未见过的另一个世界、另一个国家！”高登的语气有些得意。

第九章　另一个世界

听说高登要让他们看看金星、金色帝国这另一个世界，乔羽生兴奋得久久难以入眠。

金星，太阳系中八大行星之一，是离地球最近的行星。古代华夏称之为长庚、启明、太白或太白金星。而在古希腊神话中则称为阿佛洛狄忒。古罗马人称作维纳斯。

金星是一颗类地行星，从结构上看，金星和地球有不少相似之处。金星的半径只比地球半径小 300 公里，质量约为地球的 4/5，平均密度略小于地球。因此也有人把金星叫作地球的“姐妹星”。

虽说如此，但两者的环境却有天壤之别：金星表面温度很高，最高温度可达 480℃，不存在液态水，大气压力极高，严重缺氧。

金星周围有浓密的大气和云层。金星大气中，二氧化碳最多，占 97% 以上。同时还有一层厚达 25 公里的浓硫酸云，具有很强的腐蚀性。

十分残酷的自然条件，使地球人对金星的探测举步维艰，数量有限的探测器即便穿透硫酸云平稳降落在金星表面，向地球传回了资料，但还是有很大的局限性。揭开金星的神秘面纱，近距离观测金星的真容，是成千上万科学家梦寐以求的愿望。

乔羽生心往神驰，浮想联翩，不知过了多长时间才沉沉睡去。

赵天宇刚回到房间，高登便来与他商量次日的安排。高登提出，乔羽生参加研讨会，其他人由茅招骅做向导参观金色帝国月球基地。

赵天宇没有同意，他不能让乔羽生一个人留下：“高登先生，我也很想参加你们的研讨会，了解一下金星和你们的金色帝国。至于参观，可以由魏虹小姐带队。你看可以吗？”

高登面露难色：“这……赵先生，研讨会都是学术问题，不是专业人员去听的话会感到很枯燥。”

“没关系。告诉你一个小秘密，我可是半个天文学专家哦。”赵天宇说道。

高登沉吟片刻说道：“好吧。那你早点休息。”

赵天宇没有睡。他盘腿坐在床上，脑中盘旋着两小时前魏虹报告的重大发现。为防窃听，魏虹将她的发现写在小纸片上。当他看到“金色帝国月球基地客房里的用品竟然是M国被龙卷风卷走的蓝色天空宾馆的”时，他顿感头皮发麻。

两年前发生在M国的龙卷风灾害，赵天宇也曾经在电视上看到过。只是如同那年发生在M国的森林大火、地震、暴雨这些自然灾害一样，并未引起他的特别注意。要是当时有人对他说宾馆被龙卷风卷到月球上去了，他肯定会认为是哪位小说家的科幻段子。要不是那醒目的蓝色绣字M.The blue sky就在眼前，说什么他都不会相信。

刚开始进入隧道听到那沉闷而带有嘶哑的声音时，他怀疑是哪个敌对国家出于对华夏第一个成功组织公民到月球旅游的妒忌，而设计劫持旅游团，制造太空恐怖，损毁华夏形象。但见到高登之后，他意识到，这是来自金星的外星人。

金色帝国是敌是友？

是敌？但高登话语友善，热情和蔼，安排周到，从客房住宿到食品提供都是按地球人的习惯准备，虽然两个面包简单了些，但这里毕竟是月球，有面包已经很不容易了。

是友？那为什么不名正言顺发出邀请，而是用诱诓的手段将旅游团劫持进隧道，并限制了团员自由。走道里高登一挥手便发出的几道蓝色电弧，分明是赤裸裸的威胁。

赵天宇把踏上月球以来的全过程在脑海里看电影似的仔细过了一遍。现在他才意识到樊进才的失踪就是金色帝国的劫持。之所以去而复回，是因为樊进才不是他们需要的人。128 原本是乔羽生的房间，由于樊进才和吴思祥吵架，乔羽生把 128 房间换给了樊进才，才导致金色帝国阴差阳错绑错了人。联系现在高登口口声声希望旅游团与他们合作，提出要乔羽生参加研讨会，可以肯定对方的目标就是乔羽生！如果那次被劫走的不是樊进才而是乔羽生，也许整个旅游团就不会被诓进隧道陷入困境。

随即他又否定了自己的想法。如果仅仅是只要劫持乔羽生一人，他们何必要如此大动干戈，这几十间客房可不是为一个人准备的！

看着床单上那一排蓝色绣字 M.The blue sky，他不得不佩服对手心思之缜密，计划之周全，行动之高效。为了接待华夏月球旅游团，他们用龙卷风的手段抢劫了 M 国蓝色天空宾馆。令赵天宇奇怪的是，他们为什么不抢劫华夏的宾馆，而去劫持 M 国呢？对！他猛然想到，M 国在几年前就提出要组织赴月旅游，可惜因故一直未能成行，最终让华夏走在了前面。想到此，他不禁摇头苦笑，要是 M 国按计划实施，被劫的也许是他们了。

明天的研讨会到底是什么内容？将会碰到哪些问题？

明天的参观是否会有陷阱？一旦遇险又该如何应对？

高登所说的合作是哪方面的合作？如果有损国家利益，一旦拒绝会产生什么后果？

最重要的是怎样才能带领全团脱困？怎样才能摸清这里的情况？怎样才能与外界取得联系？……

一道又一道题目等待着赵天宇去解答，他的脑海里设想着一种又一种答案。他将所思所想一一写在小纸片上。渐渐的，他感到思维的速度变慢了，眼睛也快睁不开了，他才藏好小纸片，进入了梦乡。

如果说昨晚发现蓝色天空宾馆的布草令魏虹惊讶，那么眼前餐厅的所见所闻让魏虹彻底惊骇！

餐厅不大，仅能供五十人同时进餐，但这分明就是蓝色天空宾馆餐厅的微缩版。面包、蛋糕、黄油、果酱，用简餐来衡量也算是应有尽有了。特别是桌上那一台自动咖啡机，侧面竟镌刻着蓝色天空宾馆的 LOGO！就连回旋在餐厅的音乐也是魏虹当年在蓝色天空宾馆用餐时熟悉的《音乐之声》，只是此刻听来增添了几分诡异。

突然，取食品的队伍中传来了曹秋玉的惊呼："这果酱已经过期一年了怎么还拿出来给我们吃？"

听她这一说，众人纷纷去看自己手上托盘里的食品。果然都已经过了保质期！

魏虹心里明白是怎么回事，但她还是让茅招骅找来了餐厅负责人。

这是个足有两百斤的胖子，黄头发，蓝眼珠，一脸络腮胡子。

魏虹一眼就认出了他:“天哪，这不是当年蓝色天空宾馆餐厅的大厨哈林吗!”

“Good morning, HarLem!”魏虹主动伸出手去向哈林问好。

“Good morning。”哈林礼节性地应了一声，轻轻握了下魏虹的手。

“怎么，哈林你不认识我了吗? I am HuaXia Hong。”魏虹见到他从心底里高兴。

哈林摇摇头，然后便去解答众人关于食品保质期的问题:“请问各位有什么问题要问我?”

单小萍立刻用英语问道:“这些黄油和果酱都早已过了保质期，为什么还要拿出来给我们吃?”

哈林答道:“这上面印的是地球上的保质期，按照这个时间这些食品确实是过了保质期。但是大家别忘了，这里是月球，不同食品保质期分别可以延长一到三年，所以这些食品是安全的，请大家放心食用。”

众人一听，顿时议论纷纷，有听懂的，也有没听懂的向听懂的人询问。

哈林见没有人提出新的问题转身要走，魏虹拦住了他:“哈林，你真的不认识我了吗? 我是和莫尼雅还有洛克在一起的 HuaXia Hong 啊!”

哈林满怀歉意地摇头、耸肩，然后摊开双手转身离去。

赵天宇过来轻声问道:“怎么，你认识他?”

魏虹点点头:“他是蓝色天空宾馆的大厨哈林。我在宾馆实习时，我们还是关系不错的朋友。可是现在他竟然表示不认识我。”

“想不到蓝色天空宾馆竟然还有幸存者。”赵天宇接着说道,

“不过，刚才我注意到他神色木讷，目光呆滞，好像精神上有些问题。可他刚才回答问题却条理分明、逻辑清晰。难道他是精神被控制了？”

“那怎么办？要是莫尼雅也在这里就好了。就怕她也……”魏虹说道。

“只要能弄清控制他们的那股神秘力量并设法解除，他们就能恢复神智，这对我们了解金色帝国内幕将有很大帮助。”

赵天宇说完，从口袋里摸出几张小纸片递给魏虹，又轻声耳语了几句，便和乔羽生一起向等在门口的高登走去。

这是一间半球状微型会议室，两排沙发，每张沙发前都有一个茶几，茶几上放着两杯咖啡，散发出浓郁的香味。

“这是按照你们地球人的习惯布置的，二位请入座。”高登伸手指向沙发说道。

待乔羽生和赵天宇坐定，高登说道：“离研讨会还有些时间，请二位先了解一些我们金色帝国的情况，为我们下一步的合作打些基础。”说完他手一抬，出现了神奇的一幕：

没有幕布、光柱，也没有显示屏，眼前凭空出现了画面，充盈了整个半弧形的墙面和屋顶，观影者仿佛置身其中，清晰逼真的画面似乎触手可及。

橙黄色的天空，橙黄色的云层，橙黄色的大地，地面覆盖着棕红色的沙砾。不远处是一座山，随着镜头推进，可以清楚地看到山上的棕褐色的岩石棱角分明，就像斧劈刀削过的一般。

乔羽生轻声对赵天宇说道：“这就是金星。我们在地球上即便有高倍射电望远镜看得也没有这么清楚。”

突然，一道闪电银剑般划开橙黄色的云层，随即传来轰隆隆的雷声。紧接着接连几道闪电，仿佛耀眼的刀锋把厚厚的云层切割成了几块，暴露出云层深处的铁锈红。伴随着霹雳轰鸣的惊雷，真好像要把金星浓厚的大气层撕开个口子！不一会儿，竟下起雨来，豆大的雨点砸在棕褐色的岩石上溅起朵朵水花。

“下雨啦，那里有水！”赵天宇惊呼。

“你以为那下的是雨水吗，那是硫酸雨！”乔羽生笑着对赵天宇说道：“金星的云层主要是由二氧化硫和硫酸组成，完全覆盖整个金星表面，厚达 30 到 40 公里，具有很强的腐蚀性。你没看见刚才闪电照出的铁锈红云，那是云层最厚处，薄的地方就是橙黄色。由于金星表面温度高达 465℃至 485℃，硫酸雨下来很快便被蒸发消散。你看，雨停了，地面立刻变得很干燥。”

镜头里出现了一座山，山石错落，嶙峋起伏。无论是岩壁、岩壑，还是岩坎、岩块，所有的岩石都是褐红或者橙红色，好像被火烧过似的。

高登介绍道：“这是艾肯火山，正在喷发。”

火山口直径约六十米，暗红的岩浆不停翻滚着，扑通扑通就像一锅煮沸的浓汤。随着岩浆翻滚加快，浆泡越来越大，红里透黑的岩浆终于溢出了火山口，仿佛一条火龙缓缓地向山下淌去。

赵天宇听高登介绍说火山喷发，原本以为会听到惊天动地的巨大轰鸣，能看到通红的岩浆在黑烟的裹挟里冲天而起。可惜，他没有听到轰鸣，也没看到被压抑已久的岩浆冲破地壳疯狂地爆发、喷射，甚至连岩浆点燃草木、破坏公路、吞噬村庄的惨烈景象都没有，因为这里是金星，只有石头。

“这就是我们的金星，和你们地球完全不同。”高登语气中透着遗憾。

赵天宇问道：“你们就生活在这样的地方？”

“不不不，我们的金色帝国不在这里。”高登边说边打开了另一幅画面。

这又是一座火山，比那座喷发的火山更高更大，黑油油的火山口直径足有二百米，没有岩浆，看到的只是深不见底的黑洞。火山口周边布满嶙峋怪石，一条宽约二十米黑里透红的石带，从火山口往下延伸，像极了有人端着盆往下倒水。

突然，洞口升起一个巨大的银色圆盘，不停地旋转，旋转速度快得看不见它的模样。不一会儿就消失在了橙黄色的云堆里。

“看，这里就是我们金色帝国的门户，刚才你们看到的是运盘。哦，地球上好像叫作 UFO，你们那里叫飞碟。我们就是乘坐它前往各大星球的。”

赵天宇心中暗道：“好家伙，总算找到飞碟的老窝了，原来是从金星飞到地球的。”

“现在让我们去看看研讨会开始没有。”

高登伸手隔空点了几下，画面便由洞口往下探去。光线越来越暗，最后什么都看不见了。赵天宇感觉这洞很深，至少有上千米。

终于到了底部，因为转了个弯看到了一丝光线。跟着镜头往里过了两重大门，到第三扇大门打开，乔羽生和赵天宇都惊呆了：

这是另一个世界！

出现在乔羽生和赵天宇眼前的是一个足有 300 平方米的大厅，里面灯火通明，亮得有些刺眼。大厅中间是一条过道，过道的两旁各放着几十张工作台，每张工作台上都有一台电脑。这些工作台按区域分成了金色、银色和红色。几十个像高登那样的“人”在工作台前紧张地工作着。

乔羽生的目光投向了墙上的一块硕大的显示屏，这好像是大厅的平面图。图上分别有金银红三色显示灯闪烁。仔细看，发现每一盏显示灯代表着一张工作台。在显示屏的左上角有一组数字：120。

高登发现了乔羽生的关注，有些得意地笑道：“这 120 表示的是洞里的温度。这里是我们国家的指挥中心，大大小小的事务都在这里处理。按事情的大小和重要程度分为金色、银色和红色。开始处理灯亮，处理完毕灯灭。当然，在这里工作的人也分成了三档。我们月球基地的信息就是由金色区域的马科负责的。”

“所有的事它们都能处理吗？”乔羽生问道。

“一般的事，在它们的电脑里都有答案。碰到棘手的问题，它们只能请示总指挥。这时它的灯就会一长一短时亮时灭。”高登答道。

随着镜头移动，第四道门打开，里面是一条长廊，长廊的两边各有五扇门。长廊的墙壁是银色的，门是金色的。

高登指着长廊说道：“这就是我们帝国首脑办公的地方。再往里就是我们的议政厅，金色帝国的最高机密都在这里会商。今天的研讨会就在这里举行。”

“看来今天的研讨会规格够高的。”乔羽生说道。

“那当然，我们帝国的五位首脑都将参加。”高登说道。

“你们的金色帝国就这些人？”赵天宇问道。

高登笑道：“那怎么可能。别的不说，就我们月球基地是这点人能造成的吗？”

“那刚才地面上没看见有人啊？”赵天宇不解。

“金星上的温度，你们去了用不了几分钟就烤焦了。就是我们也待不了一会儿。所以，我们金色帝国的国民都是在地下生活的。”

高登答道。

“哦，原来你们是地下游击队。”赵天宇笑道。

“谁说我们是游击队？我们可是正规军。”高登一本正经地纠正着。

赵天宇暗想：这家伙对汉语懂得还真不少。于是他又问道：“即便你们是正规军，可怎么出去呢？”

“你刚才看见飞碟出去了吧？在金星，我们有两千多个像刚才那样的出口，每个出口里都有五十个以上的飞碟。”高登一声冷笑，“试问有哪个星球能经得起成千上万个飞碟的攻击？”

“你就吹吧，这洞下来也就巴掌大点地方，这走廊又那么窄，这么多飞碟藏在哪里，又怎么飞得出去？”赵天宇追问道。

高登哈哈大笑，笑罢答道：“赵先生你问得太多了，这可是我们帝国的秘密。”

就在他们问答间，镜头里第五道门已经打开。

会议室里一张长桌边已经坐了三十来人，面向镜头的是长桌的一端，坐着四个“人”，一看就是首脑席。

乔羽生问道：“高登先生，你不是说你们的的五位首脑都将参加会议，怎么只有四个？”

高登得意地用拇指指着鼻子说道：“另一个就是我呀！你们是金色帝国最尊贵的客人，我要亲自陪着你们，所以只能和你们一起参加视频会议了。”

镜头从参会人员的脸上一一扫过。令乔羽生和赵天宇惊讶的是，参加会议的竟然有两个地球人！一个是黑头发的黄种人，一个是黄头发的白种人。这两个人怎么进入了金色帝国的核心圈？

首脑席上坐在中间的“人”好像从屏幕中看到了高登：“高登，

你的旁边怎么有两个人？请问哪位是乔羽生先生？”

“奥尔东先生，我左手的这位就是著名学者乔羽生先生。”说着，高登又指着右边的赵天宇，“这位是乔先生的搭档。”

“欢迎你，乔羽生先生！想必高登已经向你介绍了我们的基本情况，那我们就继续开会，库巴你说说你的看法。”奥尔东说道。

乔羽生轻声问道：“高登先生，你们的汉语怎么都说得那么好？”

高登哈哈大笑起来：“你是说奥尔东？他只会说我们自己的话。你听到的是通过同声翻译过来的。我们的同声翻译系统可以同时翻译地球上五十种语言。”

此刻，那个叫库巴的“人”激动地站起来说道：“我不能同意刚才罗比的发言，虽然我们帝国有水有电，但是我们没有明媚的阳光，没有鸟语花香。我们不能永远生活在地下。你们没听到那个地球人刚才还笑话我们是地下游击队吗？”

第十章　别有天地非人间

库巴话音未落，赵天宇已经被惊得目瞪口呆：自己说得那么轻的一句玩笑话，竟已经传到了金星金色帝国的大本营，并引起此“人”的反感。看来说话还真得小心些。

坐在库巴对面的就是库巴提到的罗比。他听了库巴的话连连摇头说道：“难道我愿意永远生活在地下？我也希望我们金星变得像地球那样，有绿色的草原，有蓝色的海洋，像你说的有明媚的阳光，有鸟语花香。可是我们这里四百多度的高温，再多的水也会被烤干，更何况树木花草，只能烤成焦炭。”说着，他从一个圆盒中取出一节乌黑的木炭，“瞧，这就是我们的运盘从地球华夏带回来的烤焦的树木。”

“那不是老式火锅的炭炉吗，现在我国已经很少见了，这家伙是从哪儿搞来的？”乔羽生惊叹道。

“他们的能力远比我们想象的要大得多，连蓝色天空那样的宾馆都能一下卷走，何况一个小小的火锅炭炉。”赵天宇说道。

屏幕上，库巴一阵冷笑，然后猛地站起身用手指着罗比说道：“罗比，你真是个笨蛋！你以为地球上从一开始就有绿色草原，有明媚的阳光，有鸟语花香吗？错！四十多亿年前，那里和我们金星一样，到处都是爆发的火山、滚烫的岩石和呛人的烟尘。日夜温差达到二三百摄氏度，还要不时受到陨石的撞击。地球为什么能脱胎换骨成为今天的模样，我们又该怎样改变金星的现状？这就是我和高登先生一直在研究的课题。”

听他说到这里，高登起身向着镜头鞠了一躬。

奥尔东向与会者介绍道：“库巴和高登的研究课题受到了帝国的高度重视，他们已经完成了理论探索，并进入了实验阶段。请库巴继续。”

库巴坐下，扫了一眼与会众人，缓缓说道：“我们研究发现，地球的变化是从月球成为地球的卫星开始的。月球绕着地球公转，其特殊引力对地球海水的影响减慢了地球自转和公转速度，才分出了春夏秋冬四季，减小了昼夜温度差，潮汐促使生命从海洋走向陆地。由此可见，月球对地球是何等重要。”

会议室里一片寂静，众人的目光盯着库巴，显然已经被他吸引。

库巴接下来的话，羡慕中带着几分无奈：“我们金星无论是大小体积，还是质量结构，都和地球十分相似，可是我们的生存环境却是如此恶劣，逼得我们不得不躲在地下。究其原因，就是我们缺少一颗像月球那样的卫星。”

罗比终于找到了反击机会：“有了卫星又怎么样？四百多年前，在星云物质激烈碰撞下，一颗星体闯进了我们的轨道。”他突然对着那个黄发碧眼的白种人问道，“奥斯卡，你们地球人把那颗星叫作什么？”

奥斯卡是 F 国的天文学家，乔羽生在一次国际天文学研讨会上还曾与他有过一面之缘，不知怎么会在金色帝国的会议室见到他。

奥斯卡答道："我们把那颗星称为尼斯。"

"对，尼斯。"罗比继续说道，"很遗憾，尼斯不喜欢我们，而我们也吸引不了尼斯，它很快便消失在了茫茫太空中。"

库巴信心爆棚地说道："可是今天的金色帝国已经创造了属于金星自己的文明，应该已经有了捕获并留住一颗卫星的实力。"

"不不不，可爱的库巴先生，你把事情想得太简单了。宇宙空间的星球实在太多了，但不是每一颗星对我们都有用。只有体积、质量和引力都与我们金星相适应的星球才能为我所用。但是，要找到这么一颗星谈何容易！"罗比兜头给库巴泼了一盆冷水。

谁知库巴听了竟哈哈大笑，说道："罗比啊罗比，你真是孤陋寡闻，老实告诉你，我们已经……"

"所以我们特意请来了地球上最著名的太空专家乔羽生先生。"奥尔东突然打断了库巴的话，转向镜头对乔羽生说道，"尊敬的乔羽生先生，在这方面您很有研究，是否能给予我们一些帮助呢？"

乔羽生听闻一愣，有些措手不及。他沉思了几秒钟说道："奥尔东先生，您太客气了。我从未研究过金星，没有相关资料，很难说出什么对你们有用的看法。"

奥尔东淡淡一笑，说道："没关系没关系，乔羽生先生。我们会有足够的时间让您熟悉相关资料。高登先生，乔先生的吃住问题都安排好了吗？你要注意，他们是碳基人，与我们硫基人完全不同。我们可以生存在无氧的环境之中，不需要像碳基生命那样有呼吸行为。但他们不行，他们离开了氧气和食物就不能生存了。所以你要满足乔先生所有的需求，而且一定要是最高规格。如有差池，唯你是问。"

高登听了连忙答道："奥尔东先生，请您放心，我们已经按照地球人的生活习惯安排好了一切，会满足乔先生和他的朋友们的需求。”

“这就好。下面，请罗比谈谈对金星引力的测定进展。”奥尔东就此转移了话题。

赵天宇听闻，心里就是一惊，足够的时间？奥尔东口中的足够的时间是多长时间？原以为开完所谓的研讨会就能离开，看来……

乔羽生现在思考的却是另一个问题：刚才奥尔东说到硫基人和碳基人，以前在国际学术研讨会上曾经有学者提出过根据金星含硫环境可能存在硫基生命的猜想。当时这一猜想因过于虚无缥缈而被大多数人否定。没想到今天他竟然亲眼见到了硫基人！

学者的本能使他一下子钻了进去，他看看身边的高登，又看看屏幕上的那些与会者，顿时对他们的饮食起居、生活习惯、孕育传承乃至思想文化等一切都充满了好奇。而对于自身的危险处境似乎一无所知。

乔羽生对高登说道：“高登先生，我还是尽快了解你们的情况，所以关于金星引力问题的讨论我就不参加了。”

赵天宇一听忙道：“乔先生既然有此想法，我们不如马上加入旅游团一起参观，也免得高登先生他们另外再安排。”说罢，他向乔羽生使了个眼色。

“不不不，按照我们原先的计划，乔先生应该参加一周的研讨会，当然我所说的一周是指你们地球人的时间。然后我们会安排乔先生参观游览，乔先生如果愿意，还可以去我们金色帝国看看。”高登摇头说道。

乔羽生是个聪明人，见赵天宇向他使眼色，便暂时按捺住了好奇心，对高登说道：“我们华夏有位伟人说过，没有调查便没有发言权。所以在我没了解你们的情况以前，我即使参加研讨会也不会发表任何意见。”

高登听闻，愣了半晌才说道：“我没有权力改变首脑联席会议的计划，所以我要请示一下，看能不能通融。”说罢转身离去。

屏幕上，一个硫基学者正在侃侃而谈：“我们金星需要一颗与之相匹配引力的卫星，才能获得像地球与月球那样的关系。在我们力所能及的范围内，找不到像月球那样的星球……”

他的话突然被奥尔东伸手制止：“艾可玛，你等等。”

奥尔东起身离座，向会议室外走去。

赵天宇猜想很可能是高登在和他联系。

过了一会儿，高登回来了。他笑着对乔羽生说道：“奥尔东先生同意了您的要求，他说我们应该给予您最高的尊重，希望我们之间合作愉快。”

赵天宇听了忙道：“那我们现在是否可以立刻和旅游团会合？”

“当然可以。”他突然意识到遗漏了一句重要的话，“不过奥尔东先生特别关照，要求我全程陪同，为乔先生提供服务。”

“那就麻烦高登先生了。”赵天宇笑着说道。

旅游团出发前，茅招骅对大家宣布了两点注意事项：一是基地的范围很大，岔路很多，大家要紧跟队伍，千万不要擅自乱跑，因为基地有很多安防措施，一旦触动，可能会危及生命；二是参观的过程中，只能看，不许碰，也不许与操作者交流，该让大家知道的他会讲解。

显然这家伙充当起了地接导游的角色。

听他说基地的范围很大，魏虹问高登：“团员们要不要穿上或者带上航天服？”

“不用不用，在我们基地有足够的氧气供应，可以源源不断。”高登颇为得意地答道。

“高登先生的话太夸张了吧，月球上能有源源不断的氧气？”魏虹有些不信。

高登听了大笑一声，说道：“夸张？你们的所谓国际月球水资源勘探组只是在月球两极的永久阴影区发现了冰水物质，进行了水资源开采。可是他们不知道在月球的岩层中还能提取合成大量的氧气。至于具体的内容，那可是我们金色帝国的秘密，恕我无可奉告。我说的是不是夸张，待会儿魏小姐自己体会吧。”

说罢，他和旅游团一起进了那部大电梯。

电梯继续往下，赵天宇心想，上次下来足有五百米，现在还要往下，这是深入月心的节奏啊！

好在不一会儿，电梯就停了。电梯门打开，外面又是另一番景象！

灯火通明，亮如白昼。电梯外是一条长长的甬道。甬道高有三米，宽约两米。一边是黑褐色的墙壁，另一边则是全透明的玻璃墙，令人惊讶的是，玻璃是完整的一块，近百米的甬道竟没有一处接缝。

玻璃墙后面被用玻璃隔成了三间房间，每间房间里都安置着大大小小的仪器设备，十几个硫基人在忙碌着。

最引人注目的是，第一间房间中央那台最大的设备，形状有些像医院里的 CT 机，中间是一个圆孔门。不同的是，门的上方有两排五颜六色的指示灯，不停闪烁着诡异的光芒。门的下方是一个十六英寸的显示屏，屏幕上跳动着一栏栏的文字和数据。只不过，旅游团的人谁也看不懂这些文字。

“各位请注意，这里是我们基地的生化实验中心，金色帝国专门派了十八位专家在这里从事研究工作。”茅招骅一本正经地当起了导游。

“这个汉奸！”楼宝坤心中暗骂。要不是赵天宇反复关照，他真会冲上去把这家伙撕碎。

“我想问一下，这是台什么设备？我们从来没见过。”魏虹问道。

茅招骅斜着眼睛对魏虹说道：“我刚才怎么说的，这么快就忘啦？第二条注意事项是参观的过程中只能看，不许碰，也不许与操作者交流。”

“可你只是说不许与操作者交流，也没说不许问你呀。”赵天宇冷冷地说道。

魏虹说道：“你不说，别是你自己也不知道这是什么设备吧？”

“哼，我会不知道？只不过……”茅招骅脸上既有几分得意，又有几分无奈。

此刻，乔羽生接话说道：“既说要我们通过参观了解你们基地情况，又不告诉我们这是什么，那看了有什么意思？还不如让我们早点离开。”

这下茅招骅顶不住了，把目光投向了站在后面的高登。

高登上前几步，笑着说道：“对于我们尊贵的客人，没有什么可隐瞒的。这是一台基因转化设备。这台设备充分体现了我们金色帝国想与地球人相互依存、融为一体的诚挚意愿。我们采集了你们碳基人的 DNA，然后通过大量的实验寻找硫基基因和碳基基因的转化方案，甚至硫基人和碳基人的结合交配，形成在不同环境中都能生存的新人种。朋友们，这是一项多么伟大的事业！”

乔羽生听了轻轻摇摇头，心想：“荒唐！”他还想继续看下去，所以没说什么。

赵天宇却提出了一个令高登难以回答的问题:“高登先生，那你们的碳基基因来自哪里？”

高登思索良久，答道:“自然是来自你们地球人，不过他们都是伟大的志愿者！”

“志愿者？都是按照他们自身的意愿？”赵天宇面色冷峻地说道，“我看未必吧！”

“赵先生不信？”高登用手指着茅招骅说道，“不信你问他。”

“问他？！”赵天宇看着在旁边点头哈腰谄笑的茅招骅，不由想起了流浪狗见人喂食时摇尾乞怜的模样，鼻中一声冷哼便不再说话。

第二间玻璃房与通常的办公室几乎并无二致，两边各一排办公桌，每张办公桌上都有一台 22 英寸的电脑显示屏，几个硫基人正坐在电脑前聚精会神地工作着。

“各位，这里是我们生化实验中心的控制室，旁边两间的实验数据都会集中到这里，供专家们研究分析。”茅招骅说罢，便直接将大家领向了第三间。

第三间玻璃房的陈设大大出乎众人意料:这分明就是一间卧室，左边是一张大床，上面挂着粉红色的纱帐，右边是一排橱柜，近甬道侧是梳妆台，台上放着五颜六色大大小小的玻璃瓶。中间墙上镶嵌着一台 100 英寸的电视机。

无论是家具的用料，还是式样都是上档次的。但令人不可思议的是，在大床的不远处还砌了一个浴缸。

“怎么把浴缸放在卧室里？”马桂兰的大嗓门响起。

随即，大家也都纷纷议论起来。

“各位各位，在你们眼中，这是一间卧室，但在我们看来，它也是一间实验室。”高登解释道，“至于浴缸，茅先生说你们地球人亲热时是一定要用到的，所以就把它放到这里了。”

马桂兰一听，回头问茅招骅：“这馊主意是你出的？”

茅招骅尴尬地答道：“这里没地方建卫生间嘛，我有什么办法！”

其他人的注意力都集中在卧室摆设的合理性上，魏虹却若有所思，她对这套家具似曾相识，她突然想起这是蓝色天空宾馆总统套房里的！

“这……”魏虹刚想开口说话，只见赵天宇食指对着嘴唇悄悄做了个“别说”的动作。显然他也看出来了，因为他犀利的目光看到了家具上那块 M.The blue sky 标牌。

魏虹将原本想说的话咽了回去，接着说道：“这里做卧室好像不太合适，在我们看来，两性之间的交往是有私密性的，你们宾馆不是有好多房间吗？”

“魏虹小姐，这可不是普通的卧室。在卧室内侧的玻璃上，我们安装了数以千计的各种探头，能随时记录碳基人在亲热前后身体内各种参数的变化，以便于我们捕捉与硫基人相匹配的瞬间数据。这种探头小到用眼睛根本看不出来。因此，这样的房间还是称为情景实验室比较妥当。”高登答道。

“你把这种情景实验室放在玻璃房里，看来你对我们地球人的情感心理还不了解，所以你们的实验是不会成功的。”魏虹说道。

高登听了一愣，转瞬便面露笑意地说道：“太好了，魏虹小姐今天帮我找到了失败的原因！不瞒你说，我们进行了好几次实验都没能成功。我们挑选出的硫基小伙都是最优秀的，但始终未能打动你们地球来的姑娘。”

“地球来的姑娘？”魏虹脱口问道。

听着他们的对话，旅游团的团员们也惊讶地议论起来。

“是的。现在看来，我们的小伙子对你们地球人太不了解了，不知道怎样才能获得姑娘们的芳心。不行的话，只有我自己试一试了。”高登说道。

“你？”魏虹目光中充满怀疑。

“不信？告诉你，我不仅读过你们的《红楼梦》《金瓶梅》，还读过《红与黑》《安娜卡列尼娜》，对你们地球人的情感交流还是知道一点的。”高登边说边掏出一个小电子屏说道，“我来看看下一位轮到哪位姑娘了。”

“哦，莫尼雅！我的运气太好了，竟轮到最美的姑娘！”高登高兴地挥了下手臂。

“什么？莫尼雅！”魏虹大吃一惊。

要不是在餐厅因为过期食品一事遇见了蓝色天空宾馆的大厨哈林，魏虹打死也不会想到高登所说的莫尼雅就是自己的好朋友，那个漂亮的 M 国女孩！

“啊，这么说高登先生要当新郎官啦？”赵天宇拱手笑道，“恭喜啊！”

高登不愧是个华夏通，竟也满面笑容，双手抱拳说道：“同喜！同喜！”

赵天宇趁着他高兴，不失时机地说道：“既然你说新娘子是我们地球人，那我们就是她的娘家人，那是否能让我们见见她？”

高登听后眼珠转了几下，似乎在想些什么，片刻之后才回过神来，说道：“不不不，她是 M 国人，你们是华夏人，你们怎么能说是莫尼雅的娘家人呢？让我想想，你们华夏有句话叫什么？”

他的食指轻轻叩着脑门，半天才想起：“对，是八竿子打不着！

你不要以为我不懂，生下女孩的那家人才叫娘家人。”

赵天宇心想，这家伙还真鬼，连这也知道！不过他还是决定将忽悠进行到底：“高登先生，我本来还以为你真是万宝全书，没想到你还是缺个角啊！”

“什么？你说我万宝全书缺个角？怎么讲？”高登眯着眼问道。

赵天宇故意叹了口气，然后说道：“看来你对我们地球人还是了解太少，你懂的知识也太少。我要是主考官，你别说八级，就是三级也够呛！”

高登显然来了兴趣：“赵先生你快说，我倒要听听我到底缺了哪个角。”

“那我就给你当一次老师。”赵天宇一本正经说道，“家庭有大有小，你理解的爸爸、妈妈、哥哥、弟弟、妹妹和儿子、女儿、孙子、孙女，那是小家庭。而对于你们来说，我们地球人早就是休戚与共、风雨同舟、天下一家的大家庭。莫尼雅要和你成婚，那对你们金星人来说，我们地球人是不是莫尼雅的娘家人？”

魏虹听赵天宇如此说，立刻会意地领着马桂兰等人起哄：“是啊，我们就是娘家人！”

“再说，她还是莫尼雅的华夏姐姐，不信你可以问问莫尼雅。”赵天宇指着魏虹说道。

“什么？她是莫尼雅的姐姐？”本就一头雾水的高登被惊得目瞪口呆。

第十一章　惊人的月下基地

将硫基人和碳基人合体，生成能适应像地球那样环境下的新人种，是金色帝国改天换地宏图大业的重要组成部分。

硫基人对地球上四季分明的宜居环境早就垂涎三尺。有的大臣勇武好斗，提出发动星球大战侵占地球。但以高登为首的理智派却持反对意见，因为即便占领了地球，硫基人在那里的气候条件下也无法生存。

经过几番激烈争论，最终理智派占了上风。高登提出在月球建立基地，研究改善金星大气和环境的办法，尝试将硫基人和碳基人合体的途径。而要从事这些实验，当然离不开碳基人的配合。为此，基地专门建立了适合碳基人的生活区域，解决了水、氧气的难题和硫基人进入这一区域时的应对措施。一切准备妥当之后，恰逢 M 国放出准备组织旅游团登月的消息，于是高登手一指，M 国蓝色天空宾馆不幸成为金色帝国神风部队的目标。此后，神风部队运用同样的手段，劫获了好几个国家的食物和日用品，以维持宾馆人员的正常生活。

M 国蓝色天空宾馆那天当班的工作人员和旅客共有三十二人，

十三人在风灾中丧生，其余十九人被分别关押在三间大房间里。当硫基人的科学家要他们配合进行实验时，遭到了全员抵制。要不是科学家提出实验必须在碳基人心情舒缓平静的状态下进行，高登早就采取特殊手段了，怎么可能付出那么大代价好吃好喝地养着。那位大厨哈林也是因为要接待华夏旅游团才被放了出来，注射了特殊的迷幻剂后成为高登的工具。

怎样才能让这些来自地球的人心甘情愿地配合，一直是高登的一块心病。因为实验进展缓慢，高登不仅受到激进派的非议，也多次受到帝国高层的批评。

现在听说华夏旅游团里竟然有莫尼雅的华夏姐姐，高登仿佛在黑暗中看到了一丝亮光，他脑中飞快地寻找中文的语句来形容眼前的处境:“对了，‘山重水复疑无路’，现在是不是‘柳暗花明又一村’了？”想到此，他不禁心中窃喜，不过在他脸上却丝毫没有表现出来。

他冷着脸问魏虹:“莫尼雅真是你的妹妹？”

魏虹立刻答道:“是啊，不信你去问她啊。”

赵天宇也不失时机地说道:“高登先生，你让她们见一面不就清楚了吗？”

高登一脸坏笑地说道:“没有问题，稍等。”

说罢，他对着手中的电子屏输入了一串数字，大声说道:“叫莫尼雅过来，我要问话。”

不一会儿，他把电子屏对着魏虹，问道:“莫尼雅，你认识她吗？”

屏幕上的金发姑娘面容憔悴，眼帘低垂，听到高登的问话才抬眼向魏虹看来。

就这一看，姑娘竟呆住了。她用手使劲揉了揉双眼，睁大了眼睛看向魏虹。目光中充满惊讶，难以相信；充满惊喜，疑似做梦。

许久才大声喊道:“魏虹!”

“莫尼雅!你……”

魏虹也很激动,刚想和莫尼雅对话,高登已经关闭了电子屏。

高登面对魏虹愤怒的目光,摊摊双手淡淡一笑,说道:“刚才赵先生只是提出让你们见一面,我做到了。下面应该是你们表示合作的诚意了。”

赵天宇也不与他争辩,冷冷问道:“你要我们怎样合作才算是表示诚意?”

“不用着急嘛,我看还是先参观,不然那么多人都干等着多不好。”说着高登做了个往前走的手势。

茅招骅领着旅游团众人继续向前走去,走不多远便被一扇大门挡住了去路。

深蓝中透着黑色的大门看上去很结实。赵天宇过去拍了一掌,发出“嘣”的一声闷响。

高登见状嘲笑道:“赵先生练过华夏功夫?不过你们的开碑裂石功夫对付它可没什么用。这可是用我们帝国的KY合金钢制成的,你们的那些武器也打不穿它。”

说罢,高登用手掌对准大门旁的一个方盒按了一下,一阵喀喀声之后,大门便轰隆隆打开了。众人顿时眼前一亮:

大门内灯火通明,一支金色的“大铅笔”横躺在面前,之所以称其为“大铅笔”,是因为这是一根长达百米、直径三米的圆柱体,乳黄色的头部呈圆锥形,圆锥的尖尖是黑色的。

茅招骅略带得意的声音响起:“各位现在看到的是金色帝国最新发明的高科技列车,时速可以达到1500公里,现在请大家随我一起上车。”说罢,他摁下手中的遥控器,打开了“大铅笔”中间部位的一扇车门。

车厢内的座位呈蛇形排列，每排只有一个座位。在座位的对面，有一个金属方形小桌，每个小桌上放着一套航天服。

“请大家注意，每个座位上都有你们的名字，对位入座。旁边小桌上是你们各自的航天服，请穿上，并检查一下功能是否正常。”茅招骅大声说道。

穿航天服？赵天宇心中一喜：难道要让我们上到月面？要那样的话就有机会与太空家园联系了。不过他脸上并未流露出心情。

乔羽生的座位在第一排，他刚坐定，便对站在门旁的高登问道：“为什么要穿航天服？你不是说你们解决了供氧问题了吗？”

高登耸耸肩，说道：“哦，乔先生您误会了。我说的解决了供氧问题，是指你们的生活区和我们的实验区。那里适合你们碳基人存在。你看——”说着，他解下了宽大的披风，露出背后一个长三十厘米、宽二十厘米、厚十厘米的金属盒子。乍一看，就像日本妇女背后的衣带包。

马桂兰笑道：“从背后看，你怎么像日本女人啊！”

高登略显无奈地说道：“这是硫发生器，就像你们的制氧机。我们现在要去的生产区，全部都是我们金色帝国来的硫基人，那里没有氧气，所以你们必须穿上航天服。而我就可以解下这个累赘了。”

赵天宇听了暗暗吃惊：生产区？他们还有生产区？！生产什么？

待大家全部坐定穿上航天服，魏虹逐个检查了大家的安全指示灯后，列车便开动了。没有车轮与钢轨摩擦的声音，因为本就没有车轮和钢轨；没有丝毫前后晃动的感觉，因为金色列车采用的是弹射飘移技术，在平稳安静中，“大铅笔”已经启动了。

不知是有意还是无意，赵天宇被安排在最后一排。

对赵天宇来说，安排在最后一排有好处，他可以将车厢里的情况一览无余；但也有坏处，他与坐在第一排的乔羽生相隔太远，而高登的座位就在第二排，高登与乔羽生说些什么，他无从知晓，一旦有什么变化，他鞭长莫及。

魏虹被安排在中间位置。她曾经向高登提出要求坐在第一排，因为她是导游。按照旅游规范细则规定，那才是她的法定位置。

可是高登拒绝了："不不不，请注意这里是金色帝国的基地，你们的什么旅游规范细则规定在这里是无效的。况且，现在的导游是茅招骅先生，而你对我们来说，只是一个普通旅游团员。乔羽生先生是我们最尊贵的客人，所以坐在第一排，而我也只能坐在第二排。魏虹小姐，请你服从我们的安排。"

每张小桌上方都有一扇"窗"，不过这扇"窗"的玻璃是黑色的，看不到外面。列车开动后，这一扇扇"窗"同时被点亮，现出了炫丽的画面，大家这才知道，其实这是一块块显示屏。

显示屏上，漆黑的太空中，一颗微小的球形体在距月球 5000 公里处掠过。

高登的声音响起："1959 年，你们碳基人第一次来到距月球最近的地方，测量月球磁场，拍摄月面照片，还制造了钠云。1969 年，阿波罗 11 号飞船登月成功，三个碳基人踏上了月面。"

显示屏播放着画面：月球北纬 0 度 40 分 26.69 秒，东经 23 度 28 分 22.69 秒静海，月面上遍布砾石和陨石坑，航天员阿姆斯特朗慢慢走下登月舱舷梯，18 分钟后，奥尔德林也踏上了月面。他测试了包括跨步跑和双脚跳在内的几种在月球表面走动的方法。随后他们在月面插上一块纪念牌，上面镌刻着："公元 1969 年 7 月，来自行星地球上的人首次登上月球。我们是全人类的代表，我们为和平而来。”

高登得意地说道：“其实那时我们的先辈早已捷足先登，这些可是我们拍摄的画面！”

乔羽生闻听大吃一惊，再仔细看显示屏，画面确实比地球上播放的纪录片要清晰得多，拍摄的角度也和纪录片不一样。

高登继续说道：“正因为你们说是为和平而来，所以我们一直没有干预你们在月球的活动。我认为，我们应该互相支持，共同在月球建设美丽家园。乔先生，您是否赞同我的看法？”

乔羽生笑道：“我很赞同你的看法。”

突然，车厢里的人发出了一阵欢呼：

显示屏上，华夏嫦娥五号探测器于 2020 年 12 月 1 日 23 时 11 分在月球正面西经 51.8 度、北纬 43.1 度附近成功着陆。

看到旅游团员们如此兴奋，高登有些不解：“一个小小的探测器放到了月球上值得那么激动吗？”

乔羽生说道：“你没看到前面那么多次登月，都是其他国家的成就。而嫦娥五号的成功，对于我们来说，是一次里程碑式的突破，也才有了今天我们的双脚踏上月面，建设我们的太空家园。”

高登立刻附和道：“对对对，你们对太空研究的发展速度太快了。乔先生听说您是研究太空星际关系学的博导，我是否可以请教您几个问题？”

乔羽生笑道：“请教不敢当，我们可以一起探讨。不知高登先生要问什么问题？”

高登问道：“地球和月球的关系是永恒的吗？”

乔羽生最喜欢的就是有人与自己讨论学术问题。尽管高登的问题对他来说就像大学教授在探讨小学算术，他还是认真地答道：“月球之所以一直围绕地球旋转，是因为地球和月球之间存在万有引力。月球也是有引力的，它的引力虽然没有地球的引力强，但是它的引力刚好让地球形成了一定公转倾斜角度，从而让地球产生了四季变化，让地球生命产生了多样性。”

“那你们一定希望地球和月球的这种关系是永恒的。”高登说道。

“当然。”乔羽生肯定地答道。

“那有没有可能相互引力发生变化，从而打破这种所谓的永恒？”高登问道。

“宇宙太空每日每时每分每秒都在发生变化，只不过有的变化在转瞬之间发生，有的变化则是潜移默化的，也许需要几十万、几百万年才能看到后果。”乔羽生答道。

“哦？就地球和月球的关系，乔先生能否说得再具体些？”高登追问道。

“我们假设，如果地球的引力突然增大，或者月球速度突然减慢，那么月球的速度无法和这种引力相平衡，就会导致月球逐渐接近地球，最后落在地球上。”乔羽生答道。

高登捏紧双拳故意做出紧张的模样：“啊，那太可怕了！”

乔羽生略显沉重地继续说道：“相反的变化也很可怕。如果地球的引力突然变小，或者月球速度突然加快，使引力无法和速度平衡，那么就会导致月球逐渐离开地球，最终完全摆脱地球的束缚。离开了月球的地球对人类将是毁灭性的灾难。”

“既然无论哪一种变化都会使地球人陷入万劫不复，那乔先生一定考虑过寻找属于自己的诺亚方舟。”高登故作关切地问道。

“哈哈哈哈。”乔羽生一阵大笑，“那可是几百万年之后的事，我早已灰飞烟灭，还用得着登上诺亚方舟逃命吗？”

高登的脸上露出一丝不易察觉的狞笑：“那要是这种变化突然加快，乔先生也不需要属于自己的诺亚方舟吗？”

忠厚淳朴的乔羽生并未听出高登话语中的阴狠，心情沉重地说道：“确实，根据我的研究，月球离开地球的速度在加快。即使我找到了属于自己的诺亚方舟，对于我们人类来说又有什么用呢？我投身科研的初心就是服务社会、造福人类。我的天责就是尽最大的能力去减缓这种变化。这也正是我目前研究的课题。”

听乔羽生如此说，高登暗喜，他们关于乔羽生的情报得到了验证。他刚想再说几句，金色列车已经稳稳停了下来。

列车门与生产区的金属门紧密连接，有些像飞船与空间站的交会对接。从跨进金属门的那一刻起，几乎每个人都震惊得张大了嘴巴：在月球深处竟有如此规模的工厂！

赵天宇目测了一下，厂房面积足有近千平方米。厂房的地上画着一个个方格，每边五个。每个方格里都竖立着一个五米高的金属大“喇叭”。二十多个硫基人正忙碌着往大“喇叭”上安装部件。

远处有两扇足有八米高、五米宽的不同颜色的大门，一扇红色，一扇黄色。黄色的大门打开，一台安装完成的金属大“喇叭”被传送出去。随着黄门关闭，红门打开，一台光着“身子”的金属大“喇叭”被送了进来。

吴思祥第一个问道：“这些家伙要那么多大喇叭干啥？”

“我说小吴，你就别丢人现眼了，大喇叭！那是火箭发动机的喷管！”俞洪发笑着说道。

“俞师傅，你看他们的安装，那些管道连接不用螺栓，不用焊接，甚至涡轮泵都是粘上去的，什么粘结剂能经受几千度的高温？”汤美琴惊叹道。

马桂兰在一旁说道："这粘结剂要是管用，那咱们家老俞的那些徒弟都该失业了。"

"是啊，那该节省多少工时和材料啊。"汤美琴羡慕地说道。

汤美琴，这位航天火箭制造中心的高级研究员，她牵头研制的无毒无害大功率固体燃料发动机获得了国际金奖。核燃料火箭发动机在她的团队努力下已经试车成功即将投产。目前，她们正将眼光瞄向大功率光子火箭发动机。尽管对国际上各国的运载火箭了如指掌，但她还是被眼前看到的这一幕惊呆了。

此刻，有人轻轻拍了拍她的肩膀。回头一看，原来是航天卫星制造中心的高级工程师鲍林逸。

鲍林逸轻声说道："汤工，您注意到没有，根据乔老对他看到的他们的 UFO 的描述，他们使用的是核动力。而这些发动机从结构上来看，还是化学混合动力，使用固体的燃料和液体的氧化剂。从体型上看，是一种超大功率的发动机。"

"对呀，他们要生产这么多发动机干吗？"汤美琴疑窦顿起。

汤美琴的问题几乎同时由赵天宇提出。他问高登："高登先生，如果我没看错的话，这应该是一种大功率的火箭发动机。"

高登大笑，答道："哈哈，我原来以为你是冒牌专家，现在看来你还懂得不少。"

赵天宇问道："按这样的生产进度，你们一天能生产上百台发动机，需要发射那么多大型火箭吗？"

"发动机未必一定是发射火箭用的。"高登答道。

"那还能派上什么用处呢？"赵天宇追问道。

高登果决地摇摇头说道："这可是我们金色帝国的最高机密。

当然如果你们愿意和我们合作，到那时这一切都不再是秘密。眼下嘛，请原谅我，无可奉告。”

“我们双方既然要合作，就要表现出诚意……”赵天宇还想争取一下。

高登挥手打断了他的话:“诚意？哦，我已经表达了足够的诚意，按照原先的安排，你们的参观并不包括生产区。下面应该是你们表示诚意的时候了。”

说罢，高登叫过茅招骅吩咐他带领旅游团返回驻地。

笛卡尔高原无名环形山。

国际太空警察部队的一辆警车缓缓驶入，停在山口内大概一百米的地方。

车门打开，从车上走下一位身材高大的警官，航天服上胸前挂着国际太空警察部队的队徽。队徽很有特色，上方是一弯月牙，下方是半个地球，中间是十字星，闪着绿色荧光。

队徽的下方别着一块铭牌，显示这位是太空警察部队一队的队长卡希尔，透过面罩能看出，这是一个黑人。

下车后，卡希尔仔细环视了一下四周，山口里一片寂静，峰峦、峭壁、漆黑的石块在灰暗的光线下显得格外阴森。他对着警车挥挥手，十名荷枪实弹的警察走下车来。

卡希尔将十人分成两个小组，一边五人向前搜索。

山谷里没有树木遮挡，没有草丛掩盖，到处都是光秃秃的，要不是有些巨石阻碍视线，一眼可见数千米远。警察们只需检查一下高大的石头后面是否有特别情况，所以行进的速度很快。

在搜索推进了三公里之后，警察们有些累了，于是一名警察提出，还是开车向前巡查，太空一号那么大，不会看不见。只要碰到特别巨大的石块，再下车看看背面就可以了。

卡希尔一想，他说得也有道理。于是招呼警察们上车向前开去。

很快就到了环形山的底部，三面都是高高耸立黑压压的大山，山峰逐渐并拢，仿佛形成了一个巨大的山洞。

警车打开昏暗的灯光继续向前开去。洞越来越小，卡希尔心中的希望却越来越大，他认定，太空一号肯定就在这洞里。

可是卡希尔的希望很快就破灭了。

山洞的尽头是一堵通体墨黑的石壁。

警察们望着这怪石嶙峋、凹凸不平的洞壁，思索着同一个问题："太空一号是上天了，还是入地了？"

卡希尔并不想马上放弃。他仔细查看石壁，这石壁黑色中透着蓝光。接着，他掏出强光手电，照射着石壁上的每一条石缝，看有没有异常。以至那位提议开车巡查的警察还笑他："太空一号还能开进石缝里去？"

最终，卡希尔还是接受了失败的结果，他用卫星电话向太空警察部队总队长波西奇报告未找到太空一号，然后遗憾地摇摇头对警察们说道："收队！"

警车的门开着，卡希尔大步跨上车，却惊讶地发现：司机科拉尼死了！

第十二章　第一个死亡者

之前，当警车开到离石壁二百米左右时，卡希尔让司机科拉尼将警车停了下来，警察们下车向里搜索。科拉尼没有下车，望着一览无余的山洞，他还朝卡希尔挥了挥手："哥们，看来今天要空手而归了。"

但是，他现在头歪在方向盘上，一动也不动。刚开始，卡希尔以为他是睡着了，大声喊道："哥们醒醒，收队了！"

可是，科拉尼没有任何反应。卡希尔上车想拍拍他，然而，透过面罩，发现他双眼紧闭、面色安详，但鼻孔和嘴里却淌出紫红色的血。卡希尔迅速抬起他的右臂，查看生理指标显示仪，所有的指标竟然都已归零，已没有任何抢救的机会！

"科拉尼死了！！！"卡希尔这一声几乎是吼出来的，其中包含了惊讶、恐惧和悲愤。吼声在洞窟中发出沉闷的回声，震惊了所有的警察。

卡希尔仔细查看，发现在科拉尼右侧的头盔和太阳穴处各有半个米粒大小的血孔。不仔细还真看不出来。

空旷的山洞里死一般的寂静，仿佛一根绣花针掉在地上都能听见。

看着呆若木鸡的手下，卡希尔大声说道：“快，搜索周边，看看是哪个杂种干的！”

警察们几乎搜遍了洞里的每一块石头。卡希尔按照科拉尼头部洞孔方向重点检查右侧那块洞壁，他用强光手电照射每一条石缝，最终还是一无所获。他不得不第二次拨通了太空警察部队总队长波西奇的电话。

当波西奇将科拉尼死亡的消息报告给国际月球事务管理局局长菲利普的时候，他正在静海机场迎接乘坐神鹰八号空天飞机前来月球的华夏航天月球事务管理局局长芮长安、华夏太空安保管理局副局长杨剑。随同芮长安和杨剑一起前来的还有一支三十人的特种兵小队。

菲利普强作笑容和芮长安拥抱：“欢迎，欢迎，芮，我的老朋友！”

杨剑敏锐地察觉菲利普笑容后面的沉冷，在同菲利普握手时说道：“尊敬的菲利普先生，我们带来的特种兵小队是因为考虑到月球警卫力量的不足，来配合太空警察部队工作的。在寻找到旅游团之后，他们将和旅游团一起回国。这次行动已经通过国际太空安全委员会批准。希望能得到您的理解和支持。”

“当然，我已经接到通知，我真心欢迎你们的到来。用你们华夏人的话来说，这是雪中送炭。我们这里过去一直是很安全的，开始听到旅游团失踪的消息，我认为是迷路了，于是派出了警察一队去无名环形山寻找，没想到竟有一名警察被杀死了！”菲利普悲愤地说道。

“啊？警察被杀死了？什么时候的事？”一起前来迎接的黄振

军大吃一惊。

菲利普说道：“就在刚才，我接到了一队队长卡希尔的电话，他们在无名环形山没找到旅游团，准备收队时，发现警车司机科拉尼被打死了。”

芮长安闻听脸色沉重，一声长叹：“还在几十年前，英国著名的物理学家霍金先生就说过‘宇宙并非是平静的，宇宙中的危险也绝对远超人们的想象’。我们早就提出要加强月球的警卫力量，可惜未被采纳。”

杨剑安排黄振军领着特种兵小队先去太空家园休息，自己和芮长安则跟菲利普一起去月球事务管理局参加一个各国驻月球代表的紧急会议。

特种兵小队队长金浩担心二位领导的安全，提出要跟着一起去月球事务管理局。

杨剑说道：“根据卫星跟踪，太空一号是在无名环形山失踪的，而科拉尼又是在搜索无名环形山时被打死的，看来这无名环形山是对方的禁地，有些名堂。依我分析，目前这里还是安全的，你不用跟着我们。你还是跟黄总去太空家园，一来休整一下，更重要的是研究一下，下一步如何行动，尽快找到旅游团。”说罢，拍了拍金浩的肩膀。

与此同时，金色帝国月球基地赵天宇的房间里正在进行一个小范围的会议。参加会议的除了周东国和魏虹外，还有乔羽生、关彤、汤美琴和鲍林逸四位专家。

这次会议是赵天宇以商量如何配合金色帝国的借口向高登争取来的。开始高登还提出要参加会议，被赵天宇严词拒绝：“我们有我们的技术秘密，在没有开始合作之前，不欢迎你们参加。”

高登心想，反正每间客房都有窃听装置，于是不再坚持。

会议开始前，周东国在四面墙壁和天花板上分别安装了一个金属盒子。盒子能屏蔽电子信号，切断音频。

赵天宇一见笑道：“你那背包怎么像个百宝箱，里面竟然还有这玩意儿。”

周东国腼腆一笑：“上次在车里说话都能被那怪物听去，我就将它带在身上了。”

赵天宇朝他竖了竖大拇指，然后轻声说道：“今天把几位专家请来，是想研究一下这些外星人到底想干什么，我们怎样才能安全脱身。乔老师，今天在车上，高登和你说的话，有没有露出什么蛛丝马迹？”

乔羽生想了想，说道：“他好像对我研究的课题特别感兴趣，问有没有可能地球和月球相互引力发生变化，还说要我考虑万一地球人陷入万劫不复，应该寻找属于自己的诺亚方舟。难道它们要打月球的主意？那太疯狂了！”

汤美琴说道：“今天我们看到的那些火箭发动机是一种化学混合动力的超大功率的发动机。鲍老师提醒我，他们的 UFO 已经使用核动力，那还要这种使用固体燃料和液体的氧化剂的发动机干什么？”

鲍林逸说道：“唯一的可能就是它们的核动力技术或者原材料跟不上这种超大功率的需要。难以想象，这样的发动机要发射什么样的火箭啊！”

周东国说道：“难道他们要和我们打一场星球大战？”

赵天宇说道：“那倒不至于。根据我的分析，他们也知道凭实力和地球人类硬刚未必能占上风。从高登与乔老的谈话中，可以看出，他想借助乔老的学术成果完成某种任务。乔老怀疑它们要打月球的主意不是没有可能，而且可能性很大。从高登引诱乔老寻找属于自己的诺亚方舟来看，金色帝国很可能正在酝酿一场对地球人类来说毁灭性的阴谋。”

他的话顿时让在座的人都紧张了起来。

“刚进隧道时，我还以为只是走错路而已，直到茅招骅露出真面目，再联想到樊进才被劫去而复返，劫持者还落下一把 TWK 激光发射枪，我才意识到这是一次图谋已久的劫持行动。”赵天宇的语调有些沉重。

沉默，令人可怕的沉默。足足有三分钟，谁都没有说话。

“我说一点看法。”乔羽生打破了沉默，“现在看来，当初樊进才被劫的房间原本是我住的，阴差阳错樊进才住了进去。所以高登他们的目的是在我身上。我想由我出面去和高登谈判，我留下，让他放旅游团走。也许他会同意。”

魏虹第一个反对：“那怎么行？绝不能让乔老师一个人留下。”

接着，汤美琴和鲍林逸也表示反对。

赵天宇摇摇头说道：“乔老师的提议令人尊敬，但是即便你去说了高登也不会让其他人走。那天如果你不和樊进才换房间，他们将你劫走，目的也就达到了。据我分析，当他们发现劫错了人，怕我们因此取消行程，所以又悄悄将樊进才送了回来。因为他们还不想让地球人过早知晓金色帝国的阴谋。但是现在我们旅游团已经进入了他们的基地，你们想他们还会让我们离开吗？”

沉默，再次沉默。不过这次众人脸上多了几分恐惧，大家真正意识到了事态的严重性。

阴暗的灯光下，高登将耳机紧紧贴在耳朵上，脸色焦躁地吼道：“怎么回事？为什么只能听到沙沙声？”

他按下一个绿色按钮：“特维斯，快到我的房间来，监听器出故障了！”

不一会儿，那个叫特维斯的硫基人敲门进来，接过耳机听了一下，说道：“有两种可能性，一种是我们的监听器出了毛病。另一种就是有什么仪器屏蔽了信号。具体是什么原因，需要排查。”

“那还不快去排查！”高登狠狠地把耳机丢在桌上。

特维斯吓得转身跑了出去。

大约半小时之后，特维斯跑回来对高登汇报：“监听设备没有问题，是对方用了反监听设备屏蔽了信号。现在我已经用技术手段翻墙成功，您可以监听了。”

高登立刻抓起耳机，果然沙沙声没有了，耳机中传来了赵天宇清晰的说话声。

高登朝特维斯竖起了大拇指，然后挥手让他离去。

“现在看来，高登格兰特总督对我们还是很友好的，他的汉语水平还真是一流的，竟然懂得远亲不如近邻的道理。”

听到赵天宇的话，高登得意地笑了。

“不过，我认为他把远亲不如近邻用在我们之间的关系上似乎不对，金星离我们地球多远啊，说是近邻肯定不对。何况我们和他们也不是什么亲。”

高登一听，就知道是那个叫魏虹的导游在说话。要是在面前，他真想争辩一番。

紧接着，耳机中又传来了赵天宇的声音：“魏导，我认为还是你不对。无论什么话都要看用在哪里，也就是说这话的前提。高登是指地球与其他行星之间的距离中，金星是离地球最近的。所以用远亲不如近邻来套近乎一点都不错。”

高登高兴地一拍大腿：“知我者，赵天宇也！”

赵天宇接下来的一段话则让高登更加开心：“算了，我们也别讨论高登的汉语水平了。还是研究一下下一步怎么办。我的意见是，他们对我们表达了友善，我们也要有所表示才是，正所谓来而不往非礼也。”

“对，不能让高登认为我们不懂礼数。但具体怎么做呢？”高登听出这是乔羽生的声音。

赵天宇答道：“高登不是反复提出要求我们配合吗？对他来说我们最好的表示当然是配合与满足。我看只要做好三件事，他就能得到满足。”

“哪三件事？”魏虹问道。

赵天宇说道：“第一件事，魏导去见见莫尼雅，尽力做做她的工作，答应高登的要求，配合他们的实验。”

魏虹的态度很犹豫：“这……我好像说不出口……”

赵天宇有些不悦：“这有什么说不出口的，要真能促成碳基人与硫基人的结合，对我们两大星球来说，都是一段千古佳话！而我们就将作为这千古佳话的促成者而名垂青史。你还有什么可犹豫的？”

魏虹沉思片刻才说道：“好吧，我尽力试试。”

赵天宇接着说道：“第二件事，乔老师去见高登，对他说别拐弯抹角，让他直接告诉你需要你做什么。你也别藏着掖着，尽力配合他，要程序、要数据都给他。”

乔羽生似乎很为难：“程序数据都在太空家园的电脑里，但是樊进才失踪那晚，电脑硬盘就被偷了……”

高登听了一愣：那台电脑的硬盘我们的人看过，是空的呀！这老头肯定是在说谎。

乔羽生继续说道：“幸好，我在那台电脑上加装了保密装置，只有我的脸、指纹同时出现才能读出硬盘里的内容，要不然那硬盘就是一个空盘。”

听到这里，高登恨不得将去劫人的下属抽上十个大嘴巴，为什么不把那台电脑一起搬来，而是仅仅偷了块硬盘！

“这倒好像有些麻烦。不过也许他仅仅是和你探讨一些学术问题，不一定非要程序和数据。实在非要不可，那只能等我们回到太空家园，找到硬盘再发送给他就是了。”赵天宇说道。

乔羽生说道：“万一找不到硬盘，那就要等我回国后才能将资料发送给他了。”

“第二件事就只能这样了，我想高登也不是不讲理的人。第三件事最麻烦，我要直接和高登谈一次，要求他答应我们两个条件：一是明确让我们回去的时间；二是让我们与国内联系一次，至少要同太空家园联系一次，要不然家里人要急死了。如果不答应这两个条件，那么前两件事也就不用办了。”赵天宇的语气很坚决。

高登听完，发出“哼”的一声冷笑，心想这赵天宇也不是什么聪明人，我就是答应了放你们回去的时间，到时候放与不放还不是我说了算？至于让你打个电话，那最多让你报个平安。

此后，所有的问题便都显得那么简单、那么容易。在第二天高登与赵天宇的谈判中，高登不假思索地答应了赵天宇提出的所有要求，于是赵天宇打出了被劫持后的第一个电话。

国际月球事务管理局小会议室里，一张长方形的会议桌，四边十来张椅子，桌椅都是固定在月面上的。在会议室的一面墙上镶嵌着十二面三十二英寸的显示屏。在这里，菲利普随时可以和在月球驻扎的十二个国家或单位进行视频通话。

各国驻月球代表的紧急会议已经结束，会上，菲利普通报了华夏旅游团失踪一事，同时要求各国驻月单位提高警惕，加强防范，发现旅游团信息马上报告。会后，菲利普留下了芮长安和杨剑，还叫来了黄振军和卡希尔，一起磋商下一步的行动方案。

磋商进行得并不顺利，五个人都沉着脸。

杨剑沉声说道："现在看来，无名环形山是唯一的线索，如果月球警察总队不愿去的话，我们特种兵小队申请二进无名环形山，寻找蛛丝马迹。既然警车司机科拉尼被打死，就应该找到开枪的位置甚至枪眼。我就不信找不到枪眼。找到了就可以顺藤摸瓜。"

菲利普连连摇手："不不不，杨先生不要冲动。我刚才说过了，卡希尔他们已经找了，什么都没有找到，那里寸草不生，一眼就可以看清的。我们已经牺牲了一个科拉尼，在没有弄清情况的前提下再去无名环形山，万一再死几个人，我们都没办法交代。"

"正因为没弄清情况才有必要再去无名环形山……"杨剑话未说完，手机铃声响了。

"赵天宇！"杨剑激动得一声大叫，颤抖的手按下了接听键："天宇，是你吗？"

"是我，杨局你好！"话筒中传来赵天宇的声音。

杨剑稳住心神问道："你们在哪里？旅游团都好吗？"

"我们自己也不知道这是哪里，全团的人都好。"赵天宇的回答有些无奈。

杨剑继续问道:“太空一号出故障了吗? 怎么定位找不到你们? ”

“太空一号在 WXR 店维修，所以我们一时还回不来。告诉我妈多保重，注意安全。就说我们碰到邻居了……”赵天宇话未说完，电话便挂断了。

“太空一号在 WXR 店维修? 菲利普先生，你了解有国家或单位在月球开了 WXR 汽车维修店吗? ”杨剑问道。

菲利普耸耸肩，歪着头说道:“这是不可能的! 谁开店都要来我这儿报备的。”

芮长安插话:“再说了，太空一号也不是一般汽车维修店修得了的。”

“WXR…… WXR…… WXR……”杨剑嘴里反复呢喃着这三个字母，猜测着赵天宇的心思。

菲利普想了想说道:“WXR 是威斯康星州的缩写，难道他们已经回地球啦? 这不可能。”

芮长安仿佛受到了菲利普的启发，说道:“缩写? 英语 WXR 是机载气象雷达的缩写，可这也不搭边啊? ”

杨剑听了，突然一拍大腿，说道:“我明白了，这不是英语缩写，而是汉语拼音缩写。WXR 正是外星人三个字的缩写! 难道他们碰上外星人啦? ”说完，他自己也难以置信。

菲利普听他这么说，把头摇得拨浪鼓似的:“不不不，这是天方夜谭! ”

杨剑拍拍他的肩膀，说道:“菲利普先生，你想，赵天宇说他们碰到邻居了，什么邻居? 我想这是指我们地球的邻居，是除地月外的其他行星或卫星。还有，赵天宇的母亲早就去世了，他却说告诉他妈多保重，注意安全。这分明就是向我们发出警示！”

菲利普听他这么一说，眼睛瞪得大大的，张着嘴半天说不出话来。自打他踏入航天领域就从未想到自己会碰上外星人！

这时，黄振军过来对芮长安说道：“芮局，刚才杨局接通电话时，我就通过中继卫星进行定位，发现赵天宇的电话信号是从弗拉马里翁发出的。”

“怎么跑那么远了？弗拉马里翁在云海的北部，那得有上万公里啊！”芮长安惊呼。

菲利普也挥动双手说道：“弗拉马里翁？这怎么可能！那里没有任何站点，更没有人。”

杨剑双眉紧锁说道：“正因为那里没有站点没有人，他们碰上外星人的可能性就更大了。”

菲利普说道：“如果他们真的在弗拉马里翁，在月面这不毛之地上长途跋涉这么远的路程，我们的卫星跟踪不可能看不到。所以我对你们的定位表示怀疑。”

“这有两种可能，一是信号月面转移，也就是说电话并不是在弗拉马里翁打的，而是通过技术手段从月面转移过去然后发出的。不过，我认为这种可能性不大。因为月面转移应该有相应的设备，好像我们几个国家的卫星从来没有通报过类似发现。”杨剑说道。

芮长安点头表示认同，接着问道：“那第二种可能是什么？”

“那就是外星人的月下工程。别忘了，旅游团在前往笛卡尔高原的路上，太空一号消失在无名环形山，科拉尼被枪击的地点也是在无名环形山。看来这无名环形山就是月下工程的入口。”杨剑的语气显得十分自信。

菲利普双手抱头大声喊道：“天哪，外星人？月下工程？杨，你越说越玄乎。我要怀疑你是科幻小说家出身。”

菲利普之所以这么说，是因为打死他也不信有什么外星人，电影、电视、画本、小说上是有不少，但谁也没看见过真的。那么大的月下工程，不可能没有一点踪迹。哪怕有一点蛛丝马迹，他也会得到信息。但他又拿不出驳斥杨剑的理由。于是只好问道：

“杨先生，即便你的推理可能存在，那你说该怎么办呢？”

杨剑一字一句沉声说道：“我带队，再进无名环形山！”

第十三章　疯狂的劫月计划

菲利普听杨剑说要亲自带队再进无名环形山，不由大惊："什么？杨，你要去无名环形山？太危险了。我不能同意，万一出事，我可没法向你们国家交代！"

"尊敬的菲利普先生，您尽管放心。采取任何行动我都会向我们的上级汇报。只是我们首先要得到您的同意并支持。"杨剑恳切地说道。

"只要你们的国家同意，我当然没有问题。"菲利普顿了顿，接着问道："至于你说的支持，你需要些什么，只要我能做到的，都可以答应你。"

"菲利普先生，其实我们的要求很简单。因为我们的人对无名环形山一带的地形地貌一无所知，所以我们需要有一名对那里熟悉的向导，您看……"杨剑说道。

菲利普没有正面回答杨剑的诉求，慢吞吞地说道："其实，我们的警察一队刚对那里进行了仔细的巡查，没有发现任何问题。你们再进去无非也就是看那些大石头，有意义吗？"

杨剑听他这么说，顿时明白了菲利普话语背后的潜台词：你们华夏警察要二进无名环形山，分明是对太空警察部队的不信任。

想到此，杨剑笑着对菲利普说道："非常感谢您和太空警察部队为找寻旅游团做出的努力，听说警察们出警很迅速，工作很认真，无可挑剔。我们再进无名环形山绝不是重复他们的工作，而是要对那里进行勘测。"

菲利普什么都没说，只是用手捻着他的大胡子。沉思片刻，他才对杨剑说道："你们知道，太空警察部队刚牺牲了一个人，现在再要派人去，我怕……"

杨剑看菲利普似乎很为难，便转身对黄振军说道："老黄，你们几个去过无名环形山吗？"

黄振军摇摇头说道："没有。"

站在一旁的警察一队队长卡希尔突然对菲利普说道："局长，我来给他们做向导，您看可以吗？"

菲利普瞪大了双眼，可能是为卡希尔的勇敢而震惊。不过，很快他就镇静下来，并对卡希尔说道："现在你们全队都还沉浸在科拉尼牺牲的悲痛中，心绪不稳，士气低沉，正是他们最需要你的时候。"

"尊敬的菲利普先生。"卡希尔急忙说道，"非常感谢您对我们警察一队的关心，虽然现在兄弟们都很伤心，但他们更想知道是谁杀死了科拉尼，他们为科拉尼报仇的心愿更迫切。"

其实，警察们的心声又何尝不是菲利普想弄清的。一名警察被打死，这是月球开发以来从未发生过的事，而且连凶手是谁都不清楚。作为参与月球开发国家推举的牵头人，查清凶手，找到华夏旅游团，自己责无旁贷。

想到这里，菲利普点头说道："那好吧，我同意你去！"

芮长安紧紧握住菲利普的手连声道谢。

黄振军和卡希尔是老朋友了，他搂着卡希尔的肩膀说道：“好兄弟！你回去安排一下，尽快来太空家园，我等你。”

看着卡希尔离开的背影，黄振军对杨剑说道：“他应该是最合适的人选了！”

杨剑点头说道：“除了他是一进无名环形山的当事人之外，看得出他还是一名杰出的军人。好吧，我们现在回太空家园与金浩他们一起研究行动方案，明天一早就出发。”

特维斯站在高登面前，低着头，全身微微颤抖。

高登冷冷喝问：“怎么样？电脑取回来了吗？”

特维斯答道：“派去的人回来报告，太空家园三号门锁的密码已经改了，所以没能进去。”

高登皱眉说道：“那你们再去破解啊！给你三天时间，必须破解新的密码，把那台电脑取回来。完不成任务，我脱了你的防护服，把你扔到月面上去！”

特维斯大惊，抖得更厉害了：“总督先生，您就是脱了我的防护服，把我扔到月面上去，烧糊了冻僵了，我也破解不了。您难道忘啦？为破解太空家园三号门锁的密码，我们整整用了一年多的时间，要破解新的密码三天怎么可能？”

“那你说怎么办？”高登大声吼道。

特维斯眼珠转了转说道：“让茅招骅回去偷。”

高登闻听眼前一亮，随即又摇头说道：“不行不行。茅招骅是个小人，经不起威逼也经不起利诱。这样的人，华夏有句成语叫什么来着……哦，对了，叫三姓家奴！靠不住。别电脑没偷着反而把金色帝国的机密给泄漏了。”

“是是是，您说得对。”特维斯弯腰附和。

“去，把乔给我叫来。哦不，请来。”高登说道。

十分钟后，乔羽生走进了高登的会客室。

高登伸手指向身边的沙发，笑着说道：“乔先生，请坐。”

乔羽生也不客气，在沙发上坐下。

高登给乔羽生倒了一杯茶，说道：“乔先生能品出这是什么茶吗？”

乔羽生端起茶杯闻了闻，然后轻轻嘬了一口，便放下茶杯答道：“如果我没猜错的话，这是 M 国的伯爵红茶，Earl Grey tea。在红茶中加入了佛手柑油，所以有一种特别的清香，喝了能提神醒脑，消食养胃。”

高登拍手赞叹：“乔先生的学识真称得上渊博，连茶也如此精通。”

“高登先生请我来，恐怕不单纯是为了请老朽品茶的吧？”乔羽生问道。

高登笑道：“乔先生真是高人。还记得我们在金色列车上的谈话吗？时间太短，没能谈完，所以将先生请来继续请教。”

乔羽生说道：“在列车上我们探讨的好像是地球和月球的关系。”

“对对对，乔先生好像说到，‘如果能使地球的引力突然变小，或者能使月球速度突然加快，使引力无法和速度平衡，那么就会导致月球逐渐离开地球，最终完全摆脱地球的束缚’。对此，我很感兴趣，特别是对怎样能使月球速度突然加快，打破引力和速度平衡，还想请乔先生具体说说。”

乔羽生一愣，随即说道：“那对地球、对人类将是毁灭性的灾难。”

高登说道：“我只是同乔先生作为学术问题来讨论。我作为你们的朋友，毫无疑问，当然也是希望地球和月球的这种关系是永恒的。但是并不是所有人都这么看，据我所知，有人就希望月球离开地球的速度加快……”

乔羽生沉声说道：“那是疯子！”

高登呵呵一阵冷笑：“疯子也好，狂人也罢，反正有人正在操作，他们想通过一种强劲的力量将月球推离原来的轨道。据我所知，这些人虽然有了方案，但没有十足的把握。万一哪组数据计算错误，或者哪个环节操作不当，导致相反结果，甚至会使月球撞向地球……”

高登用手捂着脸，故意装出痛苦的模样：“那就真如您说的那样，使地球人陷入万劫不复！”

乔羽生看到高登的表演，感觉非常可笑。不过他还是装出着急的样子问道：“对于这种疯狂行为，高登先生我很想听听你的见解。”

“我当然不赞成他们的鲁莽。”高登说道。

“那我们就该一起去阻止他们。”乔羽生说道。

高登摇摇手说道：“不不不，他们的力量很强大，我们阻止不了他们。我们只有顺水推舟，在帮助他们完善方案的过程中去限制他们的鲁莽，延迟毁灭性的灾难。”

乔羽生的脸顿时变了，他愤怒地瞪着高登：“我明白了，其实你说希望地球和月球的关系保持永恒是假的，你和那些疯子是一伙的！”

“乔先生不要发火嘛，你难道不知‘天下之物，莫不有理’的意思？那可是你们的老祖宗朱熹说的，天下的事物，都是有其规律的。”

乔羽生问道：“什么意思？”

高登答道：“月球现在与地球的距离逐渐远离，这就是规律。乔先生目前研究的减缓这种变化的课题，是不是属于逆天行事？”

乔羽生惊讶于高登的诡辩能力，想不到这家伙对华夏文化了解得那么多，而且还说得有鼻子有眼。

高登见乔羽生面色凝重听得认真，越发得意地接着说道："乔先生，实话对你说，你们旅游团的这些人是幸运的，当地球人遭遇灭顶之灾时，我们这里就是你们的诺亚方舟。"

乔羽生闻听大怒斥责道："你这话是什么意思？"

高登笑着说道："乔先生少安毋躁，我已经说得很明白了，就是希望乔先生能配合我们完成这项伟大的工程。良禽择木而栖，贤臣择主而事的道理，你们的孔老夫子早就告诉过你们，我想就不用我多说了吧？"

乔羽生本想辩驳，但又想到赵天宇之前说过的话，于是不再开口，作低头沉思状。

高登以为乔羽生被他说得有些动心，于是趁热打铁说道："我知道，乔先生研究的是如何将月球离去的速度减慢，你只要将研究的数据交给我们，就将成为我们金色帝国的座上宾，就像你在视频中见过的那几位。"

乔羽生犹豫片刻说道："可我不是一个人，我有家人有亲戚有朋友，那样做的话，他们怎么办？我不可能置他们于不顾……"

高登笑着拍了拍乔羽生的肩膀，说道："那太简单了，在我们的工程启动前，将他们接过来和你团聚，不就行了吗？"

"那么简单？"乔羽生问道。

"是啊，就那么简单！ M 国 The blue sky 整座宾馆连带几十个人，我们的金色旋风一下就把他们全都请来了。你们住的宾馆用品就是他们的……"

说到此处，他突然想到蓝色天空宾馆那些人的事："啊，差点忘了，你们魏导去劝说莫尼雅的事不知进行得怎么样了？”

“放心，没有问题。魏导那张嘴可能说了，何况魏导以前在蓝色天空宾馆干过，她们以前是好姐妹，一定能说服莫尼雅。关键倒是我们这里，我的数据都在太空家园的电脑里，怎么交给你呢？”乔羽生说道。

“啊，对了，不瞒你说，你的硬盘在我这里。”高登问道。

乔羽生惊问：“在你这里？”

高登说道：“是啊。我想你自己的硬盘你总能打开吧？”

乔羽生摇头答道：“不行，我按保密规定将保密器装到了那台电脑里，只有我的指纹密码、保密器和硬盘三者合一，才能读取数据。”

高登一拳狠狠砸在桌上：“该死的特维斯！”

也许他意识到自己的失态，抬起头勉强一笑问道：“这么说就没办法了吗？”

乔羽生双眉紧锁思索了一会，轻声说道：“也不是完全没有办法……”

乔羽生话还没说完，高登便激动地大声问道：“这么说，你有办法？”

“我想，即便你们拿到我的数据，还要反向计算，将会花很长一段时间。倒不如走捷径，把你们的方案交给我，我来主持计算。不过我有一个条件……”乔羽生说到此停住了。

高登显然很兴奋：“什么条件？你尽管说。”

“我要能进入你们的数据库，随意检索你们的文件，不然我没法做。”乔羽生说道。

“这……”高登脸上的兴奋一下消失得无影无踪：“这我无权答应你，我要向最高领导请示。”

乔羽生很大度地挥手说道:“没关系，不过把你们的方案给我看看总可以吧?”

“那没问题，我马上就可以领你去看。”高登说道。

高登领着乔羽生沿着一条走道往下，来到一扇大金属门前，在密码锁上按下一串数字和字母，大门悄无声息地打开了。

门内黑咕隆咚，高登一挥手，灯一下就亮了。只见两排高大的黑色文件柜，每个文件柜上都安装着密码锁。高登打开其中一扇柜门，里面有上下两层，上层是一台电脑，下面自动弹出一把椅子。

乔羽生坐在电脑前，浏览着一份份文件，越看越心惊，额头沁出了豆大的汗珠。

魏虹在茅招骅的引领下见到了莫尼雅。

本来按照高登的意思，是他先和乔羽生会谈，之后再陪魏虹一起去见莫尼雅。但是赵天宇提出要在三天之内离开金色帝国，为了节省时间，他表示两件事可以同时进行。说到最后，赵天宇还笑着对高登说道:“一切顺利的话，说不定我们还能赶得上喝你和莫尼雅的喜酒呢!”

高登心想，自己和乔羽生的会谈是最重要的，结果如何很难预料，也许会要很长时间。不如就让茅招骅领着魏虹去做莫尼雅的工作。那间卧室装有全方位监控设备，料想也出不了什么大问题，落得卖个人情给赵天宇。于是，他才答应了赵天宇的建议。

茅招骅用房卡扫码，然后又在门旁密码器上按动了十来下才打开了房门。

魏虹跨进房间，茅招骅也跟了进来。

魏虹转身拦住他，沉声说道:“怎么?我们女人之间说悄悄话你个大男人也要待在边上？”

茅招骅尴尬地说道：“高登先生关照了，要我代他参加……”

“胡说！高登分明是让我单独找莫尼雅谈话。就是高登来了，他也只能站在门外。”魏虹边说边把茅招骅往外推。

“魏导，你这不是让我为难吗？”茅招骅用手抓住门框。

“你不出去？那我出去。”说罢，魏虹就要往外走。

茅招骅一见，顿时慌了神，连忙说道：“好好，我出去还不行吗。”

“砰”的一声，魏虹关上了门。

房间内一片漆黑。只有门旁有一点荧光显示电源开关，魏虹顺手打开了灯。

房间里的家具设备都是来自蓝色天空宾馆，所以魏虹是那么熟悉。

莫尼雅静静地坐在床上，当她看清进来的竟然是魏虹时，一把掀开被子跳下床冲向魏虹。

魏虹和莫尼雅紧紧地拥抱在一起，不约而同地淌下了晶莹的泪珠。

莫尼雅抽泣着问道：“我这是在做梦吗？”

魏虹深情地抚摸着莫尼雅憔悴的面容，答道：“不，莫尼雅，你不是在做梦。”

莫尼雅让魏虹一起坐在床边，然后问道：“你怎么也会来到这里？难道也是被风刮来的？”

“不，我可不是被风刮来的。我带着华夏旅游团来月球旅游，走错了路，进入了金色帝国，没想到竟然在这里找到了你！”魏虹的兴奋已经驱走了紧张。

“可你们知道吗……”莫尼雅刚想说话，便被魏虹捂住了嘴巴。

魏虹知道莫尼雅是要告诉自己这里是魔窟，于是她对莫尼雅使了个眼色，说道:“莫尼雅，真想知道你是怎么被风刮到月球上来的？”

“那天晚上，我在宾馆值夜班，当班的一共九个人。因为是淡季，所以客人很少，才二十七个人，所以事情不多，到后半夜我就睡下了。突然我被一阵呼啸的狂风惊醒，整个房子好像都在旋转，人就像腾云驾雾似的飞向天空，瞬间，我就眼前一黑，什么都不知道了。”

说起那可怕的夜晚，莫尼雅至今惊魂未定，全身微微颤抖。

“后来你怎么醒了？”魏虹问道。

莫尼雅缓缓说道:“也不知什么时候，就觉得人猛地往下一蹾，同时听到轰隆一声巨响，房子立住了。我想爬起来，但手脚好像不听使唤，移动一步人就好像要飘起来。我立刻想起了电影中，航天员在太空中会因失重而飘起来。难道我已经死了，是灵魂飘向了太空？我不由看了一眼自己，突然觉得奇怪，身上怎么穿着像航天服那样的衣服？”

“有人为你们穿上了航天服？”魏虹惊奇地问道。

“是啊，我百思不得其解，突然有人推门进来，不，不是人，是怪……”

魏虹问道:“是不是头上长着角的怪人？”

“是的。你一定也碰到了。”莫尼雅继续说道:“后来他们把我们带出房间，在大堂集合。一个脸色暗黄、小头、环眼、嘴巴突出的怪人用一口流利的英语对我们说，这里是金色帝国月球基地，要我们听从他们的安排。当时酒店里有两位从非洲来的客人，吵着要回去，情绪非常激动，眼看要打起来。那个怪人，将手中的一支笔朝着他俩指了指，两人便直挺挺地倒了下去。我们过去一看，两人的眉心各有一个米粒大小的血洞，血顺着脸颊往下淌。这么一来，我们谁都不敢说话了。”

莫尼雅提起那个怪人，便自然而然地产生了一种发自内心的恐惧：“我当时好害怕，吓得哭了起来。那个怪人见了说道‘你们应该做我们的好朋友，只要听话，我不会为难你们。’”

魏虹轻轻抚摸着莫尼雅的金色长发，柔声说道：“那后来他们没有为难你们吗？”

“说实话，除了两件事，后来他们还真没有为难我们。”莫尼雅说道。

“两件什么事？”魏虹问道。

“一件是说为了我们的健康来抽我们的血，说是去化验。好像一共抽了五次，每次二十毫升。还有一件，就是我们中有五个没结过婚的女孩子和两个妇女先后被他们找去，说是和他们的男青年交朋友，听说那些男青年一上来就动手动脚，我们的女孩子们不愿意，纠缠一番之后，那领头的怪人喊了声，大概是停的意思。于是女孩子们便被放回来了。”莫尼雅说道。

“那两个妇女呢？”魏虹问道。

莫尼雅低声说道：“那两个妇女就没有那么幸运了，他们用了种种方法挑逗她们、蹂躏她们，折腾了半天才放回来。两人回来后都像痴呆了似的，好几天才回过神来。”

“那你就没被他们找去吗？”魏虹又问道。

“没有，我也不知道是怎么回事。也许是我的运气太好，或者是我长得太难看。”说到这里，莫尼雅竟难得地笑了起来。

“谁会说你难看，你可是我见过最漂亮的姑娘！肯定是你的运气好啦。对了，在宾馆时，你不是号称手相大师嘛，怎么样，帮我看看我的运气怎样？”魏虹说着摊开了手掌。

摊开的手掌几乎送到了莫尼雅眼前，莫尼雅看了顿时大惊。

第十四章　顺水推舟

莫尼雅看了魏虹的手掌，可以说是惊喜交加，两颗泪珠顺着脸颊淌下。

原来魏虹的手掌上用英语写着：“我来救你，顺着我说。”

“你怎么啦？是不是我的运气不好，你为我担心？”魏虹问道。

莫尼雅说道：“不是，我是为我自己担心，上次那怪人到这里来，盯着我看了许久，也许下一次就轮到我了。”

魏虹抓住莫尼雅的手，悄悄在掌心划了两下，说道：“你说的是高登先生吧？虽然脸长得难看了些，但还算高大，他们国家的人长的都那个样。但人还真不错，他要是真看上你，也未必是件坏事。”

“虹姐姐，我不能和他好，你是知道的，我的洛克还在家等着我。”莫尼雅说道。

“哎哟，我的傻妹妹！且不说那个洛克是不是还在等着你，就说眼下你出得去回得了吗？既然回不去，那就要认命。要我说，与其嫁给那些什么都不懂的毛头小子，还不如嫁给高登，知书达理，温文尔雅，一定懂得怜香惜玉。再说他还是什么总督，你嫁过去一定不吃亏。”魏虹一本正经地当起了说客。

莫尼雅笑着说道:“虹姐姐，你把他说得那么好，莫非你自己看上他了？那你为什么不嫁给他呢？”

“我是旅游团导游啊，我要把二十九个团员平安送回去。我要是被风刮来的，知道回不去了，我就一定嫁给他。”魏虹笑着说道。

莫尼雅说道:“可是我怕……”

“有什么可怕的，不就男欢女爱那些事吗……”魏虹下面的话说得越来越轻。

杨剑安排了十个特种兵留守太空家园，自己带着另外二十人分乘两辆警察巡逻车，在卡希尔的指引下进入了无名环形山。

巡逻车在凹凸不平的月面上行驶，四周黑色的峰峦峭壁透出阴森的蓝光。

杨剑让卡希尔直接把车带到科拉尼被枪击的位置。

杨剑察看了四周的石壁石块，特别是通过弹道分析，发现在三块巨石堆在一起的缝隙中有一个不易察觉的圆孔。他向卡希尔招了招手，示意射向科拉尼的子弹是从这里发出的。

但是，特种兵们在山谷中再也没有找到第二个射击孔。

就在卡希尔认为二进无名环形山要就此收场时，杨剑吩咐金浩从车上搬下了一台仪器。模样有点像摄像机，前面是一根二十厘米直径的圆管，连接方形的机身，后面是一块显示屏。

金浩将仪器安装在环形山的底部的石壁前，开机后竟显示出石壁的内部结构。随着金浩转动旋钮，镜头不断向前探视，一米、二米、三米……突然，岩石结构消失了，后面出现的是金属结构，厚度有三十厘米。再往前便什么都没有了。

杨剑将视频反复看了几遍，沉思片刻说道:“我明白了。收队！”

杨剑的表情很平静，既看不出喜，也看不出忧。他明白了什么？收队二字说得那么干脆，弄得卡希尔一头雾水。

卡希尔忍不住问金浩：“金，你们这是什么仪器？”

金浩笑着轻声答道：“这是我国新发明的玉石透视仪。以前寻找翡翠玉石往往都是凭经验，开挖一个工程，判断一块石头里面到底有没有翡翠玉石，要等解石才能清楚，所以运气占了很大成分。现在有了玉石透视仪，三十米以内一目了然。因为听说太空一号在无名环形山莫名其妙地失踪了，我们就把它给借来了。”

“杨局说他明白了，难道他看到了什么？”卡希尔自言自语。

此刻，最高兴的就是高登了。初步和乔羽生谈拢之后，他心急火燎地赶来看魏虹和莫尼雅的谈话，谁知魏虹已经走了。于是，他吩咐人叫来了茅招骅。

茅招骅刚进门，高登就迫不及待地问道：“茅，她们谈得怎么样？”

“谈得好，谈得好极了！”茅招骅笑着说道：“那个魏虹真不愧是个做导游的，那张嘴可真能说，三绕两绕就把莫尼雅给绕进去了。”

说着，茅招骅打开了一支录音笔，把魏虹和莫尼雅的谈话从头到尾放给高登听。

当听到魏虹说“我是旅游团导游啊，我要把二十九个团员平安送回去。我要是被风刮来的，知道回不去了，我就一定嫁给他”时，高登笑得眼睛都眯成了一条缝。随即冷哼一声，心中暗道：“真是个傻姑娘啊，难道你们还想回去？这段录音我可要保存好，到时候还怕魏虹不乖乖的……”

接下去，魏虹所说的男欢女爱的事就听不清了。

高登笑着对茅招骍说道：“还说什么男欢女爱悄悄话，不让老子听，到时候我要她们一个字一个字地大声告诉我，哈哈哈哈！”

他想趁热打铁，于是对茅招骍说道：“去，把赵天宇、乔羽生和魏虹给我叫来。”

赵天宇、乔羽生和魏虹刚一进门，高登便站起身来伸手让座：“三位来了，请坐。”

三人坐在沙发上，高登亲自为他们泡了咖啡，笑着说道：“今天乔先生已经了解了我们的大致方案，魏导也帮我们做通了莫尼雅的工作。通过我们的精诚合作，相信我们一定能干一番大事业，你们可都是金色帝国的大功臣啊！”

赵天宇听了微微一笑，说道：“高登先生，我们答应的事都已经做了，那你也应该明确什么时候放我们走了吧？”

高登说道：“说实话，我还真舍不得让你们走。但既然答应了，我肯定兑现。不过，你们的事情不是还没办完吗？”

赵天宇说道：“你的事情要想办完，还需要满足一些条件。比如乔先生的数据，需要他原来那台电脑；莫尼雅的婚事，需要神父主婚，否则没有神的保佑，她是不能嫁给你的。”

“这……你让我再想想。”高登说道。

高登在房间里来回踱步，十多分钟过去，没说一句话。

赵天宇知道这家伙在打心理战。想到此，他感觉还是要把主动权掌握在自己手中。于是朝乔羽生和魏虹使了个眼色，一起站起身朝门口走去。

高登一看，顿时急了：“唉，你们三位怎么走啦？留步，请留步。”

“高登先生如果没想好，等你想好了，我们再来。”赵天宇说道。

魏虹气呼呼地说道：“没想好，你请我们来干嘛？”

高登连忙说道：“魏导，别发火，别发火。我请你们来，不就是为了商量怎么办吗？赵先生，这两件事，您有什么好办法？”

赵天宇说道：“办法倒是有，不过你也要答应我两个条件。”

“什么条件？”高登问道。

赵天宇说道：“我派人去太空家园取回电脑，由乔先生亲手把数据交给你们。”

高登“嘿嘿”冷笑：“你的人出去通风报信，我们金色帝国还有什么秘密可言？”

“那这样，我来写封信，你派人送去，我保证他安全，你又能保守秘密。你看这样行不行？当然你也要保证我们旅游团的安全，要不然，我即便回去了，也无法交代。”赵天宇说道。

高登脑中灵光一闪，他突然想起特维斯曾经跟他建议让茅招骅去偷回电脑，他担心茅招骅不可靠，一旦失手被擒，有泄密的可能。现在带着赵天宇的信去，只要把进出路线安排好，躲避跟踪，那就没问题了。

于是高登爽快地说道：“可以，这由我来安排。那第二件呢？”

“现在要找神父，还真不容易。不过为了尽快让我们旅游团离开，我也只能拼了。”赵天宇十分无奈地说道。

“你？”高登脸上充满狐疑。

“对呀，我！”赵天宇说道：“不瞒你说，我在欧洲待过几年，入乡随俗，经常跟着外国朋友去教堂，也参加过几个朋友的婚礼，对神父那一套说辞记忆犹新，应该能对付过去。”

“哦，那太好了。这第二件事也解决了，那我们就可以……”高登有些急不可耐。

赵天宇却说道：“不，还不行。”

“你不是就提出两个条件，都解决了。怎么现在还说不行？”高登问道。

赵天宇摊开双手，苦着脸说道：“虽然我可以扮演神父，但我没有道具。空着手主持婚礼，莫尼雅是不会相信的。”

“那你需要什么道具？只要我们金色帝国有的……”高登说道。

“《圣经》。”赵天宇说道。

“《圣经》？我们这里怎么可能有《圣经》。”高登无奈地摇摇头。

会客室内一下安静了下来，高登绞尽脑汁想着哪里能找到《圣经》。

魏虹仿佛突然想起：“我知道哪儿有《圣经》！不过，作为导游，我一定要知道你放我们走的具体时间，还有我现在就要求让楼师傅去检查一下太空一号的车况。”

高登想了想说道：“我答应你，现在就派人陪楼去看太空一号。我拿到数据之日，就是你们离开之时，这总可以了吧？快说，哪里有圣经？”

“就在蓝色天空宾馆啊！我记得，为了宣传教义，宾馆每间客房的抽屉里都有一本《圣经》。不信，你现在就可以派人去取。”魏虹说道。

高登当着三人的面，分别派人去取《圣经》和陪楼宝坤去检查太空一号，然后回身对众人说道：“你们提出的问题，我都答应并解决了，现在该行动了吧？魏导，请你再去莫尼雅那里帮她做好成亲的准备。赵先生回去写信，我过一会让茅招骅去取，怎么说，你关照他。”

“你派茅招骅去？”赵天宇用手点着高登说道：“你真刁，在我的同事们眼中，他还是我们的人！”

“哈哈哈哈！”在一片得意的狂笑声中，高登将三人送出了门。

赵天宇一个人躺在床上，条分缕析地将眼前的事一一过滤：首先，他已经写好了给黄振军的信，只等茅招骅来取。虽然他用的是暗语，但他相信自己的战友应该能看出端倪；其次，要利用婚事协助莫尼雅控制高登，为旅游团脱险争取时间；第三，要确定由哪条路逃离，他悄悄从周东国那里取来了微型跟踪器，设法安装到茅招骅的身上，掌握他出去的路径；第四，如条件允许，最好救出蓝色天空宾馆的人一起走；第五，逃离的通道上一定机关重重，稍有不慎，便会导致人员死伤，必须想出办法。

这五件事，有的他已经有了办法，有的有待跟大家商量。关键是第六件事，他不想让别人知道，只想自己一个人干！

从高登那里回来，乔羽生便把金色帝国的方案告诉了他，他一下便惊呆了：这些疯子竟然要劫持月球！一旦它们的阴谋得逞，整个地球将陷入灭顶之灾，几十亿人将无一幸免，他眼前仿佛看到了山火烈焰，仿佛看到了海啸滔天，仿佛看到了焦土一片，仿佛看到了尸骨成山。赵天宇不敢想象这毛骨悚然的场景，难怪高登引诱乔羽生准备诺亚方舟！

当时乔羽生说，高登的方案是把月球当成弹头，通过数千个大功率发动机同时点火，将月球推离原来轨道。这想法乍一听觉得荒唐，但是否会产生牵一发动千钧或者顺水推舟的效果，谁也说不清楚。

他问乔羽生，有没有办法阻止这些疯子的阴谋？

乔羽生思索良久才说道，除非是毁了他们的发动机。但发动机安装在哪里，我们一无所知。如果安装点很分散，难度就更大了。最好能炸了他们的燃料库。只是……那太危险了！

“再危险也要干！”赵天宇想到此，牙关紧咬，拳头狠狠砸在床上：一定要捣毁基地的指挥控制中心，炸掉燃料库，彻底粉碎金色帝国的阴谋。

但他也知道这件事太难了，许多情况他还不清楚，再说，据乔羽生分析，基地的指挥控制中心可能在生产区的后面，距离很远，而且方向也与旅游团准备撤离的路线南辕北辙。即使他能成功，也肯定赶不上离去的太空一号！俗话说九死一生，这一生的可能性也很渺茫。

所以，他不打算让其他人一起做这件事，决定孤身独闯龙潭虎穴。

“叮咚、叮咚”门铃响了。

赵天宇起身开门，是茅招骅来取信了。

赵天宇将信纸交给茅招骅，拍着他的肩膀说道：“你把信交给太空家园的黄总，他会将电脑交给你。你要马上回来，我们都等着你，事情一了我们好撤离。辛苦啦！”

茅招骅点头哈腰地说道：“赵总队放心，我一定快去快回。”

好在赵天宇以方便商量准备莫尼雅的婚礼名义，要求旅游团所在区域人员可以相互来去。所以茅招骅离开后，赵天宇悄悄将周东国、魏虹、刘丽和侯炳昆四人叫到自己房间。

赵天宇吩咐周东国安装了新改换频率的屏蔽器，然后交给每人一张纸条，上面写着行动的方案、相关问题和每人的具体任务。

赵天宇压低了嗓音说道：“现在最困难的是第四件事，如何把蓝色天空宾馆的人一起救出去。虽然他们是 M 国的人，但是作为人类命运共同体，我们不能撇下他们。”

魏虹立刻说道：“对，我们一定要带他们一起走。”

另外三人也表示赞同。

赵天宇继续说道：“可是我们不知道他们住在哪里，也无法和他们联系。”

魏虹说道："我悄悄问过莫尼雅，她也不清楚。因为每次都是被蒙着眼睛进出的。不过她感觉好像没走多远，是乘电梯上下的。"

赵天宇一听，马上问道："没走多远，乘电梯上下？魏导，你有没有感到这里的客房、走道和大堂很熟悉？会不会这就是蓝色天空宾馆？"

"你这么一说还真是，几乎没什么变化。难道它们将蓝色天空宾馆卷走后就放到了这里？太不可思议了！"魏虹惊叹道。

赵天宇说道："也许这里原先是个巨大的深坑，金色帝国能神不知鬼不觉地将这么大一幢宾馆放在这里，已经说明了它们的实力。"

"尽管如此，我们还是无法同他们联系……"魏虹说道。

赵天宇想了想，说道："这样，你去见高登，就说莫尼雅喜欢热闹，要让她的同事们一起参加婚礼。这样，我们就能把这些人集中到玻璃实验室。"

刘丽一听，说道："好，这主意好！"

侯炳昆却说道："好是好，但还要解决一个问题。"

赵天宇问道："什么问题？"

"这些人当时是被高登他们连房子一起刮来的，肯定用了一些技术手段才使这些人安然无恙。可是我们现在把他们带出去，他们连一件航天服都没有，一直在太空一号还问题不大，可是一旦需要暴露在月面上，那……"侯炳昆说道。

周东国闻听此言，说道："这倒问题不大，太空一号上有备用航天服，而且是按一比一配备的。"

侯炳昆高兴地说道："那就太好了！"

"大家还有什么问题或者不同意见？"赵天宇轻声说道。

魏虹说道："我有意见。带着旅游团前往太空一号，有周大哥、侯大哥和刘丽就可以了。你那里一个人，要对付高登，还要把那么多人带出来，人手太单薄。我还是和你一起去参加莫尼雅的婚礼。”

赵天宇说道:“你是导游，是这支旅游团的主心骨。再说，高登也未必同意你参加婚礼。”

“旅游团现在最大的任务就是出去，方案步骤你都安排得非常仔细，没有我，问题不大。但莫尼雅是否会慌乱？有我在，可以使她镇定些。至于高登，我可以对他说，婚礼需要伴娘。我想高登没有理由拒绝我。”魏虹语气十分坚定。

赵天宇知道，从玻璃实验室撤离远比从客房撤离困难，危险要大得多。所以他不想让魏虹参加婚礼。但再一想，有魏虹在，莫尼雅控制高登的把握会大得多，而这又是大部队能否顺利撤出的关键。再说，自己还有第六件事……

于是，赵天宇沉声说道:“好吧，你就留下和我一起参加莫尼雅婚礼。”

此刻的太空家园也正在开会。

杨剑说道:“从玉石透视仪扫描情况来看，最外面是近五米厚的山石，里面是一道厚约三十厘米的金属门，再往里就没有任何固体物质，也就是说是空的，是山洞。由此可以推测，外面这五米的山石是移动的，只是不知机关在哪里。我之所以说明白了，就是说十有八九，太空一号就是从这里开进去的。”

“那就简单啦，用炸药将山石和金属门炸开，冲进去救人。”金浩说道。

黄振军不同意金浩的提议，说道:“用炸药炸开山石和金属门并不难，但山洞有多深？有没有机关埋伏？太空一号还在不在里面？这些我们一无所知。一旦冲进去，敌在暗我在明，十分被动，肯定是赔本的买卖。”

金浩说道：“炸开山石和金属门后，我们分成三个小队拉开距离搜索前进，发现情况不对，马上撤回来。这样即使有伤亡也不会太大。要不然，干等到什么时候？”

杨剑转头看着旁边的卡希尔，问道：“卡希尔，你的意见呢？”

“我？我也可以说吗？”卡希尔原本以为自己只是个带路的，会上一句话也没说过。

杨剑点头：“说。”

卡希尔说道：“我在月球待了一年多了，从来没听到过无名环形山有人出没。贸然进入，会不会有埋伏？打死科拉尼的子弹穿透了头颅，子弹没有找到，而且弹孔很小，对于这种枪械，我从来没有看见过。所以，我认为这会不会是幽灵？我们还是要谨慎一些。”

杨剑一听，笑着说道：“我看了科拉尼的伤口。这种武器我知道，是 TWK 激光发射枪，体型很小，却威力巨大。据我所知，国际上只有一支，是外星 UFO 落在大西洋 M 国的军事基地荒岛上的。”

卡希尔一听，说道：“这么好的武器，M 国会不仿制？真的只有一支？”

杨剑点点头，继续说道：“对手虽然不会是卡希尔说的什么幽灵，但不排除有外星人的可能，根据我们的情报，最近太空并不平静，常有大型 UFO 出现，所以我们不能鲁莽。我看还是再议一下，有没有什么遗漏的线索？”

这时，客服经理小夏进来小声对黄振军说了几句话。黄振军一下兴奋起来，大声对杨剑说道：“老杨，太空一号的副驾驶茅招骅回来了！”

第十五章　碳基人与硫基人

杨剑听说太空一号的副驾驶茅招骅回来也十分高兴，忙道："快让他进来。"随即好似又想起了什么，接着补充了一句："老黄，还是你一个人接待他吧。"

说罢，杨剑领着卡希尔和特种兵们走出了会议室。

不一会儿，小夏领着茅招骅来到了黄振军面前。

黄振军连忙站起身来，给茅招骅拿了一瓶饮用水，说道："快请坐。"

见茅招骅在沙发上坐下，喝了口水，黄振军开口问道："怎么是你一个人回来啦，旅游团现在在哪里？大家都还好吧？"

茅招骅边脱下航天服边答道："我们在前往笛卡尔宾馆的途中迷了路，开进了一座大山……"

"这条路楼师傅不知跑了多少回了，闭着眼都能开，怎么会迷路呢？"黄振军着急地问道。

茅招骅装着不好意思地低下头，说道："楼师傅说头昏，所以车是我开的。那是一条很深的峡谷，进去后太空一号出了故障，大家就回不来了。楼师傅说修理太空一号需要乔老师那台电脑恢复数据，所以赵队长让我回来取电脑。他有一封给您的信。”边说边掏出赵天宇给他的那封信。

黄振军打开信一看，只见上面写着：“黄总：你好！我们迷路进了无名峡谷，太空一号又出了故障，楼师傅说修理太空一号需要乔老师那台电脑，请交小茅带回。太空一号数据恢复后，我们将原路返回。另，小茅很辛苦，请好好招待。赵天宇亲笔。”

看完信，黄振军心中打了一个大大的问号：虽然信上写的内容和茅招骅说的相同，字也是赵天宇的笔迹，但总觉得有哪里不对劲。

不过，这种疑惑丝毫也没有从他脸上流露出来。放下信他笑着问道：“小茅，你是怎么回来的？”

对于这个问题，茅招骅早已成竹在胸，不慌不忙地答道：“我是骑太空一号里的备用电瓶车回来的。”

“啊，那一定很累，辛苦啦。”黄振军转身关照小夏：“快领茅师傅去餐厅吃饭，然后安排房间让他好好睡一觉。”

等茅招骅离开后，杨剑快步走进了会议室。

黄振军将赵天宇的信递给杨剑。杨剑逐字逐句仔细看了一遍。

“老黄，你先说说看。”杨剑说道。

“疑点重重啊，”黄振军指着信说道：“赵天宇明知 128 房间那台电脑是台新电脑，乔羽生从未用过，而且也知道硬盘被盗，为什么指明要取这台电脑？还有，太空一号一般故障楼师傅完全可以修好，真修不好也应该请求支援。为什么仅仅要我将电脑交小茅带回？我的看法，这些都不是真的，赵天宇是在通过这些向我们传递什么信息！”

杨剑点点头，说道：“我同意你的看法，我认为这封信真正有用的是两句话，一句是‘太空一号数据恢复后，我们将原路返回’，赵天宇想告诉我们，他们摆脱控制后，将从无名环形山出来，要我们准备接应。”

“那另一句呢？”黄振军问道。

杨剑指着信说道：“你看，‘另，小茅很辛苦，请好好招待’。他特意用了个‘另’字，就很有意思了。茅招骅虽然不是你们的编制人员，但长时间在这里工作，也算半个主人，还用得着赵天宇来关照你好好招待吗？”

“对呀，既然迷路、太空一号故障这些都是假的，茅招骅回来应该告诉我们真相，他却什么都没说。这就说明他有问题！这就是赵天宇通过‘好好招待’这四个字向我们传递的第二条信息。”黄振军说道。

杨剑将信放在桌上，缓缓说道：“看来旅游团已经被对方控制了，投鼠忌器，我们现在还无法组织营救。我看这样，下一步我们兵分两路。你设法撬开茅招骅的嘴，弄清真相。我安排特种兵小队分班蹲守监视无名环形山的动静，随时准备接应。另外去请芮局通知卫星监控系统提高对云海电话信息源附近的监视密度。”

黄振军做梦也没想到竟然在月球还要投入战斗，顿时感觉全身热血奔涌，仿佛回到了当年在部队临战前的状态。

此刻的金色帝国月球基地却是另外一番景象。

实验区第三间玻璃房四面挂上了金色的窗帘。这是赵天宇对高登说地球上的女孩子怕羞，私密的环境能增强欲望。高登让技术人员测试了一下，挂上窗帘并不影响收集技术数据，才同意了。

蓝色天空宾馆的工作人员只来了九个，有二十四个人已经死了。因为是分别单人关押，莫尼雅她们都不知道。还是赵天宇提出要莫

尼雅的同事一起参加，高登才告诉他，宾馆值班经理自杀，十八个人病逝，还有五人先后企图逃跑被电弧击杀身亡。他没有告诉赵天宇的是，十八个病逝的人大多是在他们的实验过程中被折磨死的。

当魏虹告诉他们，莫尼雅为了大家脱离苦海，甘愿牺牲自己嫁给高登时，这些同事非常感动。所以他们围在玻璃墙外默默注视着里面正在进行的婚礼。

今天的赵天宇像模像样地当起了神父。

高登不知从哪儿给赵天宇找来了一件黑色的长袍，有些大，但还能凑合。只见他口中念念有词，无非是你愿意嫁给他吗之类的问话。

莫尼雅经过魏虹几番培训，显然老练多了。脸上洋溢着喜悦的笑容。蓝色天空宾馆总统套房里的红色晚礼服代替了婚纱，衬着那一头漂亮的金发，把高登的眼睛都看直了。

赵天宇履行了神父的职责，便过来向高登说道："高登先生，相信您能度过一个美妙的夜晚，祝您新婚愉快！"

"谢谢，谢谢，亲爱的赵。你今天辛苦啦，再见！"高登挥手告别。

魏虹作为伴娘，特意将莫尼雅叫到一边，轻声叮嘱了几句。然后拉上了四面的窗帘，临走轻轻拉上了玻璃门。

这一切在高登看来，都是善解人意。在魏虹和莫尼雅谈话时，他通过耳麦特意询问了负责测试的技术人员，莫尼雅的状态如何？技术人员报告说，目前莫尼雅下丘脑腹内侧核的雌激素符合标准要求。

高登顿时心花怒放，把莫尼雅紧紧搂在怀中，抚摸着她白皙的脸庞。眼见莫尼雅脸上泛起了红晕，闭上了双眼。高登感到全身发热，忍不住将突出的嘴巴靠近莫尼雅的嘴唇。

莫尼雅突然用手推开了高登的嘴巴："不要急嘛，人家还有话要问你。”

“我的小美人，有什么话你尽管说。”说罢，一把将莫尼雅抱起坐在自己腿上。

“你要是不让我回去，我的父母和哥哥怎么办？我要永远和他们分离吗？”莫尼雅说道。

高登听了，咯咯地笑了起来：“你不但是个小美人，还是个小傻瓜。把他们都接来不就是啦。”

“怎么接？还是用风把他们刮来吗？那样他们会害怕的。”莫尼雅说道。

“行，不用刮风，我用其他办法，一定让你满意。不过你先要让我满意哦！”说着，高登伸手就要去解莫尼雅的晚礼服系带。

莫尼雅抓住高登的大手，嗲声嗲气地说道：“不要嘛，人家要给你先脱。”

“可以可以。”高登大喜：“这是魏虹教你的吧？我看过一本古书，她们那里有妇人为相公宽衣的习俗。来吧。”

莫尼雅解下了高登身上的披风，解开了上衣的纽扣，只见黄铜色的胸脯上有两根背带。身后背着一个背包。

“你背后怎么背着个盒子？像个日本女人似的，来让我看看。”说着，便转到了他的身后，伸手要去摸那盒子。

“唉，别动！看看可以，但不许碰。这是硫发生器，有了它，我才能和你生活在同一种环境中。”高登说道。

“好吧，那我就看看。”莫尼雅牢记刚才魏虹关照的话，要她在三十分钟之内找到硫发生器与高登身体之间的接口，然后将接口断开，就像拔掉病人的氧气管那样。

莫尼雅上下左右仔细观察寻找导管，嘴里却说道：“怎么，这上面还有字？写的什么呀？”

“那是使用说明，是我们的文字，你看不懂的。”高登有些不耐烦。

时间一分一秒地过去，莫尼雅心急如焚：没有导管，发生器是怎么和身体连接的呢？

莫尼雅感到自己的心跳在加快，额头上淌下了豆大的汗珠。

此时，高登的耳麦中传来了技术人员的催促声：“总督先生，现在莫尼雅的体温在上升，心跳在加快，她激动了，兴奋了，我们的实验离成功不远了，为金色帝国创造碳硫结合的新生命，赶快行动吧！”

高登听了，顿时感到一股暖流由丹田往上，全身发热，大声对莫尼雅说道：“宝贝，别看了，快来吧！”

高登一转身将莫尼雅抱起，转了个圈，轻轻放到床上，顺势将她压在身下。

莫尼雅着急，玻璃墙外的魏虹更着急。转眼间二十分钟过去了，莫尼雅怎么还没得手？按照预定计划，在这二十分钟里，周东国应该已经控制了特维斯，占领了监控室；赵天宇应该解决了实验区的警卫巡逻硫基兵。可是玻璃房里一点动静也没有。她想靠近玻璃墙看看，然而金色窗帘将房内遮得严严实实，什么都看不见。此时，魏虹倒有些后悔，当初为了不让高登看到外面的情况，安装了窗帘，现在却遮挡了自己的视线。

“莫尼雅，你可千万不能出事。”魏虹心中暗道。

不知什么时候，赵天宇回来了。

魏虹指了指走道方向，示意：“解决了吗？”

赵天宇做了个“OK”手势，然后示意魏虹后退，要她带着那九个蓝色天空宾馆的人准备撤离。

高登庞大的身躯压在莫尼雅身上，压得她喘不过气来。

她脸上装着娇羞的样子说道:“你压死我了，能不能温柔点？”

可是高登根本不理她，用厚厚的嘴唇对着她的脖颈狂吻。莫尼雅在他身下不停扭动着丰满的身躯，这更点旺了高登的欲火，喘着粗气伸手去撕扯莫尼雅的晚礼服。莫尼雅不得不用双手紧紧抱住高登。

这一抱，莫尼雅碰到了高登背后的硫发生器。莫尼雅心头一喜，随即用双手沿着盒子与高登身体的结合部位抚摸。

突然，她在盒子背面右下方摸到一根五毫米粗细的导管，一直通到高登的腋下。导管是软性的，在腋下与身体里伸出的管子通过弹性卡箍相连。

只听嘶啦一声，高登扯断了莫尼雅晚礼服的系带。几乎与此同时，莫尼雅拔下了高登腋下的那根导管。

莫尼雅松开了手，高登随即撕开了莫尼雅的晚礼服，灯光下白玉般的胸脯袒露在高登眼前。他大声喊道:“来吧，我的宝……”

高登突然感到气急胸闷，那个“贝”字仿佛被噎在了喉咙里，怎么也吐不出来。那双伸向莫尼雅胸部的手仿佛被定身法定住，怎么也动弹不得。开始他还能大口大口地喘着粗气，渐渐地气息越来越细，最终从莫尼雅身上倒了下去。

莫尼雅大惊失色，一下呆住了。直到看清高登仰卧在床上，双眼紧闭，原本黄铜般的脸色开始暗淡。她才急忙下床，整理了一下衣服，开门出来。

三十分钟已经过去，赵天宇原本想和魏虹一起冲进去，大不了和高登死搏也要把莫尼雅救出来。

正在此时，玻璃门打开了，披头散发的莫尼雅走了出来，一手捂着被撕碎的衣服。

一见魏虹，她便扑了上来，喊了一声“虹姐姐”便昏倒在她的怀中。

赵天宇背起莫尼雅，领着众人快步离开那条长长的甬道。幸好，另两间屋的硫基人不是全神贯注盯着电脑显示屏上的数据变化，就是在显微镜前观察，谁都没有注意到甬道上的动静。

甬道尽头就是那部电梯。魏虹上前按动了开门按钮，可是电梯门没有反应。

突然，有人叫道:“魏，少了个人，马塞洛没有跟上来。”

魏虹一听，立刻返身向甬道里跑去。

甬道里，六十开外的马塞洛斜靠在墙上，耷拉着脑袋。

赵天宇放下莫尼雅，对魏虹说道:“你别去，我来了。”

可惜还是晚了一步。魏虹冲到马塞洛跟前伸出手拉他，刚一碰马塞洛就倒了下去。

墙角转出了一个硫基人，伸手紧紧抓住了魏虹的手臂。

赵天宇一看，来的竟是库巴!

库巴用手枪顶着魏虹的太阳穴，冷声说道:“赵天宇，叫所有人马上蹲下，双手抱头，要不然我立刻打死她!”

赵天宇回头对宾馆的人说道:“照库巴先生的话做。”

然后转身对库巴说道:“库巴，她只不过是个小小的导游，没有任何价值。不如我来换她。”说罢抬腿往前走去。

“站住！先把枪扔过来。”库巴叫道。

魏虹见状，大声喊道:“赵天宇，不要过来！你赶快带着他们走！”

赵天宇弯下腰将手中的枪从地上滑送过去。

库巴大喜：“你很听话，现在你双手抱头，倒退过来，在我面前五步的地方蹲下，双手抱头。”

魏虹声嘶力竭地大喊：“天宇，不要管我，快走！”

赵天宇对库巴说道：“库巴，你是男人，说话要算数，我过来了。”说罢，转身倒退。

赵天宇一步步向后退去。退到离库巴大约五步的地方，双手抱头，慢慢蹲下。

库巴一见，抓着魏虹上前。到了离赵天宇还有两步时，猛地推了一把魏虹，手中枪转向了蹲在地上的赵天宇。

几乎与此同时，赵天宇斜刺里跃起，不仅躲开了枪口，而且一招少林飞脚正踢在库巴胸口。库巴向后飞出，胸口一闷，哇地吐出一口鲜血，昏死过去。

魏虹并未离去，就在赵天宇出脚的一刹那，她仿佛心有灵犀，回身捡起了地上那把 TWK 激光发射枪。

赵天宇急忙喊道：“别开枪，快走！”说完，拉住魏虹便奔向电梯口。

魏虹用力按电梯按键，可是电梯门纹丝不动。甬道深处反而传来了叽叽哇哇的叫喊，还有人员跑动的脚步声。

赵天宇举着那把 TWK 激光发射枪，对准了甬道方向。

甬道里暂时没有硫基人追来，但远处已经传来了人员跑动的脚步声。

赵天宇额头上也沁出了汗水。

突然，魏虹听到电梯发出嘶嘶的响声，是电梯下来了。她忙把手枪对准了电梯门。

电梯门打开，魏虹看到来人喜出望外：竟然是周东国！

原来，周东国发现赵天宇他们超过了约定的会合时间，担心出了什么问题，所以下来接应他们。

赵天宇连忙指挥众人赶快进电梯撤离。

出了电梯便是宾馆走道，旅游团的人都集中在两间房间里等待。

赵天宇让魏虹安排莫尼雅等人进入其中一间，然后拉着周东国进了自己房间。

赵天宇问道："茅招骅出去的路径搞清了吗？"

周东国说道："根据微型跟踪器显示，他走的是我们来时的路，没有变化。"

赵天宇满脸严肃地说道："你把撤离路径再复述一遍。"

"客房走廊转弯便是宾馆大堂，右侧有一部电梯，电梯往上五百米左右，开门后会遇到一堵墙，我想带上特维斯让他打开这堵墙。然后是一条三百米的通道，往上二十二格阶梯，会遇上一扇门，打开门就能看到我们的太空一号了。"周东国背得滚瓜烂熟，显然成竹在胸。

"好，十分钟以后，你就带着旅游团和莫尼雅他们撤离。遇到机关一类的事多跟乔老师、关彤和鲍林逸他们商量，千万不要冲动，几十条人命的担子都交给你了。"赵天宇郑重说道。

"那你呢？"周东国听着感觉不对，赵天宇好像不准备和大家一起走。

赵天宇答道："我还有非常重要的事情要办，你先带着他们去太空一号等我，一个小时以后如果我还没有回来，那就不用等我了。"

"还有什么事能比把旅游团安全带回去更重要？！"周东国吼道。

“你冷静些，我告诉你。”赵天宇知道不说不行。于是他把乔羽生的惊人发现，一五一十地告诉了周东国，然后说道：“如果让这些疯子的阴谋得逞，我们的地球家园，我们人类的命运都将毁之一旦！东国你说，我们能就这样一走了之吗？”

周东国彻底惊呆了！

他沉声说道：“按理说，你的选择是对的。但这支队伍必须你来带，粉碎高登阴谋的任务还是交给我来完成。你知道我曾经一个人深入恐怖分子老巢……”

赵天宇不让他再说下去，坚定地说道：“不要说了，我知道你很优秀，让你去相信你一定能够完成。可是我了解的情况比你多、比你详细，脑子里已经有了个大概的方案。所以还是我去比较稳妥，就这么定了。再说带队撤离的任务也不轻松，一定会碰到许多困难，你千万不能轻敌。”

“可是……”周东国还想争取。

赵天宇说道：“不要再说了，服从命令！我问你，有什么重武器带下来了？”

“一台手提导弹发射器和一根火焰喷射器。”周东国答道。

“好吧，把手提导弹发射器交给我。等我离开，你就指挥大家开始撤离。”赵天宇说道。

周东国离开后，赵天宇整理了自己的物品，放进了一个红色行李箱。

不一会儿，周东国回来了，带回来一个长五十厘米、宽三十厘米、厚十五厘米的铝合金盒子。

赵天宇接过一看，笑道：“AK100 手提导弹发射器，这可是我国最新发明的轻型武器，个头小威力大。据我了解，好像还没装备部队，你们是怎么搞来的？”

“嘿嘿，有一次让我去参加试用，我感觉不错。后来要派我来月球，首长问我有什么要求，我就说要AK100和FG59，首长特批就作为太空家园的武器装备了。你要不要看看说明书？”周东国憨厚地问道。

“不用。你是参加试用，而我可是参加试制。在设计过程中，102兵工厂就听取过我的意见。当时我就提出，要小要轻，要易掌握，要威力大，才能符合现代战争的需要。没想到，今天我自己先用上了。”赵天宇笑着说道。

周东国有些不好意思：“没想到啊，你对新武器是行家里手。赵队，你还有什么需要我做的吗？”

“哦，对了，你把这箱子给我带走。万一我回不来，就将它交给我的领导。这里面除了我的私人物品，还有收集的一些资料和写的笔记，组织上也许有用。”赵天宇说道。

正在此时，魏虹推门进来，听到了赵天宇的话，问道：“老赵，你要去哪里？”

“老赵？我真有那么老吗？不老也被你叫老了。”赵天宇故意岔开话题。

魏虹板着脸说道：“旅游团任何人脱团都要经过导游同意，这是规定。”

赵天宇笑着说道：“尊敬的魏导，你别忘了，我可是旅游团的领队，可以自由行动。”说罢，拎起铝合金盒子就要往外走。

魏虹伸手拦住了他，用十分严肃的口吻说道：“你那领队是你自己封的。你要到哪里去，必须经过我的同意。”

时间紧迫，无奈之下，赵天宇只得将事情告诉了魏虹，魏虹的脸色越来越紧张，柳眉紧锁。

“不行！我不能同意你去！你也是二十九名团员之一，我要将你平安带回去！”魏虹的语气十分坚决，没有商量的余地。

“小魏，你冷静地想一想，是你的工作职责重要，还是地球上几十亿人的安危重要？”赵天宇沉声说道。

“我们一出去就立刻向上级报告……”魏虹说道。

“要是我们能出去，我怕高登会在恼怒之下铤而走险，后果不堪设想……”赵天宇说道。

魏虹一双大眼睛盯着赵天宇冷峻的脸庞，仿佛有许多话要说。但沉思了片刻，最终她还是妥协了：“好吧，周经理暂时不会回去。刚才你说的旅行箱，还是交给我，笔记我会交给杨局，私人物品我会交给嫂子……”

“哪来的什么嫂子，我可是一人吃饱全家不饿。私人物品就随你处理吧！”赵天宇说道。

魏虹此刻泪水哗地淌下，情不自禁地一把抱住赵天宇：“天宇，我知道你这一去是九死一生，你无论如何要抓住这一生的希望，我等着你回来。”

赵天宇一愣，随即张开双臂紧紧抱住魏虹，说道：“我记住你的话了。放心，等我回来！”

说罢，他对周东国和魏虹说道：“现在我们对表。别忘了，一小时以后，如果我还没有回来，你们一定要走，这是命令！”赵天宇这话说得斩钉截铁，说完，便从周东国手上接过铝合金盒子，头也不回地毅然而去。

第十六章　将计就计

周东国回到房间，让魏虹告诉大家准备离开，吩咐侯炳昆握一支红外激光枪垫后，魏虹和刘丽依然居中保护。然后他去监控室将被捆得结结实实的特维斯拖了过来。

周东国拽出塞在特维斯嘴里的臭袜子，用枪顶着他脑袋问道：“知道我们来的路上有哪些机关吗？”

特维斯那对环眼茫然地看着周东国，摇摇头，似乎没有听懂。

周东国又用英语说了一遍，特维斯还是摇头，还唧唧哇哇不知说了句什么。

“鸡对鸭说，这家伙什么也听不懂。”周东国无奈地摇头。

这时，单小萍挤了过来，对周东国说道：“周大哥，让我来试试。”

于是，单小萍将周东国的问话唧唧哇哇地重复了一遍。

这回特维斯听懂了，他点点头，唧唧哇哇又说了句什么。

单小萍告诉周东国，她说的是世界语，特维斯能听懂。他说他知道那条路上的机关。

“行，那就带上他。”说罢，周东国一把拎起特维斯，一手提着那挺 CS-20 机枪领先出了门。

魏虹到这时还牢记着自己导游的职责，她把三十多个人分成六个小组，年轻力壮的和妇幼老人分别搭配，然后语调深沉地说道：“意外使我们旅游团现在处于十分困难、十分危险的境地，要告诉大家的是，周大哥、侯大哥、刘丽和我曾经都是军人，都是党员，我们有决心把大家带出去，哪怕牺牲我们自己。但是作为导游，我要求每个人都要服从命令、听从指挥、互相帮助。特别希望我们团里的党员能在这关键时刻发挥模范带头作用。”

她的话刚说完，人群里一下举起了十几条手臂，俞洪发字字铿锵地说道：“我和老马都是党员，有什么任务你尽管说。”

由于宾馆的蓝色电弧机关之前按高登命令已经关闭，所以一行人顺利穿过大堂，进入右侧的电梯，上升了五百米，打开电梯门，五米外边是那堵墙。

漆黑的墙壁阴暗森冷，走在周东国身边的单小萍不禁打了个寒战。

周东国松开了绑在特维斯身上的绳索，告诉单小萍让特维斯打开墙壁。

特维斯挥了挥被绑得发麻的手臂，从兜里掏出一个遥控器，按了一下上面的黄色按钮，黑色的墙壁便咯吱咯吱地慢慢打开了。

特维斯刚想把遥控器放回兜里，被魏虹一把夺了过来。

周东国一个箭步跨了出去，站定身形，朝通道里看去，并无人影。他回过身刚想招呼其他人出来，突然耳边传来一阵“嗡嗡”声，凝神细听，“嗡嗡”声好像由远及近，越来越近。他终于看清了那是几十只像蜻蜓大小的野蜂正向他们飞来。

他大喝一声“快退回去！”顺手一把将单小萍推了回去。自己用 CS-20 机枪一阵扫射，有几只野蜂被打落在地。趁着蜂群避向两边的刹那，他也退回门内，叫道："快关门！"

"关门？关门有什么用？我的硫蜂可饿了好长时间了，它们会一直等在通道里，准备享用一顿美味大餐，咯咯咯咯！"这沉闷而带有嘶哑的声音，人们已十分熟悉，只是不知是从哪儿发出来的。

"高登！"莫尼雅惊得脸色发白，首先大叫："他竟然没有死！"

"死？你们太天真了。我是那么容易死的吗？"高登说道。

周东国双目喷火，大声喝问："高登，你到底要怎么样？"

"我的要求很简单，你们都乖乖给我退回房间，等候我的发落。至于莫尼雅，你不小心碰落了我的硫发生器导管，我不怪你，还是回到实验房去，我们继续，怎么样？"高登得意地说道。

"不，我决不回实验室，你这个恶魔！"莫尼雅带着哭声说道。

"我给你们五分钟时间考虑，赵天宇你听见了吗？"高登恶声说道。

赵天宇？乔羽生这时突然想到怎么没看到赵天宇？他回头在人群中搜寻，哪有赵天宇的影子！他刚要开口问周东国，却被对方捂住了嘴。

周东国已经意识到高登能听到他们的对话，如同那天进隧道时的情形。可是在如此狭小的空间里，他没有找到任何窃听设备。

情急无奈之下，他只好轻声问道："你们赶快检查一下，谁的身上带了不属于你们自己的东西？要是有，马上交给我！"

没有人回答。这时候，谁还有心思去带不属于自己的东西。

乔羽生又在旁边拉他的衣袖。不得已，他掏出笔在手心写了四个字：另有任务。

看见这四个字，乔羽生便不好再问。

时间一分一秒地过去，周东国的脑子里在想着各种应对办法，他喃喃自语:“野蜂最怕什么?最怕什么?”

马桂兰说道:“野蜂怕火啊。”

“火?!”周东国摸到了那根背在身上的 FG59 火焰喷射器。于是,他回头轻声向魏虹说了他的安排。

“怎么样?还没考虑好吗?我可要倒计时了。”高登阴声说道,“十,九,八,七,六,五,四,三,二,一……”

他的倒计时好像就是行动指令,魏虹用特维斯的遥控器打开了门,周东国冲了出去,对着“嗡嗡”飞来的野蜂连连叩动扳机,通红的火焰扑向蜂群。

大部分野蜂葬身火海,幸存的十几个逃得远远的,不敢过来。

周东国大喝一声:“快走!”领先向前冲去。边跑边用火焰喷射器扫射前面的剩余蜂群。

跑了二百多米,已经看见了台阶和上面的那扇门。魏虹高兴地说道:“过了那扇门就能看到我们的太空一号了!”

说时迟那时快,她身边已经有个人飞奔过去,蹬蹬蹬蹬才上了几个台阶,便“啊”的一声惨叫翻滚下来。一直滚到离台阶七八米的地方不动了。

周东国上前一看,那是蓝色天空宾馆的门童,听说可以见到太空一号了,一激动便冲了出去。现在门童身上的衣服被烧得稀烂,还在冒着袅袅青烟,皮肤已经烧得就像黑炭,全身痛苦地抽搐着,显然只剩最后一口气。

莫尼雅和他的几个同事冲上去要救他,被周东国和魏虹使劲拦住。

周东国眼含泪花,说道:“他不行了。不要去碰他,那是浓硫酸烧的。”

听了周东国的话，人们才抬头向台阶看去：台阶上方还有几处往下滴着硫酸。

乔羽生说道："这是一道硫酸屏障，刚才人没上去，什么都没有。人一踏上台阶，上面便开始洒硫酸，人一沾上便被烧灼。"

"特维斯，特维斯呢？"魏虹想让特维斯将机关解了。可是队伍从头到尾都没有特维斯的影子。看来是刚才大家奔跑时，这家伙趁机溜了。

周东国用拳头狠狠砸向石壁："功亏一篑！"

"咯咯咯咯，乔先生真是高人。"高登的声音再度响起："只要你们敢踏上台阶，你们就会像那个可怜的家伙一样被烧成焦炭！"

突然，魏虹拍拍周东国，将一件东西递到他面前，同时用食指竖在嘴唇前，示意噤声。原来刚才光顾着特维斯，忘了这家伙的遥控器在自己手上。

周东国一见大喜，想起了赵天宇关照的话。于是他招手示意乔羽生、关彤、鲍林逸和汤美琴过来，一起研究遥控器的使用方法。

魏虹的应变能力极强，她朝团员们挤挤眼，然后故意大声说道："现在这个局面，我只好听听你们大家意见，是退回去，还是一起冲上去，要是冲上去，肯定会有伤亡。"

马桂兰会意地喊道："我们还是退回去吧，冲上去，那上面门也未必能打开。"

"退回去？总不能永远留在这儿。刚才那人没穿航天服，也许我们的航天服不怕硫酸。"张凯接着说道。

"万一航天服抗不住硫酸那不完啦。"樊进才大声说道。

一群人煞有其事地争论起来。

而周东国等五个人则轻声开起了遥控器的使用"研讨会"。

太空家园宾馆总经理办公室。

黄振军的对面坐着茅招骅。

“怎么样，吃饱啦？”黄振军笑着问道。

茅招骅用手抹了一下嘴，说道：“饱了饱了，炸酱面真好吃，谢谢黄总。”

“谢就不用谢了，咱们聊聊吧。”黄振军说道。

“聊聊？聊什么呢？”茅招骅面不改色，内心却开始有些紧张。

黄振军笑着说道：“你们是在哪里迷路的，被困在哪里？你能不能在月图上指给我看？”

茅招骅一愣，随即说道：“我们离开了第一个景点后，楼师傅感觉不舒服，有些迷糊，可能开错了方向，后来他说头昏让我开，我就顺着他指的方向开进一条峡谷，开着开着就没路了。太空一号恰在此时出了故障。就这里。”边说边指着月图上的一点。

“啊呀，这得几百公里呀，你骑了多长时间啊？”黄振军故意问道。

听到这句话，茅招骅的心猛然剧烈跳动，因为他和电瓶车都是高登命下属用隐形 UFO 送到太空家园附近的。他心里暗骂：“高登这家伙怎么就没想到这一点呢？真蠢！这软肋偏偏就让姓黄的给抓住了。”

不过他脸上丝毫没有露出慌张的神色，笑着说道：“巧得很，我路上碰到氦 3 前期研究组的高速工程车，搭了一段顺风车，所以快了许多。”

茅招骅之所以敢说谎，是因为他赌黄振军肯定会为旅游团的失踪而着急，尽快把电脑交给自己。只要离开了太空家园，即便黄振军查明了真相，那时他也早已回到月球基地了。

“哎呀，你运气真好，竟然有顺风车搭。”黄振军说道。

茅招骅尴笑一声，起身说道:“巧合，巧合罢了。黄总，您是否把电脑给我，旅游团那边急等着用，我得马上赶回去。”

黄振军压手示意他坐下:“别急呀，我还有个问题没想明白，乔老师的电脑是我亲手交给他的，里面没有任何太空一号的软件、数据或者资料，太空一号的故障跟乔老师的电脑有什么关系呢？”

“这……这我就不清楚了。”茅招骅的声音很轻，有些颤抖。

黄振军的神色开始严峻:“你怎么能不清楚呢，你可是太空一号的副驾！太空一号的驾驶系统自成一体，发生故障根本用不着其他电脑，你以为我不懂吗？”

茅招骅脸色苍白，就像惊雷击顶一下懵了，话语嗫嚅:“不，不……这个这个……”

“行了，说实话吧，不要这个那个的。”黄振军冷声说道。

“叫我说什么？要电脑是赵天宇的主意，我怎么知道为什么，我真冤枉死了！”茅招骅装作要哭出来的模样。

“别装了！赵天宇信上写的十个字‘小茅很辛苦，请好好招待。’你以为是让我请你吃炸酱面啊？告诉你，就是要你回来报信的。我可没时间和你磨蹭，你要是不说，我就让人把你就这样扔到月面上去！”

茅招骅这下害怕了，不穿航天服，月面上 120 多度的高温，比掉进开水锅还烫，一会儿就会被烤成肉干了。

“金浩，把他扔到月面上去！”黄振军大声喊道。

金浩应声而入，一把抓起茅招骅的后衣领向外拎去。

“别扔，别扔！我说我说，我全都说。”茅招骅边哭边说，吓得尿都出来了。

其实，茅招骅在踏上月球的第二天就被金色帝国收买成为奸细，月薪五千克黄金。一年多来，金色帝国从来没分配任务给他，直到这次华夏旅游团登月，高登才唤醒了他。

茅招骅交代说：“金色帝国要劫持的其实是乔羽生，谁知道劫错了人，把樊进才劫走了。高登说，如果不把樊进才放回来，旅游团就很可能不再出发。而且太空家园一定加强了防范，再要劫持乔羽生就难了。”

“他们为什么要劫持乔羽生？”黄振军问道。

“这我真的不知道，据说是金色帝国最高机密。”茅招骅答道。

黄振军看他神色不像是说谎，便道：“你说下去。”

茅招骅说道：“高登是个华夏通，看过很多华夏的书，他说‘贼不走空’，不能就这样把樊进才放了。于是在樊进才的头皮下安装了微型芯片，能够窃听十米以内的说话。所以旅游团里人说话，只要樊进才在场，高登都能听到。”

芮长安和杨剑在隔壁房间通过视频观看这场审讯。当杨剑听到高登在樊进才头上安装了窃听芯片时，顿时大惊失色：“不好，赵天宇他们危险了！”

所谓“知己知彼，百战百胜”，这样旅游团的动向岂不都在高登的掌控之中！

显然，黄振军听到这里也很着急：“你拿到电脑之后怎么回去？”

茅招骅答道：“一公里外有个他们的人和一架隐形 UFO 等着我，将我送到无名环形山，那里有一个进出口。通过他们的人脸识别，就能进入。”

黄振军立刻想到通过茅招骅领路，炸开山门救人。于是说道：“小茅，你犯的罪行是非常严重的，肯定会被处以极刑。唯一能救你的办法只有立功赎罪，你愿意吗？”

茅招骅答道：“当然愿意，您要我怎么做？”

黄振军将自己的想法说了一遍，谁知茅招骅听了连连摇头：“这主意肯定不行，因为无名环形山里有许多探头，只要看到有其他人进去，他们不会开门的。”

黄振军听后锁眉沉思了片刻，又问道：“那这基地还有没有其他进出口？”

茅招骅答道：“听说基地有好几个进出口，但我只听特维斯说过一个，好像在云海西部一个叫弗拉马里翁的地方，具体位置我也不清楚。”

“弗拉马里翁？”黄振军听了心里一动，这不就是上次赵天宇发出信息的信号源吗？

突然，桌上的红灯亮了，黄振军知道是芮长安和杨剑要找他。于是停止了审讯，让金浩将茅招骅带下去关押。

杨剑一进屋便心急火燎地说道：“振军，有两件事要马上办。一件事是向太空警察部队借用两架巡逻直升机，分别由凌峻和韩天鹏驾驶，严密监视弗拉马里翁。第二件事，金浩带上茅招骅争取控制隐形UFO，无法控制就打掉他。然后带上我们这次带来的太空无人机，悄悄前往无名环形山，伪装潜入，严密监视，一有动静，立即支援。”

芮长安补充道：“赵天宇说原路返回，说明他已经有了行动方案，还是从无名环形山撤出，所以我们要随时准备接应。”

黄振军问道：“那我们要是炸开山门打进去呢？”

杨剑说道：“旅游团在他们手上，是否能脱离他们的掌控，我们不清楚。我们如强攻，就怕高登拼个鱼死网破，玉石俱焚，旅游团就危险了。”

赵天宇肩背 AK100 手提导弹发射器，腰间挂着五枚微型导弹，手握 TWK 激光发射枪，又进了那部向下的电梯。

电梯门开了，夹在黑褐色的墙壁和玻璃墙中间的长长的甬道出现在眼前。甬道里没人，第一、第二间玻璃房是全透明的，只有三个人在工作。第三间因为挂着窗帘看不到里面情况。

赵天宇迅速卧倒，沿着玻璃墙基座匍匐前进。到了第三间玻璃房，他抬头找到转角处窗帘接口留下的缝隙向里看去:

高登已经背上了新的硫发生器，精神也恢复了许多，正挥舞手臂对几个硫基人大声吼叫，至于说些什么，赵天宇听不到也听不懂。

赵天宇观察了一下前面通道，发现有几个木箱放在通道上。他悄悄过去打开一看，是几个装床上用品的空箱子，这是为了高登“结婚”换新布草留下的。

突然，他听到玻璃房开门的声音，接着便是硫基人沉重的脚步声。于是他迅速钻入一个空箱，盖上箱盖。

从脚步声辨别，有一个硫基人是向着自己方向走来的，更多的脚步声则是向刚才自己下来的那部电梯走去。

直到听见电梯门关闭的声音，赵天宇才将箱盖打开一条缝，见没动静才出了箱子，沿着那单个的硫基人方向追去。

硫基人柯恩是月球基地技术总监。刚才高登命令他马上去中央指挥控制室坐镇，随时执行指令。他快步来到那扇深蓝中透着黑色的大门前，按动密码，当大门向两边开启时，一支黑洞洞的枪口顶在了他的后脑勺上。

“进去！”赵天宇轻声说道。声音虽轻，却十分有力，不容置疑。

柯恩没有动，他不明白赵天宇的意思。

赵天宇见他如此，改说“GO！”边推了他一把。柯恩这下懂了，抬腿向里面走去。

门里横躺着那支金色的“大铅笔”——金色列车。

赵天宇命令柯恩打开车门，一起进了驾驶室，然后对柯恩说道：“Drive！”

金色列车启动了，赵天宇注视着柯恩的每一个动作，脑子里同时在考虑下一步该如何行动？

车速越来越快，原先还能看到两边的石壁，不多一会儿就什么都看不见了。这是柯恩有意将车速提到了最快。

趁着赵天宇一愣神的功夫，柯恩突然一个急刹，赵天宇刷的一下向前窗飞去。不过赵天宇是何等身手，顺手一把抓住了柯恩的衣服领口。赵天宇撞破了前窗玻璃，柯恩的头却重重地撞在窗框上，顿时昏死过去。

赵天宇正是靠着他这一挡，泄了冲力，顺着乳黄色的车头滑了下去，一屁股坐在地上。

幸好航天服坚固，除了沾了些碎玻璃屑之外，他毫发无损。赵天宇不由暗自笑道：“这次如能回去，得好好夸夸航天服的设计生产单位，给他们做个免费广告。”

歇了几分钟之后，赵天宇从地上爬起，来到车头前，从皮口袋里掏出带绳挂钩，“嗖”的一声抛向窗框。然后抓住绳子一用力猛地向上跃起从窗口穿进了驾驶室。

赵天宇将趴在驾驶台上的硫基人推向一边。好在刚才看到了硫基人的操作，依样画葫芦，居然将这金色列车开动了。

第十七章　金厅屠狮

车窗上方有一块显示屏，列车一启动便亮了起来，上面有三个红点由两根红线相连。红点下有文字说明，但看来是金星文字，赵天宇一个都不认识。

赵天宇心里想着下一步行动方案，所以将车开得很慢。他发现列车不断前行，那红线不断缩短，由此可见，这三个红点是三个站名。他记得上次高登领他们过来时只有一站便到了生产区，如果去生产区，那里人多，看守人员肯定也不会少。自己孤身一人，很可能寡不敌众，陷入困境。再说即便炸了生产区，也只是阴谋方案的一小块，高登用不了多久就能恢复。最好是把基地的指挥中心或者燃料剂氧化剂仓库给毁了。想到这里，他的目光落在了最后一个红点上：这最后一站是哪里呢？

赵天宇陷入了沉思，倒在地上的柯恩却慢慢苏醒。

柯恩感觉脑袋昏沉沉的，前额还有点痛。他十分艰难地睁开眼睛，朦朦胧胧似乎看到有个人站在驾驶台前，金色列车不紧不慢地前行。他终于想起急刹车时正是这个人拉了他一把，使他的头撞在窗框上。

渐渐地，柯恩眼里的这个人变得清晰起来。没错，这就是高登说的来自地球的华夏人！于是，他轻轻将手伸向衣袋，可是怎么也摸不到高登刚给他的那把枪，那把TWK激光发射枪！

柯恩想，也许是刚才那一撞从衣袋里滑出去了。他转过头向地上搜寻，没有。但是他却发现了另一件武器，严格地说是可以当作武器用的维修工具：一根五十厘米长的三棱钢刺。

三棱钢刺在驾驶台后方的墙角，离他有一米远的距离。他怕动静太大惊动了华夏人，于是只能一点一点慢慢挪动身躯。好在那个华夏人什么都没有发现。

赵天宇正设想经过生产区时会不会有硫基人拦截？万一本该停车，列车却直冲过去，前方会发生什么情况？

突然，身后“嗖”的一声，一阵冷风袭来。赵天宇本能地向右一闪，一把明晃晃的三棱钢刺擦着左肩划过，狠狠扎在驾驶台上！

柯恩也是个狠角色，一击落空，闪电般拔出三棱钢刺第二次向赵天宇扑来。

赵天宇无暇掏枪，只能施展空手夺白刃的功夫与对手周旋。刹那间，柯恩第三刺迎面而来，赵天宇移步闪过，顺手一掌拍在柯恩背上。赵天宇练过内家功法，有开碑裂石之能。这一掌只打得柯恩胸口发闷，哇的一声喷出一口血来。令赵天宇吃惊的是，血竟是蓝色的！

就在柯恩负伤暂停攻势的瞬间，赵天宇拔出了TWK激光发射枪。

经过一番紧张的讨论，他们有了初步的方向，关彤取出随身携带的微型工具小心翼翼地拆开了遥控器，通过线路分析各按键的作用。他边看边和鲍林逸商量，最终二人一致认为，开关门和喷洒硫酸是关联的。开门时，硫酸喷洒机关关闭；关门时，硫酸喷洒机关开启。

关彤对周东国说道：“这仅仅是理论上的分析，还要试过才知道。”

周东国站起身将大家招拢到身边轻声说道：“遥控器的秘密已经被关老师他们破译了，现在关老师先打开门，我先过去，没有问题大家再过去。听明白了吗？”

“不行！”俞洪发大声说道：“老周，你是我们这些人的顶梁柱，让你去，万一出事，大家怎么办？还是我去！”

张凯挤开人群举手说道：“我身体好，跑得快，还是我去！”

周东国内心很感动，但脸上却冷若冰霜地说道：“你们都不要争了，服从命令听指挥！”

说罢，他整理了一下身上的武器，转身对关彤说道：“关老师，你准备开门。开！”

关彤按下了开门键，台阶上方那扇大门便缓缓向两边打开。

周东国踏着沉稳的步伐向台阶走去。

说时迟那时快，只见一道人影刷的一声从他身边飞过，到了台阶前腾身跃起一脚踏上了一半台阶，踏阶脚并未立定便一点再起，像离弦之箭射向门外。一起一落仅在分秒之间，动作优美，身形矫健，众人忘了身处险境，竟齐声喊“好”！

待到那人站定，大家才看清，原来是京剧武生演员尚春林。

大门外便是那座四个篮球场大小的金色圆厅，太空一号就停在圆厅的一边。大家见了分外高兴，似乎上了太空一号就离脱险不远了，脸上露出了久违的笑容。

就在众人抬腿向太空一号走去时，周东国突然举手示意立停！

周东国眼睛盯着太空一号屏息凝神，辨别着那轻微的呼吸声。

紧接着，一声震耳欲聋的吼叫传来，一头狮子从太空一号后面走了出来。

只见那狮子身长三米，高也近两米，每走一步，头上的红色鬃毛随着“咚咚”的脚步声扇动，乃至肩部和胸部都像一捧火在燃烧。通体暗红，身后翘起一根长长的尾巴。也许是注入了硫基因的关系，它的眼睛比一般狮子要大得多，嘴唇上的胡须又粗又长，钢针似的挺着。

它一步一步走到太空一号门前，探起庞大的身躯，用前爪拍了拍车门，然后竟一下横卧在车前，睁着明亮的双眼看着面前的人群。

当狮子一出现，人们便情不自禁地往后退。可是后面的门已经关上。单小萍和阿龙已吓得哭出声来。

乔羽生对周东国说道：“切莫轻举妄动，我看这狮子有些古怪，地球上从未听说过有这么大的狮子，莫非是高登他们搞出来的妖怪……”

乔羽生话未说完，高登那嘶哑的声音已经响起：“到底是乔老师，果然好学问。不瞒你们说，这正是非洲母狮嫁接了硫基因后产下的硫狮。以它的身手，对付十头非洲狮没有问题。赵天宇，你怎么不吭声？难道你不想和它交交手吗？”

周东国朗声答道：“高登！别吹牛，对付这么头畜生还用得着咱们赵哥吗？”

高登一声冷笑，说道：“别说大话，要不是特维斯这个笨蛋丢了遥控器，你们连硫酸门都过不了。现在你们要想回到太空一号，先要过了硫狮这一关。”

关彤看着手里的遥控器嘀咕道:“难道这狮子也受遥控器控制?”

“别做梦了，硫狮只听我的指令。你们手中的遥控器已经没有用了。念在我们还有一面之缘，我劝你们还是乖乖回来，免得成为硫狮的美味大餐。哈哈哈哈!”高登狂笑。

反正金色大厅是有氧环境，周东国干脆脱下航天服，将火焰喷射器交给侯炳昆，轻声叮嘱了几句，然后自己提着那挺 CS-20 机枪一步一步向硫狮走去。

硫狮看到有人过来,“呜呼——”一声低吼以示警告。见周东国并没有停下脚步，便一抖红色鬃毛站起身来。

周东国原本可以就地开枪，但考虑 CS-20 机枪威力较强，怕伤着太空一号，所以想引开硫狮，找到合适角度再开枪射杀。他转身走向四十五度角方位，谁知硫狮并未移动身形，只是转过头，眼睛仍然紧盯着他。

周东国无奈，只好又向前几步，并围着硫狮半圆转圈。也许是硫狮被他转得烦了,开始不停“呜呼——”怒吼,终于迈步向他走来。

眼看离硫狮只有二十米远了，周东国见角度也合适，于是果断出手，端起 CS-20 机枪叩动扳机，一梭子子弹出膛，奔着硫狮射去。

谁知惊人的一幕出现了：子弹分明打在硫狮身上，却滑身而过，未伤那畜生分毫!

这一下惊得周东国目瞪口呆，看来硫狮和寻常狮子果然不一样，皮坚肉厚，CS-20 机枪子弹竟奈何它不得。于是干脆扔了机枪，拔出红外激光枪。

硫狮显然是被那一梭子子弹激怒了，快步朝周东国奔来。到了二十来步远时，猛地前爪着地向上跃起，整个身子自上而下扑向周东国。

周东国向右一闪，举起远红外激光枪扣动扳机，打中了硫狮左眼。可惜自己躲闪速度稍慢，被硫狮前爪抓破了左肩，鲜血立刻染红了衣衫。

随着硫狮这一扑，人群几乎同时“啊”的一声惊呼。远远看见周东国负伤，更是把心揪到了嗓子眼。

硫狮痛得一声大吼，震得众人耳膜嗡嗡作响。硫狮吃痛，顿时野性大发，兜转身来直冲向周东国，恨不得把周东国撕成碎片。周东国一个旱地拔葱，腾身跃起落在那狮身后，回首又是一枪，打在硫狮裆部，开了一个小口。周东国大喜：原来这畜牲的腹部是软肋！

别看硫狮身材高大，动作却非常灵敏。第二扑与第三扑之间，几乎没有停顿，像座山似的迎面压来。这次周东国不躲不闪，而是仰卧双脚一蹬，电光石火般逆向滑出，左手一把寒光闪闪的尖刀，给硫狮来了个从胸到尾大开膛！

硫狮趴在地上，肠子都流了出来，眼看只有出的气，没有入的气，鲜血染蓝了金色地砖。

原本被这场惊心动魄的恶斗看呆了的人群突然迸发出冲天般一个“好”字。

可周东国却没有起身，只是静静地躺在地上。

魏虹第一个反应过来，立刻向周东国冲去。紧跟在她后面的是曹秋玉，医生的本能使她清楚地意识到两个字：“救人！”

周东国脸色苍白，睁眼看看周围的人群，对魏虹说道：“我没事，快领大家上车！”

此刻，楼宝坤已经打开车门，从太空一号上取来了急救箱。

曹秋玉熟练地为周东国清洗、消毒了伤口，包扎完毕。周东国想支撑着起身，可只感觉浑身发软，撑了一下又躺下了。

曹秋玉说道："他这是太累、太紧张导致的脱力。你们谁把他背到车上去？"

张凯应声说道："我来。"在众人帮护下，周东国被背上了太空一号。

几乎在周东国屠狮、众人齐声喊好的同时，高登狠狠地将手中的杯子摔在地上："该死的华夏人，竟然杀死了我们千辛万苦研究嫁接成功的狮王！"

特别是当他从窃听装置中听到太空一号中人们在七嘴八舌夸奖着周东国的英雄壮举时，高登原本发黄的脸泛起蓝色，大声喊来了卫士长卢卡斯："快去将通道上的机关全部打开，他们要不肯回来，就让他们为我的硫狮殉葬！"

刚要走，高登又叫住了他："我要活的乔羽生，哦，还有莫尼雅。你一定要设法把他们给我带回来。"

月面上静悄悄的，茅招骅将金浩和十名特种兵带到了离 UFO 不远的一块大石头后面。可是眼前除了不同形状的石头，其他什么都没有。再仔细看，前方八十米左右有灰蒙蒙的像迷雾样的一片，可是月球上怎么会有雾呢？

金浩一挥手，让每个特种兵的面罩上都加了一副 PYX 透视镜。这是华夏新研制的产品，能清楚辨别敌人的隐形装备。

透视镜里，UFO 立刻现了原形：形状有些像两个大菜碟合在一起，体积不大，直径约有六米左右，高约两米，通体蓝色，静静地停在那里。

金浩拍了拍茅招骅的肩膀，示意他可以开始行动了，然后茅招骅走在前面，金浩捧着个电脑包装箱跟在后面，向着 UFO 走去。

走到二十米左右时，UFO 顶部朝上打开了一扇圆形的门，钻出了一个硫基人。

金浩看见此人吓了一跳，要不是杨剑提醒可能会碰到外星人，他真以为碰见鬼了。好在他早有心理准备，依然不慌不忙地向前走着。

“怎么去了那么长时间？”那硫基人哇啦哇啦问道。金浩一个字都听不懂。

“太空家园招待吃了顿饭，又把电脑检查了一遍，所以晚了。”茅招骅完全是按金浩给他编的剧本在演出，因为他知道身后有十把枪在对着他。

“那你后面怎么还有个人？他是谁？！”硫基人疑窦顿生。

“他是帮我搬电脑的，要不然我能搬得动吗？”茅招骅答道。

说话间，UFO 上有一块盖板自动移向旁边，里面是一架金属梯子，慢慢伸向月面。那硫基人大声说道：“那人不许上来！”

金浩轻声说道：“叫他下来。”

茅招骅大声说道：“这电脑我可搬不动，要么你下来帮我。”

那硫基人显然不高兴，边嘴里“叽里咕噜”地嘟囔着什么，边顺着梯子往下爬。

硫基人刚站稳脚跟，金浩便出手了，他一个手背“刀”砍在硫基人的脖颈上，对方便软软瘫了下去。随后金浩一招手，特种兵们冲上来将 UFO 团团围住。

金浩顺着梯子钻进了驾驶室。

金浩还是第一次进到 UFO 驾驶室。内里面积并不大，除驾驶座外只有四个座位，载五个人都显得有些拥挤。但驾驶台上布满了各种各样的旋钮按键，迎面还有一大四小五块显示屏，四小是观察四个方向，一大则是用来跟基地视频通话。

茅招骅告诉他，这是金色帝国用于内部通勤联络的运盘，体积最小，攻击力也最小。但速度不慢，通信功能很强。

金浩问道:“你会开吗？”

茅招骅摇摇头，说道:“我哪会开这玩意，这台面上老复杂了。”

恰在此时，驾驶台上一盏黄色指示灯闪亮，同时响起急促的铃声。

金浩听了，站起身把头伸出舱门喊道:“把那家伙拍醒，给我带上来。”

不一会儿，一名特种兵将硫基人带进了驾驶舱。那家伙被戴上了一副锃亮的手铐。

金浩对茅招骅说道:“他通话，你翻译，都要按我说的办，否则……”

茅招骅面对顶在脑门上的枪口，连连点头说道:“是是是，我跟他说。”

硫基人按金浩的要求按下了接听键，音响中传出的是特维斯的声音:“马尔夫，总督问你们怎么还没回来？”

硫基人按茅招骅的话答道:“运盘好像出了故障，点不着火。我正在检修。”

“那茅的电脑拿到了吗？”特维斯又问道。

这次是茅招骅自己说道:“放心，电脑拿到了。”

“那你们抓紧修吧。”接着，特维斯压低声音说道:“幸好乔跑了，总督在抓人。抓不到人有了电脑也没用。要不然茅你就误事了！”

这话听在茅招骅耳中只是好朋友特维斯替自己庆幸，可翻译到金浩这里可就是一条极其重要的情报！

接到金浩的报告，杨剑大喜，立即告诉了芮长安和黄振军，随即商量下一步的行动计划。

杨剑说道："之前，我们虽然收到了赵天宇发来的两条短信，可内容需要我们推理、猜测。茅招骅虽然交代了一些问题，但需要进一步核实、甄别。只有这条消息是最可靠的，能确定乔羽生老师已经脱离了对方的控制。"

芮长安依然忧心忡忡："就是不知道脱离控制的是乔羽生一人，还是整个旅游团？"

黄振军说道："这正是我们需要尽快搞清楚的。"

杨剑已想好了对策："控制了 UFO，抓到了俘虏，我们应该进一步扩大战果，看看从中还能得到些什么。所以我想去现场看看。"

"我建议让小方一起去，他对电子信息战颇有研究，也许能有些作用。"黄振军说道。

"那太好了，只是监控室离开人……"杨剑有些不放心。

黄振军笑道："没问题，我们这里可是一专多能，让小夏顶一下班完全可以。"

方华轩听说能亲眼见到 UFO，简直不敢相信自己的耳朵，高兴极了。他立刻准备好了相应的设备工具，跟杨剑一起，在两名特种兵的护卫下来到了现场。

方华轩根据驾驶台上按键旋钮的分布，先后询问了操作控制系统、通信联络系统的相关问题之后，他冥思苦想了十多分钟，紧锁的眉头终于舒展开来，他对杨剑说道："对方要在几百甚至上千米的月面下与外面联络，而且通话那么清晰，在月面上一定有天线。我们只要找到天线，装上逆向数据测试仪就能收集相关数据，就有可能通过 UFO 仪器收到需要的音频甚至视频。”

“可是我们的卫星从来没有发现无名环形山一带有天线装置啊！”杨剑说道。

方华轩说道：“杨局，您还记得卫星曾经报告无名环形山一带发现三处亮点，按高度视觉比测算，在月面上不过是一厘米大小，当时以为是岩石成分导致，没有在意。现在看来很可能就是天线。”

杨剑听了有些兴奋：“我是不是可以这样理解，完成了设备安装和数据收集，我们就有可能利用敌人的天线和旅游团联系上？”

“对，理论上是这样。但是……”方华轩欲言又止。

“有什么问题你尽管说。”杨剑说道。

方华轩说道：“一般这种隐蔽性极强的天线，最多露出月面五到十厘米。所以肯定是安装在山顶。月球上的山没有植被，光不溜秋，很难攀登，有的甚至无处立脚，实行起来有些难度。”

杨剑听了将头转向金浩，眼神里似乎在问：“怎么样，你们行吗？”

其实金浩在旁边听到方华轩的想法后也一直在思考。此刻见了杨剑的神情立刻说道：“杨局，我想先通过无人机找到亮点确切位置，然后我们坐直升机下到山顶进行安装。”

杨剑听了点头说道：“这方案似乎可行，不过一定要注意安全。你们按照方工的要求做好各项准备工作之后，抓紧实施，我等着你们的好消息！”

金浩敬礼说道：“坚决完成任务！”说完便带着四名特种兵赶回太空家园。

第十八章　要问路在何方

赵天宇手中的 TWK 激光发射枪对准了柯恩。

柯恩看到赵天宇手中的 TWK 激光发射枪，脸一下就抽搐起来，原本凶悍的眼神被恐惧所代替，他知道这把枪的厉害，所以他向后连退几步，开始寻找退路。

可是赵天宇没有给他机会，直接一枪打中了他的面门。因为生产区要到了。

在距离生产区大门还有五百米时，前方亮起了红灯。赵天宇猜测可能是示意停车。他驾驶列车缓缓进站，在离站台门还有三十米时突然加速冲了出去。

站台两侧的警卫一下愣住了，过了两三分钟才反应过来，但为时已晚，眼看着金色列车绝尘而去。于是连忙向高登报告。

高登正为旅游团逃脱一事着急，接到报告想都没想就回答道："没事，是我要柯恩赶快去中央控制室的，你们就等一等吧。"他这一等，就为赵天宇展开行动留下了时间。

出站后，赵天宇又放慢了车速。他脑中一个个方案在比较，怎样才能将事情做得彻底，以绝后患。下一站到底是基地的指挥中心，还是燃料剂氧化剂仓库？但无论是前者还是后者都必定是重兵把守、戒备森严。看来自己不能硬闯，于是他紧了紧肩带和腰带随时准备下车。

前方越来越开阔，列车驾驶台上方显示屏上的红线在不断缩短，按比例测算，还有七八分钟时间就将到站。

突然，赵天宇发现左前方隐隐约约有一个洞，他毫不犹豫地跳了下去。等他从地上爬起来，他才发现离洞口已经过了一百多米。他紧贴墙壁向四周观察，见无动静才快速向回走去。

到了洞口下方，洞口离月面有三米左右。赵天宇侧耳听上方洞里寂静无声，这才掏出带绳挂钩，向洞口抛去，稳稳地抓住了洞口的石头，然后抓住绳子几步便攀到了洞里。

洞口不大，三米左右直径，里面一片漆黑，阴森森的。赵天宇打开了航天服头盔上的照明灯，洞里有了一点光亮。两边黑里透蓝的嶙峋乱石，中间一条石板路，上面布满了一层灰色的粉末，显然这里已经很长时间没有人进出。

赵天宇调整了一下头盔上照明灯的角度和亮度，一手握一把TWK激光发射枪慢慢向前走去。他的方向感很强，走了十分钟左右，转过了第一个弯，在转第二个弯时，他隐隐约约听到远处有脚步声，而且好像看到了一丝光亮。他觉得刚才走了一个S形，现在应该快接近另一端的洞口了，于是他果断关闭了照明灯。

洞口有一扇金属栅栏门，从插销和挂锁来看，这可是几十年前的老物件，也许是基地初创时留下的。赵天宇心想：怎么外星人当年也用这样的锁，这倒给了自己方便。打量了一下外面，是一条八米宽的洞内通道，灯光明亮，映照在对面石壁上泛着蓝光。

他从皮袋中掏出一把锁钥，上面挂着十几支金属丝钩，粗细不一，钩头大小不等。他挑出一支，刚轻轻插进锁孔，便听到“咚咚咚咚”脚步声传来。他连忙拔出丝钩，闪到旁边阴暗处，将 TWK 激光发射枪指向门外。

“咚咚咚咚”的脚步声越来越近。赵天宇看到两个硫基人推着一辆小推车嘻嘻哈哈说笑着经过，连看都没向洞里看一眼，径直走向斜对面一扇大门前，开了门进去。

赵天宇伸头看去，里面是一排排大货架，上面堆满了各种颜色的箱子。他迅速打开锁，拉开门，一溜烟跑到那扇大门前，探头向里看去，只见另一面货架上堆满了各种服装被褥日用百货甚至锅碗瓢盆，五花八门什么都有。看来这是安放神风部队“战利品”的仓库。

那两个硫基人挑选着货架上的东西，很快堆满了一车，在一个管仓库的硫基人递过来的本子上签了字，便推着车子出来往回走。赵天宇见了便蹑手蹑脚地跟了上去。

走着走着，赵天宇感到迎面一股轻微的阻力，腿脚也不如之前那么灵便。而前面那两个硫基人却依然谈笑风生轻松自如。难道是自己太累了？不会，按说自己的体能应该没有问题。他从皮袋中摸出一个巴掌大的小盒子，打开一看便明白，前方有红外线监测和气压式防卫。那两个硫基人身上一定是有什么设备，才能顺利通过。

知道了这一点，可惜为时已晚，那两个硫基人早已走远。硬闯？肯定过不去。

正在这时，身后远处一辆巡逻车闪着蓝灯向这里驶来。

赵天宇向四面一看，没有任何可以藏身的地方，光秃秃的石壁一目了然。于是干脆成大字形往路边一躺，一动不动。

巡逻车开到离他四五十米的地方，车上的巡逻兵就发现了他。其中一个“叽里呱啦”地大声喊了起来，另一个也说了一句话。赵天宇一点也听不懂，但他耳中明显能辨别出巡逻车在减速。

巡逻车在离他五米的地方停下，车门打开，一个巡逻兵下车朝他走来。

几乎与此同时，赵天宇一个鲤鱼打挺，起身开枪一气呵成，子弹击中那巡逻兵的面门。

另一个巡逻兵也非等闲之辈，一见对方起身，立刻拔出枪来朝赵天宇射击。

赵天宇闪身一躲，子弹差之毫厘，从左肩外窜过。但赵天宇另一只手的那把枪也同时响起，那硫基巡逻兵都没来得及开第二枪便横尸当场。

赵天宇惊出一身冷汗，因为他想起高登的话，这里是硫基人的生存环境，要是刚才对方那一枪将航天服打穿，那自己今天就死定了。

他将两具硫基人的尸体拖到路边，然后跨上巡逻车开始研究。他欣喜地发现，驾驶面板上的按键、旋钮标记跟金色列车驾驶台上的相似。不同的有两处，一是多了个方向盘，二是有两个按键金色列车没有，不知是什么作用。他按下其中一个，没有任何反应。按下另一个，随着一阵轻微的响声，身后顶棚向前移动，直到与前窗合拢，车内成了一个密闭空间。

赵天宇驾驶着巡逻车向前开去，几分钟后发现路越来越宽，空间也越来越大，最后竟开进了一个圆形小广场，广场边有十几格台阶，台阶最上面站着一个身材魁梧的硫基人，挥舞双臂朝着巡逻车愤怒异常地狂吼着。

赵天宇一见这家伙气急败坏的样子，心想莫非巡逻车是不能开到这里的，如果真是这样，那说明这地方很特殊，怎么办？

周东国让楼宝坤仔细检查一下太空一号的车况。

不知是高登信守承诺还是没顾得上，太空一号居然完好无损。

楼宝坤问周东国："周经理，我们什么时候开车？"

周东国说道："别急，我们还有几个问题要解决，再等一等。"说罢，周东国从驾驶室回到了车厢内。

魏虹上车后，首先为蓝色天空宾馆的人分发了备用航天服。旅游团的人对这些大难逃生的异国友人非常同情，主动将自己的座位让给他们。接着，魏虹又与旅游团团员们沟通，要求大家耐心等待，不要说话，同时做了个防止被窃听的手势。见周东国回来，便招呼乔羽生、关彤和鲍林逸一起来到车厢前部。

周东国轻声说道："按照我和老赵约定的离开时间，还有二十分钟。我们先研究一下怎么出去。记得那天进来时，车后隧道的大门关上，和内墙连成一体，后来内墙转了起来，说明内墙、大门和隧道是分离的。"

乔羽生说道："虽然从停车位置来看，能确定隧道的位置，但后来内墙那一转，就弄不清门在哪里了。"

正在此时，高登那沉闷嘶哑的声音又响起来："赵天宇，不要再硬撑了。你不为自己考虑，总要为一团人的生命着想吧？你看莫尼雅她们那些人在我们这里不是很好吗？你们要是肯回来，我既往不咎，要不然就是死路一条！"

没有人回答。

金色大厅里传来了特维斯的声音："总督先生，何必跟他们说那么多话，把他们一起干掉不就行啦。"

高登愤怒说道："你懂个屁！把他们都干掉，我用谁做实验？

打死了乔羽生，我的计划就难以完成。我要用最大的耐心留下他们。你这个蠢货，要不是你，他们能逃出宾馆吗？”

周东国等人都看着关彤手上的遥控器，只见关彤一会儿闭目沉思，一会儿在一张纸上写写划划，然后长舒了一口气说道：“看来找门开门都不难，难就难在可能门上有机关，隧道里也会有机关。从线路分析，这个遥控器跟这些机关无关。”

高登见赵天宇不吭声，咯咯冷笑一声，说道：“赵天宇，想不到你也有害怕的时候。现在我给你们十分钟时间，到时候你们再不回头，可别怪我心狠手辣，看着你的表吧！”

眼看时间一分一秒地过去，车厢里的人也开始不安起来。

“我看我们还是回去吧。”蓝色天空宾馆的一个清洁工怯生生地说道。

“闭嘴！”莫尼雅大声斥责道，“我宁可去死，也绝不回到牢笼里去！”

“斯托芬，难道你不想回去见你的儿子了吗？”一个保安说道。

斯托芬听后，“呜呜呜呜”地哭了起来。

他们的对话，高登听得清清楚楚，他咬着牙说道：“莫尼雅，没想到你还没有一个清洁工聪明，那你们就去死吧！现在我开始倒计时：十、九、八、七、六……”

突然，高登停止了倒计时，因为他的耳麦里传来了金色列车终点站警卫人员的声音：

“不好了，总督先生，金色列车到站竟没有停下，一头撞上了岩石，柯恩死了！”

“这怎么会！难道是金色列车出了故障，将柯恩撞死了？”高登大声问道。

“这……这……好像不是撞死的，他好像是……被激光枪打死的。”对方有些吞吞吐吐。

“被打死的？是谁打死了他？”高登突然想到了一个人：“赵天宇！”

想到赵天宇，原本怒火满腔的高登竟一下冷静下来：你这一招声东击西能瞒得过我？杀了一个柯恩，救走太空一号这一车人，你打的好算盘！我偏不上你的当！除非你马上回来，要不然在硫基生存环境下，你就是找死。

想到此，他恶狠狠地继续：“五、四、三、二、一，开枪！”

赵天宇开枪了！

巡逻车还没停稳，赵天宇打开车门抬手就是一枪。站在台阶最上面朝着巡逻车愤怒狂吼的硫基人直接从台阶上方矮墙边摔了下来。

赵天宇趁机隐藏到一根石柱后。他探头望去，只见大门里冲出了四个穿着黄色警服的硫基人，看上去他们毫无戒备，虽然“叽里呱啦”地叫着，但只是奔到矮墙边向下张望，也许他们以为同伴是失足坠落，所以一见下面横卧在地的同伴，便一窝蜂地顺着阶梯往下冲来。

赵天宇双枪连点，四名警卫糊里糊涂便送了命，骨碌骨碌从台阶上滚了下来。

赵天宇见趴在矮墙下的硫基人肩章上有两条杠两颗星。而滚下来的这四个只有一条杠一颗星，显然是这四人的上司。于是他过去取下了那人挂在脖子上的证件。

TWK 激光发射枪有两种发射模式，即有声和无声。幸好赵天宇早就将两把枪都调整到了无声模式，所以一直没有惊动其他硫基人。

赵天宇一格一格轻轻走上台阶，上面是一个六十平方米左右的平台。平台一面是矮墙，另一面是四扇门面，其中一扇还开着。他躲在门边探头向里张望：迎面一堵高大的屏风墙挡住了视线。他侧身向里摸去，刚一进门便听到了扩音器传来“叽里咕噜”的声音，他大吃一惊：“难道被发现了？”

他立即停下脚步，侧耳细听，并没有其他动静。向两边一看，两面都有相同的安检门。但一面标示√，另一面表示为 ×，他想看来一面是进口，一面是出口。事已至此，只有硬着头皮赌一把。于是朝着进口走去。快接近安检门了，他感到自己心跳得厉害，平端着双手的枪一步步跨过去。谁知胸前的证件突然发出绿光，安全门上也亮起了绿灯，安全通过。他知道是这张证件起了作用。

门内的景象让赵天宇彻底震惊！这是一个足有二三百平方米的圆形大厅，三面墙上布满大大小小的显示屏，有画面，有表格，有文档，还有实况监控。屏风墙对面的一块显示屏最大，上面居然是一座庞大的山洞，里面一排一排大型化学试剂储藏罐，直径都在五米以上。

圆厅中间有三排工作桌椅，每张桌上都有一台电脑，有三个硫基人正坐在电脑前工作。三排工作桌椅的后面有一座两米高台，桌椅前一位硫基女子正在聚精会神地看着前面大屏上的动态。显然这四个硫基人都没听到外面的动静，并不知道赵天宇的到来。

赵天宇一只脚刚踏上高台的楼梯，那女子好像听到了什么动静，扭过头来一看，顿时惊得大叫。赵天宇飞身一跃上了高台，朝下一连三枪，弹无虚发，瞬间将那三个硫基人击毙。

谁知那硫基女子动作奇快，当赵天宇手中的枪对准她时，那女子手中竟也有一把枪对准了赵天宇。

谁也不想首先开枪。

那硫基女子手握的是一把袖珍手枪，显然威力不大。她看清对方对着她的居然是TWK激光发射枪，一旦自己一枪打不死他，那么接下来死的就是自己。

赵天宇心想，对方虽然只是一把袖珍手枪，但这种样式的枪自己还没有见过，万一被打穿航天服，那对自己就是致命的。何况她身居高台，肯定是关键人物，留着也许有用。

相持了十几秒钟之后，那女子率先“叽里呱啦”说了句什么。

赵天宇摇摇头，表示听不懂她说什么。

那女子靠近一步，似乎看清了对方的脸，于是准备按下桌上的一个按键。

赵天宇一见，还以为她要报警，正要出手阻止，却听到一声标准的普通话:“别动!”

这一下，赵天宇可惊呆了:金色帝国难道有如此先进的同声翻译?

接着，那女子又“叽里呱啦”说了句什么，听在赵天宇耳中却是:“你是谁？要干什么?”

赵天宇指着大屏说道:“我先问你，你们这是在干什么?”

“我们是在做科学实验，通过动力改变月球轨道，使月球成为我们的卫星。有什么不对吗?”那女子振振有词地答道。

赵天宇大声说道:“可是你知不知道一旦月球被劫走，我们地球将蒙受灾难，将导致几十亿人死亡!”

“几十亿人死亡？这我真不知道。”那女子闻听一脸震惊，持枪的手也垂了下去:“我只知道高登先生对我们说，只要实验成功，我们金星就会像你们地球那样拥有明媚阳光和鸟语花香，我们就不用生活在地底下了。”

“可是我们地球人一旦失去月球，将面临火烤水淹的灭顶之灾，你们是不是太自私、太无耻、太疯狂啦！”赵天宇虽然尽量压低嗓音，但那股怒火却怎么也抑制不住。

“实验将对你们造成如此严重的后果，高登先生没有说，我真的不知道。”那女子说道。

“你只要告诉我这些设备在哪里,我就免你不死。”赵天宇说道。

那女子迟疑了一会儿，回身在面前的桌面上按动键盘，大屏幕上出现了一张地形图，然后指着图告诉赵天宇:“从大厅后面的通道一直走，向右是通向生产区和实验区的金色列车车站。向左是通向原料储备区的黑色列车，一站直达。不过那里有很多人守卫，而且有机关埋伏，你要多加小心。”言语之间流露出对赵天宇的关心。

赵天宇道了声谢，然后掏出手机拍下了那张图。

接着,赵天宇从皮袋里掏出一根绳子蹲下身将那女子捆了起来,边往她嘴里塞上擦枪布边说道:“为了你的安全,也为了我行动方便,只能委屈你了。”

话未说完,突然扩音器内响起了高登那沉闷沙哑的声音:“莎莎,你们几个躲到哪里偷懒去啦？怎么一个人也没有？”

赵天宇微微抬头一看,大屏幕上已经变成了高登那张狰狞的脸。

“艾伦，艾伦在吗？柯恩死了，由你顶替他担任技术总监，负责基地的监控警卫工作。我刚才接到报告，有两个巡逻警被杀死了，肯定是那个华夏人赵天宇干的。你给我出动所有警力，围捕赵天宇！”

赵天宇缓缓站起身来，用嘲弄的语调说道：“哎呀，尊敬的高登先生，你这指令下的是否晚了些？要是早些，那个艾伦会很高兴的，可惜现在他已经听不到自己升职的消息了。”说罢，他用手中的枪指了指下面的三具尸体。

高登一见赵天宇，顿时呆住了，他绝对没想到，这个华夏人这么快就出现在他的指挥控制中心，瞬间而来的是暴怒狂吼：“你靠着我的警车……”

赵天宇笑着提起胸前的证件：“还有这个，都是我的护身符。哈哈哈哈！”

“莎莎，莎莎，赶快取消他那张通行证的资格！”高登大喊。

“哎呀，可怜的高登先生！你的愤怒使你丧失了最起码的逻辑思维能力，老是发这种滞后的指令，你也不想想，要是莎莎还能执行你的指令，我还能站在这儿吗？”赵天宇说道。

“怎么，莎莎也被你杀死啦？”高登问道。

赵天宇答道：“不不不，我们大男人之间的争斗，怎么能伤及女人。放心，我不会杀她。你看，她不配合我，我只能限制她的自由。”说着，用手指着下面被捆得结结实实的硫基女子。

那个叫莎莎的硫基女子看着他，眼里充满感激，她知道赵天宇在保护她。

高登确实称得上枭雄，很快便冷静下来，他在身后朝卢卡斯做了个包围杀死的手势，脸上却现出笑容：“赵先生，我不得不佩服你是个英雄。怎么样，我们做个交易吧。”

赵天宇问道：“什么交易？”

高登说道：“你不要在那里捣乱了，立刻回来，我放你们走。”

赵天宇“嘿嘿”冷笑：“高登，你这一招只能骗骗三岁小孩子。

要么这样，我就在这里看着视频，只要看到太空一号平安脱险，我就回到你面前，任凭你怎么处置。怎么样？”

高登不敢相信自己的耳朵：“什么？你让他们走，自己留下任我处置？你疯啦！再说，我要你留下有什么用。赵天宇，你太高看你自己了，想用你一个换三十几个，老子不干！”

说着，屏幕上的高登下令继续向太空一号射击！

子弹雨点般地洒向太空一号。

可是奇怪的现象出现了，没有一颗子弹能将太空一号的车身打穿。打在外壳上的子弹陷进半颗，打在窗户上的干脆弹了回去。

高登想用重武器，又怕损坏金厅。于是干脆下令：“断氧！闷死他们！”

第十九章　妖艳的蓝色电弧

太空一号里的气氛被恐惧、紧张、兴奋交替弥漫着。

当子弹雨点般地射来，窗口的人不由自主地向里躲闪。吴思祥绝望地问道:“魏导，我们还能回去吗？”

原本俞洪发坐在窗口，此刻马桂兰一定要和他换位子，说要看热闹。其实谁都知道，她要挡在老伴的身前。曹秋玉将阿龙紧紧抱在怀里，伏下身保护着这个年纪最小的团员。樊进才、单小萍等人干脆一屁股坐到了中间走道上。

子弹打在车身发出的“噗噗”声和打在玻璃上的“当当”声，听在团员们耳中刚开始似乎是催命的脚步，渐渐地变成了悦耳动听的打击乐。尚春林胆最大，第一个凑到窗口张望，指着沾在车身上的子弹笑着说道:“当年诸葛孔明草船借箭，咱们今天可是太空一号借子弹。”

听他这一说，又有几个人凑到窗口看热闹。车厢内的气氛顿时轻松了不少。

俞洪发笑着对魏虹说道:“魏导，这次回去可要给宇航汽车制造厂好好宣传一下，这太空一号真不错，不但冷热不怕，还刀枪不入，比坦克还厉害！”

张凯朝着侯炳昆说道：“侯导，你们电视台可要免费给太空一号做个广告。”

此刻，关彤、乔羽生和周东国还在商量怎么离开，什么时候离开。

关彤轻声说道：“找到出口已经没有问题，门随时可以打开。”

魏虹说道：“可是天宇还没有回来，怎么办？”

周东国抬腕看了看表，又看了看窗外，心急如焚。

与赵天宇约定的时间已经过去了十分钟，魏虹心里犹如滚油在煎熬，她多么希望赵天宇突然出现在眼前，可是她一次次地失望了。回荡在她脑海里的是，赵天宇踢向库巴的凌厉一脚和临别那深情一抱。回响在耳边的是，赵天宇说的“一个小时以后如果我还没有回来，那就不用等我了”和“还有什么事能比把旅游团安全带回去更重要。”

可是能不等吗？她痛苦地闭上了双眼，两滴晶莹的泪珠滚落下来。

魏虹睁开眼，抹去泪水，看到周东国脸上显露的同样是焦急与痛苦。于是一字一句说道：“天宇说得对，还有什么事能比把旅游团安全带回去更重要？！这是他交给我们的任务，就是豁出命也要完成，不然怎么对得起他！走吧。”

周东国沉声命令：“楼师傅，你启动太空一号慢慢在厅内转圈，在每个方向都做出想从这里出去的模样，然后再倒回来，寻找新的方向。总之你要听从关老师的命令，到了指定位置你再停车。不过停车不能熄火，门一开就要冲出去。”

楼宝坤答道：“明白。”

周东国回转身对车厢里的团员们做了个系上安全带的手势，随即眉头便紧锁起来：那么多坐在走道上的人怎么办？蓝色天空宾馆的那些人可没有座位！

还是魏虹机灵，她立即为大家调整座位，较瘦的三人挤在一起，合用两根安全带。

见一切安排就绪，周东国大手一挥："开始！"

太空一号启动了。

高登在视频中看到太空一号启动，一下紧张起来。很快他又咯咯咯咯大笑起来，他看着太空一号像无头苍蝇似的在大厅里转悠，轻蔑地说道："想逃走？门在哪里呀？"

特维斯在一边谄媚说道："这些人想从您的手里逃走，门都没有。"

他的话刚说完，太空一号面前的门慢慢打开了，就在门开到仅能容纳太空一号宽度时，楼宝坤猛然提速，闪电般冲了出去。

就在门完全打开的一刹那，只听轰隆一声巨响，上面落下一口铡刀。这口铡刀与门一样宽大，但比门要厚得多，下面是锋利的快口，少说也有几吨重。太空一号就是再坚固，被它铡上也得变成两截！

高登看见这一幕，惊得不相信自己的眼睛！紧接着又传来了太空一号里人们的欢呼声和对关彤、楼宝坤的夸赞声。

楼宝坤谦虚地说道："关键是关老师计算安排得好，我不过是抢了个时间差而已。"

周东国用钦佩的目光望着关彤，问道："关老师，您是怎么算出铡刀落下的时间的？"

关彤笑着答道："我哪是算出来的，前年我随宇航代表团去H国考察，在那里见到了一座水闸，起先是一扇全封闭闸门，等全封闭闸门完全打开时通过电脑触动分流闸门落下，准确无误。我就想，这隧道门的机关会不会也是这个原理？没想到这一把竟赌赢了。"

高登听了气得浑身颤抖，恶狠狠地问特维斯：“我叫你断氧，断了没有？”

特维斯答道：“断了，早就断了。”

他们的对话传到了太空一号，楼宝坤哈哈大笑：“他居然不知道太空一号能自己制氧！”

“什么？！他们能自己制氧？”高登又惊又怕，嘶声吼道：“怎么没有关闭通话器？快关上。另外，给我打开前方一公里电弧区，他们本事再大也冲不过去！”

吩咐完毕，高登便匆匆忙忙赶回指挥控制室安排擒拿赵天宇去了。

几乎与此同时，太空一号的车厢里，旅游团恢复了平时的热闹。有的回忆着这几天惊险曲折的经历，有的议论着金色帝国月球基地规模宏大的月下建筑，有的憧憬着走出隧道重新开始月球之旅，还有的像冯彦君、单小萍等外语流利者则围着莫尼雅和她的同事们打听被劫后的点点滴滴。歌唱家罗云莉还轻声哼起了“一条大河波浪宽”。

然而，谁都不知道，更大的危险还在后面。

凌峻驾驶着直升机在无名环形山的几座峰顶盘旋，搜索着方华轩所说的那三处亮点。方华轩、金浩和特种兵刘冬也不停地四处张望。

无名环形山有六处凸起的山峰，其中三座位于峡谷底部的上方，仿佛三把利刃刺向苍穹。另外三座靠近谷口，相比之下，矮了许多。这些山峰有个共同的特点——黑里透蓝，峰陡石滑光溜溜的，恐怕专业登山队员也要望峰兴叹、甘拜下风。

直升机盘旋到第五圈的时候，凌峻突然发现，在右下方的山峰上有一处亮点。他立刻告诉金浩："金队，你看那儿好像是个亮点！"

金浩一看，果然在一片黑色中有一个发光的东西。他顿时兴奋起来："凌哥，能不能再往下些？"

方华轩也看见了，他高兴地说道："卫星发现时，描述三点呈'品'字形，也就是说另外两点就在旁边的那两座峰上。"

说话间，直升机已经下降了三十多米，那亮点已经越来越清楚。金浩用望远镜甚至已经能清楚地看到那是一根露出峰面的金属杆！

金浩回头对刘冬说道："待会儿我下去安装，你和方工一起检测效果。"说罢，从设备箱里取出一个火柴盒大小的金属盒，这就是方华轩说的逆向数据测试仪。

刘冬手疾眼快，一把将金属盒抢了过去，说道："金队，还是我下去。你是一队之长，肩负着带领全队营救旅游团的重任……"

没等刘冬说完，金浩便打断了他的话："这下面敌人是不是有埋伏，是不是有机关，我们都不清楚。应付突发情况我比你有经验，快把测试仪给我。"

刘冬十分诚恳地说道："我心里很清楚，执行这样的任务，我们都是第一回，何况我也不是什么新兵蛋子，你要是相信我，就让我下去！"

话说到这个份上，金浩只得让步，反复关照刘冬千万要小心。

等刘冬缚好安全索，凌峻高超的驾驶技能在直升机的飞行中也得到了淋漓尽致的体现，他将直升机悬停在离峰顶五米的高度，然后缓缓放下了绳梯。

在发动机和旋翼发出的巨大轰鸣声中，刘冬沿着绳梯慢慢往下爬去。

无论是从月面往上看，还是在高空往下看，峰顶都很小，就像铅笔的笔尖。其实真下到实地，刘冬发现峰顶面积竟也有三十多平方米。

当绳梯距离那个亮点只有一米距离时，刘冬跳了下去。

意外也就在此刻发生了！峰顶似乎覆盖着一层薄薄的壳，刘冬双脚一落地，那层壳便碎了。随着嘶嘶声响青烟泄出，浓浓的硫酸味夹杂着焦糊味直刺鼻孔，刘冬感到脚下一阵撕心裂肺的疼痛，差点晕厥过去。

但他此刻想到的只有两个字：任务！

刘冬熟练地打开金属盒上的抓环，将它牢牢抓在天线杆上，直到金浩在上面向他做了个 OK 的手势，他才抓住绳梯的绳子，可是他的双脚已经无法攀爬了。

凌峻快速向上收起绳梯，金浩伸出手将刘冬拽了上去。看到他的双脚，金浩眼泪倏然流了下来。

刘冬脚下航天服的鞋底和特种兵军鞋的鞋底都已不见了，只剩下一双烧得发白的脚板。

“方、方工，有信号吗？”刘冬忍着痛问道。

方华轩看着他满脸豆大的汗珠，心疼得几乎哭出声来：“有有有，你放心，信号很好。”

凌峻已将飞行速度加到最快，直接将刘冬送到了国际月球事务管理局医院。

救治的医生告诉金浩，幸亏硫酸坑不深，特种兵航天服又是分三段封闭，才救了刘冬性命。要不然，再高明的大夫也救不了他。

“爸爸，我饿。”小阿龙对关彤说道。

魏虹笑着对阿龙说道：“啊，谢谢阿龙提醒，阿姨马上给大家开饭。”

经历了刚才紧张的闯关，此刻又沉浸在成功的喜悦中，所以谁都没有意识到自己已经十多个小时没有吃饭了。小阿龙这一声喊饿，立即引发连锁反应，不少人都感到饥肠辘辘。

幸亏魏虹想得周到，离开太空家园时，她怕万一路上发生意外耽搁误了饭点，特意给每人准备了一份压缩蛋糕。这种压缩蛋糕，看着只有乒乓球大小，但撕开包装后立刻放大了几倍，松软香甜。更令人惊奇的是，中间还有果酱，没有饮料吃着也不会感到口干。据介绍，这是申江食品厂为适应月球缺水环境研制的新食品。

可是打开食品箱，魏虹一愣：赵天宇不在，现在太空一号车上旅游团加上蓝色天空宾馆的人一共有三十七个人，可是压缩蛋糕只有三十五份。她和周东国商量了一下，决定他们俩就不发了。

可是，这情况立即被大家发现了。

马桂兰第一个喊道：“魏导，你怎么不吃？是不够了吗？”

俞洪发说道：“那还用问，人多了呗。这样咱俩吃一个就行了。”

“不不不，马师傅，我不饿，真的不饿。”魏虹怎么也不肯接过马桂兰递来的蛋糕。

罗云莉也将手中蛋糕硬塞给周东国，说道：“我和单小萍饭量小，两个人吃一个足够了，你们要保护我们，饿着肚子怎么行！”

莫尼雅见了，虽然听不懂她们说些什么，但一看就明白是因为增加了自己这些人才导致蛋糕不够。所以立刻拿出了四个蛋糕送到魏虹面前，流着泪说道：“虹，非常感谢你们拯救我们。要不是你们，我们也会像那二十几个人一样死去。现在你们又把自己的蛋糕让给我们，我们太感动了。你们这是真正的国际主义精神、毫不利己、专门利人……”

说到这里，莫尼雅的泪水哗哗往下淌，实在说不下去了，将蛋糕塞进魏虹手中转身离去。

就在此时，太空一号突然慢了下来，楼宝坤对周东国说道：“周经理，你看！”

周东国一看，前方二百米左右的地方不断闪烁着金色夹杂蓝色的电弧，从隧道顶部刺向路面，就像雷暴闪电似的发出轰隆隆、咔啦啦的响声。

车厢里顿时安静下来，刚才高兴温馨的氛围仿佛被电弧扫荡，众人一起紧张地看向前方。

魏虹连忙回身对大家说道：“各位坐回自己的座位，不要紧张，那么多艰难险阻我们都冲过来了，相信这次我们也一定能找到冲过去的办法。”

听到魏虹信心十足的话语，看着她秀美却显出坚毅的脸庞，众人好似有了主心骨，心情稍稍放松下来。

然而，太空一号只能在距离电弧一百米的地方停了下来。

通过大屏幕，赵天宇对高登的言行举止看得清清楚楚，他对着高登大声说道：“高登，我在这里等着你，有胆量你就过来！”他的目的是把高登吸引过来，好让周东国他们减轻压力，走得顺利些。

说完，他就在指挥台上坐了下来，想休息一会。刚坐定几分钟，他耳中好像听到稀稀落落的脚步声。声音很轻，以至于他不得不聚精会神地辨别来人的方向和大概来了多少人。当他弄清了前后方向各有二十多人时，他猛然意识到：自己被包围了。

不知怎么，此刻他竟突然回想起有次在 S 国被包围的往事。

那是十几年前，赵天宇还是华夏驻 S 国维和部队的一个连长。一次，他开着一辆吉普车去总部递送公文。车开到半路，他发现前方有十几个荷枪实弹的恐怖分子设置路障堵住了去路。于是他想掉头，谁知从反光镜中看到身后一百多米也有十几个恐怖分子挥舞着武器向他冲过来。

这段路一边是大山，丛林茂密。另一边是悬崖，下面一条大河，波涛汹涌。依山傍水加上薄薄的晨雾，更显地势险要。

赵天宇观察了周边地形，然后将公文揣进怀中，背起一把 G35 型冲锋枪，双手各握一把手枪。他突然停车，从车上飞身跃起登上一块巨石，巨石上有棵参天大树，他抓住一根树枝一用力，便躲进了树冠，无影无踪。这一停、一跃、一抓充其量不过十几秒钟时间，称得上快如闪电。

两头的恐怖分子有的恍惚看到了一束白光向上飞起，有的连白光都没有看见。这些人挥舞着长枪短炮大呼小叫地向吉普车奔来。到了车前，呼啦一下将吉普车团团围住，可是车内没有一个人。

一个傻乎乎的大个子说道："没人，这车是怎么开过来的？"

"笨蛋！"一个包着头巾、长着一脸络腮胡子的人抽了大个子一个耳光："没看见刚才那道白光吗？开车的人早就逃跑了！快看看车上有什么有价值的东西。"

赵天宇听到络腮胡子的话，心中一声冷笑：逃跑？我赵天宇的字典里就没有逃跑这两个字！他已经明白，这个络腮胡子就是这帮人的头，所谓擒贼先擒王，老子找的就是你了。于是他将两把手枪插回枪匣，从背上取下 G35 型冲锋枪，拉开了枪栓，子弹上了膛。

G35 型冲锋枪是华夏最新装备部队的短兵器，个头小威力大，既可点射又可连发。一个弹匣能装五十发子弹，深受部队官兵喜爱，所以才装备到了维和部队。

就在恐怖分子摇头叹息车上一无所有时，枪响了。随着尖利的枪声划破晨雾，络腮胡子一头栽倒在地。

身边的几个匪徒俯身一看，惊得说不出话来：这一枪不偏不倚正中络腮胡子眉心！

转瞬愣神之后，有一个戴着格子围巾的家伙吼叫道："在树上，快开枪，打死他！"

显然，他是另一个头领。随着他的吼声，匪徒们举枪对着大树一顿狂扫，只打得枝断叶飞，空气中弥漫着火药味。

杂乱的枪声停了下来，有几个胆大的匪徒攀上巨石摸到大树下，除了打下的树枝树叶，其他什么都没有。

那个戴格子围巾的头目听到匪徒报告，挥着手中短枪叫道："向两边搜索，别放……"

话未说完，枪又响了！他直挺挺地倒了下去，格子围巾盖到了脸上。匪徒们揭开围巾一看：子弹竟是从嘴里射入，穿透后颈，一枪毙命。难怪他最后几个字没说出来。

这一下轮到这些恐怖分子自己感到恐怖了，他们有的朝着巨石两侧上方胡乱开枪，有的跪在地上祈祷，以为他们得罪的是上天派来的神将，还有的干脆开始向两边逃跑。

赵天宇在几棵大树间闪转腾挪，靠着茂密的树冠掩护，寻找着最佳还击点。

他又出手了，一梭子子弹出膛，弹无虚发，下面的恐怖分子匪徒倒下了一大片。这些原本用恐怖手段玩弄别人生死的家伙，终于感到了死亡的恐怖！

只听一个家伙大喊一声："快跑！"其他人顿时如鸟兽散，刹那间跑得无影无踪。

这一战，赵天宇以一己之力击毙恐怖分子匪首两名、匪徒十三名，独退群匪，在S国维和部队中一战成名。

想到此，他自嘲地一笑，没想到二十年后，在月球上又重陷了当年险情。只是自己已多年未上战场，精力已远不及当年。但赵天宇那股不服输的劲头还在，这仗非赢不可。

可是眼下，没有山石据险，没有大树遮掩，前后两路包抄的敌人只要进了指挥控制大厅自己将非常被动。

随着脚步声越来越近，他迅速看了大厅内的环境：在显示屏墙的两侧从上到下各有一卷金色的幕布，这是平时用来遮盖显示屏的。赵天宇心念电转，确定了应对方案。他先将莎莎移到指挥台下的柜子里，然后箭一般射向左侧的幕布，猿猴般地爬到了顶部，隐藏在幕布后面。

两路硫基军人几乎同时冲进了指挥控制中心，疾驰的步伐、端枪的姿势都显示出训练有素。他们首先对大厅进行了仔细搜查，当发现地上流着蓝色血液的三具尸体，惊得大叫起来。

卢卡斯登上了指挥台，在柜子里发现了莎莎，他掏出了莎莎嘴里的布问道："赵天宇哪里去了？"见莎莎一脸茫然，他又追问："就是那个华夏人哪里去了？"

莎莎听了连连摇头，说道："我不知道，真的不知道。"

卢卡斯心想，赵天宇将她塞进柜子里，她可能真不知道赵天宇的去向，于是也不再追问。

突然，显示屏前的地上传来一声"当哗啦啦"的玻璃碎裂声。硫基军人起先一愣，接着便齐刷刷向前冲去，上前一看竟是个酒瓶。

原来，赵天宇在上面扭头一看，立柱礅上竟放着一个空酒瓶。

心想这一定是哪个馋酒的安装工装幕布时偷喝后留下的。于是灵机一动，抓起酒瓶向下扔去。

就在硫基军人还在四处搜寻酒瓶是从哪儿掉下来的时候，赵天宇端起 AK100 手提导弹发射器，对准了他们。只听一声巨响，二十多个硫基军人横尸当场，还有十多人负伤。显示大屏也被震碎，烟雾笼罩了整个大厅。趁着烟雾，赵天宇一跃而下。

等到高登带领数十卫队士兵赶来，哪里还有赵天宇的影子！

第二十章　为我所用

隧道里，金蓝色电弧刺向太空一号，烧灼着每个旅游团员的心。

太空一号在这里已经停了二十五分钟了，车厢里的人渐渐躁动起来，议论声也由小渐大，有担忧的，不知还能不能出去；有后悔的，花了那么多钱买了担惊受怕，弄不好还可能丢了性命；也有埋怨的，怪司机、怪导游、怪旅行社……

楼宝坤用拳头捶了一下自己的脑袋，非常懊恼地说道："都怪我不好，要不是我头昏眼花迷迷糊糊，怎么也不会将方向盘交给茅招骅这个狗东西，也就不会让大家落入险境。"

魏虹听了，心里万分难受，她强忍泪水对大家说道："各位叔叔、阿姨、哥哥、姐姐、弟弟、妹妹，我作为导游，作为旅行团的代表，无论发生什么意外情况，都只能怪我工作没有做好，我要负主要责任。但是，现在还不是追究责任的时候，我们还是要想办法冲出去……"

"我说你们别埋怨这埋怨那的，碰上外星人在以前那是做梦的事，谁能预料到这回真遇见了呢？我说句公道话，意外的事谁都没有责任。魏导和楼师傅你们都别难受。"马桂兰第一个打抱不平。

随即车厢里许多人都愤愤不平地谴责起埋怨的人。

突然，在后座负责瞭望的侯炳昆大声喊道："老周，有情况！"

周东国几步就跨到后窗一看：只见远处有几个高大的身影向这里奔来。

这些人奔跑的速度很快，不一会儿就能看清这是五个硫基人，身高足有三米开外。转眼，他们就到了离太空一号只有十几米的地方。周东国原本想下到底部射击孔开枪阻击，但时间上根本来不及，只好以静制动，看他们到底要干什么。

这五个巨人身形高大，体格强壮。他们跑到太空一号前面，一字排开，挡住去路。中间那个朝楼宝坤做了个往后倒车的手势。

楼宝坤没有理睬，反而猛地启动向他们冲去。

眼看就要撞上对方，谁知出乎所有人意料之外的事发生了：五个巨人同时出手，抓住车保险杠往上一抬，不仅阻止了太空一号向前，而且硬生生地将车轮抬离月面一米多。

趁他们将注意力都集中在车头的机会，周东国猛地拉开车门，闪身车外，手上的 CS-20 机枪"哒哒哒哒哒……"一梭子弹出膛，凭他的枪法，巨人们肯定躺下。

可是，机枪子弹打在巨人身上只是绽出几点火花，竟毫发未伤。这一下反而激怒了巨人，他们放下车子，转身向周东国冲来。

周东国大吃一惊，赶忙躲进车里，关上车门，早已惊出一身冷汗。

最前面那个巨人只慢了一步，气得用手掌重重拍打着车门，"咣咣咣咣"的拍打声仿佛敲击着车上人的心脏。好在太空一号坚固，要不然玻璃早就被他拍碎了。

过了一会儿，见车上人没动静，五个巨人又回到车头位置。其中一个依然朝楼宝昆做着往后倒车的手势。

见楼宝昆没有反应，他们干脆在其中一人的指挥下，四人分散到四个角，猛地一用力，竟将太空一号抬了起来，然后缓缓向后挪动脚步。

然而，太空一号毕竟太重，才走了十几步，他们便将车又放了下来。

那个负责指挥的巨人似乎在思考着什么。过了一会儿，它朝另外几个巨人做了个将车翻过来的手势。车顶光滑，推着就行。

楼宝昆见了大惊，一旦要是让它们把车翻过来，太空一号要想离开隧道就难于上青天了。

想到此，他果断开始向后倒车，不过他倒得很慢。

那几个巨人见了，也落得不用再花力气，在车前站成一排挡住太空一号去路。

车上的人开始看到五个巨人时，十分惊恐。但当看到他们只是要太空一号退回月球基地，并未动粗，更无伤害之意时，竟对这五个巨人产生了兴趣。

兴趣最大的是一老一小。

阿龙刚才趴在车窗上看那巨人指挥，他便对关彤说：“爸爸，你看他有你两个高吧？”

关彤答道：“差不多吧，他看上去有三米五。”

阿龙接着说道：“那他要是打篮球一定很厉害，我看他比篮球架还高。他要投篮直接放进去就是，他要防守，往篮下一站，谁都别想进球。”

张凯听了，故意和他抬杠说道：“阿龙，我说他哪有篮球架高，你的眼力不行。”

阿龙看了他一眼，有些不屑地答道：“张凯叔叔，我知道您是用脚踢足球的，不是打篮球的，您知道篮筐离地面多高吗？”

张凯装着不懂地摇头。

“篮筐离地面3.05米，这个大个子至少有三米五以上吧。”阿龙说罢，得意地看了看关彤。

张凯笑着说道：“阿龙，你刚才说的可是比篮球架还高，不是比篮筐还高哦。”

阿龙听了一愣，然后低下头扳着手指算到：“篮板长一米八，高一米零五，下沿距地面二米九零，那么篮球架高应该是三米九五。”

算罢，阿龙抬头看了看关彤，关彤给了他鼓励的眼神。他便一本正经地对张凯说道：“张凯叔叔，刚才是阿龙说得不对，那人肯定没有篮球架高，谢谢您的提醒。”

他的认错赢得了车厢里一片掌声。

另一个兴趣最大的就是乔羽生了。

乔羽生对世界各国人的身高颇有了解，也看了许多关于外星人的内部资料，虽然其中有真有假，但还没有听到过身高达三米多的地球人或外星人。现在看到这五个彪形大汉，不禁仔细端详起来。

高登在他见过的硫基人中身高是最高的，可是这五个人比高登还要高出一米多，个个都膀大腰圆，小头黄脸，嘴巴前突，厚厚的嘴唇盖着鼻子，头上都有长长的金角。活脱脱就是大一号的高登。五人不仅面容一模一样，就连动作都配合娴熟、十分一致。

与高登不同的是，这五个巨人的大环眼里不是白底黑珠，而是黄底红珠，眼睛里好像有红灯在闪烁。

乔羽生似乎悟到了什么，轻轻“哦”了一声。

对这五个巨人最不感兴趣的就是俞洪发了。

别人都议论纷纷，就连马桂兰拍着他肩膀叫他看，他都没抬起头来。

俞洪发一直低着头苦思冥想。突然，他回过头去轻声问汤美琴：“汤工，你看这金蓝色的弧光像不像多元气体焊接时发出的火焰？”

这位与焊枪打了几十年交道，焊接过多少火箭发动机，攻克过多少焊接技术难关，有着二十多项焊接技术专利的老师傅，对各种焊枪的火焰太熟悉了。

汤美琴又仔细看了一眼前方的电弧，连连点头说道：“对呀，电弧本身就是一束高温电离气体，看这模样，还真是多元气体的火焰。”

俞洪发接着说道：“二氧化碳在超高温高压的条件下，会形成超流体，能够吸附在金属表面，我们常用二氧化碳点击来熄灭焊点明火。我想如果有大量二氧化碳瞬间封闭电弧口，电弧就该灭了。”

汤美琴说道：“但是现在到哪里去找二氧化碳呢？”

“我去问问看。”说罢，俞洪发起身来到前面将自己的想法告诉了周东国和魏虹。

“可是，哪里有二氧化碳呢？”周东国说道。

楼宝坤笑道：“嘿，巧了。太空一号附件设备中就有二氧化碳高压喷枪。”

“不过，具体操作上还是有问题，只有贴近喷头一米以下才能凝结成超流体封闭……”俞洪发说道。

周东国一听，忙说道：“那把他们几位请过来一起商量一下。”

说罢，周东国招手唤来了乔羽生、关彤、鲍林逸和汤美琴，商议起具体方案。

听俞洪发说完思路，关彤思考片刻，轻声说道：“俞师傅的想法从理论上来看是可行的，但要具体实施，难度很大。人无法到隧道顶上去操作，哪怕是尚春林，武功再好也办不到。”

“是啊，喷头发出的电弧，半径就在两米以外，要想把二氧化碳高压喷枪伸到离喷头一米的地方，人早就烧焦了。除非有不怕火的机器人……”汤美琴点头说道。

乔羽生听了，慢条斯理地说道：“不怕火的机器人有哇，就怕他们不肯听我们的话。”说罢，他用手指了指车前那五个巨人。

周东国一愣，说道：“他们是机器人？”

“我一直在观察它们，你们看它们眼中红灯闪烁，那是红外信号接收或发射灯。这是基地有人按既定程序在控制他们。我看它们所做的仅仅是要让我们回去，阻止我们出隧道。而没有发生与我们冲突甚至伤害我们的情况。这符合高登的目的。”乔羽生说道。

魏虹有些遗憾地说道：“它们受高登操控，怎么会听我们的话呢？”

乔羽生说道：“也不是一点可能也没有，只是要创造一些条件……”

关彤一听，顿时明白了乔羽生的意思，说道：“首先我们要有一台在网络信号被屏蔽的情况下还能正常使用的电脑，其次要找到能进入对方信号区域的地方，第三要破解对方的程序密码。解决了这三个问题，我就有把握能让这五个家伙为我所用。”

“这第一个问题我能解决，因为在我的箱子里就有一台微型电脑，在网络信号被屏蔽的情况下，不仅能正常使用，而且只要有一丝信号，就能成倍放大。第三个问题我可以试试，因为我研究过外星电信信号。只有第二个问题，我觉得有些难度。”乔羽生说话永远像他的学术研究那么严谨，把握分寸的能力极强。

鲍林逸若有所思，突然问楼宝昆：“楼师傅，刚才一路开过来，我好像看到有一扇小门。”

楼宝昆答道："是，就在后面三四百米的地方，在一般隧道，这种小门是供工程人员维修保养的通道，直接连通水电气和各种弱电机房。"

鲍林逸闻言大喜，说道："这就是了。我想隧道里各种信号都被屏蔽了，所以这些机器人只能按照预先设定的程序在行动。但是在水电气和各种弱电机房，不可能将信号全部屏蔽，那么这扇小门就是我们的突破口。我的猜想如果正确，那么第二个问题就有可能解决了。"

魏虹问鲍林逸："鲍老师，为什么你说是有可能解决呢？"

鲍林逸答道："因为我们不知道小门里的守卫情况，也不知道那里信号强弱，乔老师和关老师的活都需要时间，而时间长短又和这两个因素有关，所以只能说可能。"

周东国听了，连忙问道："二位老师大概需要多长时间？"

乔羽生答道："快的话半小时，慢的话就不好说了。"

周东国果断下令："楼师傅，倒车！"

大家都把嗓音压得很低。其实他们不知道高登此刻根本无暇窃听他们说话。

太空一号开始缓缓后退。

特维斯在监控室看到太空一号后退的画面，立刻用对讲机向高登报告："总督先生，太奇怪了，华夏人的车开始后退了。"

高登此时正在为找不到赵天宇而恼火，听到这消息顿时兴奋起来，但他还是装出一副一切尽在掌控之中的腔调说道："我早就料到他们肯定会回来。不回来难道他们都想被电死？"

还有些话，他没对特维斯说：赵天宇啊赵天宇，等太空一号回到我手中，我看你怎么办！到那时咱们新账老账一起算，我非扒了你的皮不可！

太空一号后退了三百米左右便停下了。车门打开，下来了几个人。

特维斯又向高登报告道："他们的车突然停下了，就停在我们的检修通道门前，有两个人举着盾牌遮着另两个人不知在干什么。"

高登咯咯笑了起来："这有什么大惊小怪的，他们肯定是在找方便的地方，把我们的检修通道当成厕所了。方便的时候要用东西遮挡，这是他们华夏人的习惯。"

特维斯听他这一说也就不再关注，玩弄起手中的平板电脑。

两块特制金属盾牌是太空家园安保反恐专备器材，这次任务特殊，临出发时，周东国特意将它带上了太空一号，没想到还真用上了。

周东国和张凯各举着一块盾牌护卫着乔羽生和关彤。

关彤是华夏航天系统的计算机高手，对于这种隧道检修门的密码，几分钟就破译成功，打开了门。周东国让关彤接过盾牌，然后拦住乔羽生，自己拎着 CS-20 机枪先跨了进去。

门里是一条走廊，一米五的宽度，向前五六米便看到一架向上的旋转梯。到了梯口便能听到轻微的机器声。

周东国聆听片刻，确定安全才向门口的乔羽生招了招手，然后抬腿向上攀登。旋转梯绕了四个弯又有一扇小门，他估计现在已经是在隧道顶上。

他轻轻推开小门一看：里面是足有三百平方米的大房间，灯光明亮，对面沿墙立着十多个两米高的大柜子，镶嵌着大小不等、形状不一的仪表，下面闪烁着五颜六色的指示灯。地上横七竖八排列着五种不同颜色的管道，沿着这些管道可以看到五个显示屏。

周东国轻声问乔羽生："乔老师，我们干脆把这里毁了，岂不

省事得多。”

“不行，我们对这里的设施设备并不了解，毁了固然容易，但后果却难以预料。”

蹲在他身后的乔羽生边答话边熟练地打开了微型电脑，手指不停敲击着键盘，脸上逐渐露出了笑容，喃喃自语道：“没想到信号这么强。”

周东国说道：“乔老师，您放心操作，来十几个小毛贼，还不够我解馋的。”

乔羽生听了，忙关照道：“你看那显示屏上显示出这些管道都是可燃气体。你千万注意万一有什么情况，开枪别打这些管道，否则要是引起爆炸，炸塌隧道，太空一号就真走不了了。”

见周东国朝他做了个 OK 手势，乔羽生这才开始破解金色帝国月球基地内网信号密码。

要进入搜索程序，需要输入精确的坐标位置，对一般人来说，这是道大难题。可是对乔羽生来说，实在是太简单了，他迅速敲下了几组不同数字，按下回车键，页面上便跳出了金色帝国网页。

正当乔羽生准备破解网站密码时，意外情况出现了。

对面墙角有一扇小门，此刻那扇小门打开了，从里面走出一个硫基人来。他一眼就看到了这边的周东国和乔羽生，“叽里呱啦”大叫一声，伸手就要掏枪。

周东国是何等人也，只见他一抬手，明晃晃的飞镖掷出，正中那硫基人咽喉。那硫基人应声倒地。可是硫基人的喊叫还是惊动了在那间房间里的硫基守卫和维修工，一下冲出来三四个，其中一个抬手就向乔羽生射击。就在他扣动扳机的瞬间，周东国的 CS-20 机枪先给他点了名。

这一梭子将三四个硫基人全部撂倒后，周东国几个箭步跨到管道前，隐藏管道后守卫。里面还有几个硫基人躲在柜子、桌子后面伸手胡乱向门口开枪。其中一人用对讲机向上级报告。

周东国知道，要是等高登的援兵来了就麻烦了。他对着乔羽生问道:“乔老师，怎么样？”

虽然子弹横飞，但乔羽生却十分镇定。只见他时而思考，时而手指如飞，好像一点都没听到爆响的枪声。直到他按下最后一个数字，才长长舒了一口气说道:“搞定。”

周东国抬腕看了看表: 六分零七秒。

乔羽生转身想去换关彤上来，谁知关彤听到枪响早已上来蹲在了他身后。

关彤知道，特维斯是月球基地弱电技术负责人，所以想要找到机器人的控制程序，必须深入他的资料库。

关彤操作电脑的速度明显比乔羽生更快，手指雨点般地落在键盘上，随着键盘轻微的滴答声，电脑显示屏不断变换着一页页表格、一个个画面，清除了原先的机器人控制程序。

片刻之后，他突然停下了操作，双眉紧锁，死死盯着一方空格。在计算了机器人臂展高度之后，他要编制新的机器人控制程序，要指令这五个机器人使用二氧化碳高压喷枪去封闭电弧喷口。

时间在一分一秒过去。

周东国的额头开始流汗，他不时回头看着埋头作业的关彤，心里在不停催促: 快呀!

也许是外面长时间没有动静，小门里有个硫基人伸出头来向外张望，然后向身后说了句什么，可能是说没有情况之类的话吧，接着，便由门里又走出几个人来。

其中有个高个子“叽里呱啦”说了句什么，那几人便向着旋梯门方向走来。

这时，周东国的 CS-20 机枪又响了，一梭子过去又将过来的硫基人全都撂倒。

那高个子一见，返身到墙边按下了一个红色按钮，尖厉的警报声迅即响彻整个大厅。

周东国一个点射将高个子撂倒，但终究慢了一步。

“呜——呜——”震耳欲聋的警报声听在关彤耳中却仿佛是催征鼓，急得他额头见汗，手也微微发抖。好在他参加过多少次大型航天项目发射，心理素质一流，很快便镇定下来。

周东国见小门里不再有人出来，便快步冲到小门边，侧身向里看去，发现里面已没有一个硫基人，只有桌上一部电话在孤零零地响着。

他确信已无敌情，回过头来正好看到关彤合上微型电脑，朝他做了个 OK 的手势。

他朝关彤竖起了大拇指。然后二人先后沿着旋转梯下楼。

特维斯听到气体监控室守卫的报告，说监控视频中见到华夏人进了控制室，还打死了几个硫基人，吓得魂飞魄散。他连忙向高登汇报，无奈怎么也联系不上。只好打开隧道里的电子枪扫射系统，集中向那扇小门射击。怎奈为时已晚，在两面盾牌的掩护下，乔羽生和关彤已经安全登上了太空一号。

特维斯气急败坏地打开自己的电脑，准备指令机器人向太空一号发动攻击。他咬牙切齿地按下指令键，可是出乎他意料的一幕出现在屏幕上：五个机器人呆若木鸡，毫无反应。

接下来的一幕让特维斯气得差点吐血：原本在离太空一号五十

米处横向站成一排阻挡旅游团前进的机器人，竟然变成了纵向一列，迈着整齐的步伐走向太空一号。

车厢内，关彤边操作着微型电脑，边对阿龙说道："怎么样？你看他们多听话。"

阿龙翘着大拇指说道："爸爸，你真行！"

"哎，可不能这么说，你应该夸奖的是乔伯伯，要不是他给爸爸打下基础，爸爸也没法指挥这些机器人啊！"关彤真心说道。

旅游团的人们看着那五个走来的机器人，既感到新奇，又感到有趣，熊兴海遗憾得直捶椅背，要是有信号多好，如果全程直播，在电视上一放，太精彩了，收视率肯定爆棚。

当机器人来到太空一号跟前，有两个分别站在车的两边，另外三个站到了车的后面。关彤大声喊道："楼师傅，可以开车了。"自己则按下了电脑录像键开始摄像。

这下可把熊兴海乐坏了，用力挥了挥拳头。

三百米转瞬即到，太空一号在离电弧不远处停了下来。

这时，楼宝坤已经从设备箱取来了二氧化碳高压喷枪交给周东国。

关彤对周东国说道："周经理，请你把二氧化碳高压喷枪交给门边那个机器人，然后马上上车关门。"

特维斯在监控室看到周东国下车，将一根二十厘米粗细、一米长的圆桶交给机器人，愣了一下，不知这个华夏人要干什么。等他想用电子枪射击时，周东国已经回到车上。

为了操作方便，关彤坐到了副驾驶的位置上，笑着回头说了一句："请观众朋友们注意，演出现在正式开始。"说完，便按下了启动键。

只见那捧着二氧化碳高压喷枪的机器人一步步向蓝色电弧走去。

到了电弧前，随着关彤按下一组数字，那机器人竟然慢慢腾空而起，伸展双臂举起二氧化碳高压喷枪对准电弧喷口扣动扳机，只见一团团洁白的似烟似雾又似泡沫的物体瞬间包裹了三四个喷口，接着是五六个、七八个……

旁边的电弧打在机器人身上，绽起朵朵火花，但却无碍它完成关彤交给它的任务。

特维斯这才如梦方醒，大喊着“不！不！不！”。他边喊边在电脑上按下一串串数字，想要终止这不可思议的行为。

可是，他已经来不及了。

见机器人熄灭了最后一排电弧，关彤果断地在微型电脑上按下最后一个键，那五个机器人脖子后面顿时冒起一缕青烟。

魏虹惊讶问道：“为什么？”

关彤有些遗憾地说道：“对方比我们更熟悉它们，恢复数据的速度远比我们要快。我们只不过争取到了时间差，打了他个措手不及。没办法，只好暂时让这些有功之臣短路了。”

楼宝坤眼见前方电弧已消失，立刻启动车辆越过了电弧区段。

太空一号向着隧道大门疾驶。正当车里所有人都长长松了一口气，以为可以安全脱险时，周东国突然大声喊道：“快停车！”

因为他远远看到了隧道门上那四根黑洞洞的喷射管，那是四根威力巨大的火焰喷射管，他想起高登曾经说过，只要十分钟就能让太空一号连人带车统统化为灰烬。

这是最后一关，看来也是最难过的一关！

按照高登的分析，赵天宇在毁坏了指挥控制中心之后，肯定是要返回太空一号与旅游团会合。那么就只有两条路，一是金色列车，虽然车头已经撞坏，但由于是两头双驾驶室，往回开是没有问题的。另一条路就是赵天宇利用巡逻车过来的中央通道。他吩咐卢卡斯带人乘高速作战车沿中央通道追赶搜索赵天宇，自己则带人乘坐工程车沿着金色列车通道追赶。

可是当高登穿过大厅后面通道，向右来到车站时，只见金色列车安静地趴在站台边，只是车头被山石撞得瘪进去老大一块。他先让卫士把里里外外搜查一遍，并无赵天宇的踪迹。

恰在此时，对讲机中传来了特维斯的声音，报告说太空一号冲过了电弧区！

高登对着对讲机狠狠骂了一句："你这个笨蛋！"

特维斯对于高登的斥骂颇不服气：要不是你说华夏人是为了"方便"，我能让他们得手吗？

就在 AK100 导弹发射前，赵天宇已经凭借敏锐的洞察力看清了地形地貌。趁着 AK100 导弹爆炸腾起的浓浓烟雾，他迅速穿过大厅后通道左拐奔向黑色列车车站。

出乎赵天宇预料的是，通往黑色列车车站的山洞与金色列车那边完全不同，刚左拐时还有点通道的余光，走不多远便是一片漆黑，幽暗中透着阴森，迎面而来的黑暗仿佛包裹着人的全身，形成极强的压迫感。

路边每隔百米有一盏月坪灯，闪着微弱的黄光，远远看去像是一点点鬼火。为了不让对方过早发现，赵天宇没有打开航天服上的照明灯，靠着月坪灯的指引飞步疾行。过了大概一公里，他隐隐约约看到了躺卧在前方的列车。果然车如其名，通体墨黑的车身与周边的黑暗融为一体，目力稍差的人恐怕三十米外就看不到它的存在。

突然，列车旁闪出一道人影，“叽里呱啦”地大声喝问。

赵天宇也不答话，抬手就是一枪，那人中枪倒地。赵天宇上前一看，是一个一身黑衣黑裤、身披黑色斗篷的硫基人。

赵天宇心想，自己这身白色航天服在这黑色环境中实在过于招眼，要不这家伙也不会那么早发现自己。于是灵机一动，解下了硫基人的斗篷，穿在航天服外面，带上帽子，又把那张通行证挂在胸前，顿时成了黑暗中的隐身人。

这辆黑色列车上还有人吗？还有多少人？有没有武器？一个个问题在赵天宇脑海中闪过。同时他也在思考着对策。

黑暗中，他看到站台边上好像有一点微弱的光。过去一看，原来是一把椅子，椅子上放着一盏信号灯。他顿时计上心头，抓起信号灯向车头方向走去。到了离车头不远的地方，他闪到路边，猛地将信号灯向前面扔去，只听“哗啦”一声，玻璃碎裂了。

声响惊动了车头驾驶室里的人，他们打开照明灯一窝蜂下来查看怎么回事。围着碎裂的照明灯“叽里呱啦”地不知说了几句什么，又向四周张望。

赵天宇抬手双枪连发，三个人什么都没看清便倒在黑暗中。

赵天宇刚站起身，便看到车上还有一个硫基人站在驾驶台前，正准备开车逃跑。一旦让黑色列车开走，自己炸毁基地原料储备区的计划就将落空。

赵天宇一念及此，毫不犹豫抬手一枪将那硫基人击毙。紧接着一步跨进了驾驶室。

幸好，这黑色列车的驾驶台设备同金色列车一模一样，赵天宇轻而易举地就将列车开动起来了。车窗上方那块显示屏随之亮起，两个红点一根红线相连，虽看不懂那上面的文字，也能明白：由此出发，一站到底。终点站应该就是原料储备区。

此刻，赵天宇心中想的是刚才莎莎的那句话：“那里有很多人守卫，而且有机关埋伏，你要多加小心。”那么守卫在哪里？车站还是库区？有哪些机关？

想到这些，他不禁苦笑一声，这些问题都没有答案，只能见招拆招，见机行事了。

既然如此，他便系好了斗篷的系带，压低了斗篷帽檐，一拉速度手柄，加快了车速。车头上方的探照灯就像一把利剑划开重重黑幕，把黑暗留在后面。

列车疾驰了半个多小时，里程表显示已行进了 250 公里。前方远处隐约看到了灯光，似乎还听到有人说话的声音。赵天宇将车速减慢下来。很快他便看清了前面不远便是终点，站台旁边有一扇大门，昏暗的灯光下门前有几个人影在晃动。

在离停车标志 50 米的地方，他便将车停了下来。车刚停稳，有个同样披着黑色斗篷的人走了过来，边走边“叽里呱啦”地说着什么。不过听起来语气轻松，带着笑声，并无敌意。可能跟黑色列车上某人非亲即友。

赵天宇一见立刻压低帽檐迎了上去。快到近前时，那人也许觉得哪儿不对，停下脚步刚要开口发问，赵天宇已经抵近胸口一枪，随即另一手搂住来人腋下。门口那几个人还以为是二人勾肩搭背，亲热得很。其中一人还说了一句什么，见对方没有回答，立刻警觉起来，伸手拔枪，怎奈他的动作比赵天宇慢了一拍，赵天宇双枪连发，将四人全部撂倒。

原来，黑色列车是专供基地高层首脑和住在宾馆的储备区工程技术人员乘坐的通勤车，平时乘的人很少。首先迎上来的那个硫基卫兵和列车驾驶员是兄弟，见今天列车回来早了几个小时，所以迎上前来询问。只因为来往的基本是熟人，卫兵们才疏忽大意送了性命。

赵天宇紧走几步来到门前，伸手推了推门却纹丝不动。他仔细观察，见门的中间有一条很细的缝，两边深入墙里，显然这是两扇移门。于是将手掌紧贴门上用力向两侧推移，仍然不动分毫。这下可急坏了赵天宇，后悔刚才应该留下一个活口，叫他开门。

了解赵天宇的人都知道，越是紧急的情况下他越是冷静，越是头脑清醒。乍一看黑色的门框门扉平整光滑，门上无锁，肯定是门禁系统控制，可是门禁扫描窗口在哪里呢？他沿着门的两侧一寸一寸地寻找。最终在右侧门框下方三尺的地方看到有一块石面颜色略浅，低头看去，里面似是略有微光。他俯下身用胸前那张通行证照去，门并未开动，里面还咕噜说了句话。他猜想这是张无效证件。于是他又从那几个死了的硫基人身上找来一张门卡，对着浅色石面一照，只听“啾”的一声，门一下开了。

赵天宇装好门卡，拔出双枪，正要进去，突然那开到一半的两扇门仿佛被雷霆万钧之力推动，猛地合拢。人若夹在中间，必然粉身碎骨。

赵天宇惊出一身冷汗。他突然想起了莎莎的话，知道这是一道机关，是机关必有后手，便不再贸然开门，而是静观其变。

几秒钟后，那门自己打开又猛地合拢。之后便完全打开了。

原来这是高登设计的两合三开法，不知道的人哪怕盗取了门禁卡，也会被活活夹死。赵天宇正因为放门禁卡和拔枪延误了几秒钟，才躲过一劫！

进了门，里面是一条长长的通道。通道里漆黑一片，但不时从顶上和两侧射出五颜六色的光线，射线一闪即灭，但由于是相互交叉不停发射，织成一张张光网。

赵天宇刚跨进门一步，两条红线擦过帽檐碰到了他的航天服面罩，闪起两串火花。幸亏他退得快，但面罩上已经留下一片焦痕。不过他也有了新的发现，被擦的帽檐却毫发无伤。这黑色斗篷能抵御这些射线！

于是他将帽檐向前拉了拉，裹紧了身上斗篷，疾步向前闯去。大概走了一百米左右，又看到一扇门，为防不测，他收起 TWK 激光发射枪，端起了 AK100 手提导弹发射器，然后用门禁卡打开门，等了一会见没有机关，这才大步迈去。进门一看，他大吃一惊：他怎么来啦！

按照关彤的分析，特维斯留下的遥控器作用仅限于前厅以内，对隧道内的机关无效。所以对于隧道门上的那四根黑洞洞威力巨大的火焰喷射管，周东国十分忌惮，远远便吩咐楼宝坤将太空一号停在可能的射程之外。

周东国召集了魏虹、侯炳昆、乔羽生、关彤和鲍林逸一起商量对策，大家都一筹莫展。

十分钟之后，单小萍起身问道：“魏导，我们怎么不走啦？”

魏虹笑着答道：“我们碰到了一个紧急技术问题，正在寻找解决方案，希望大家耐心一点，再等一等。”

魏虹这么说，是怕一旦说明真相会引起大家恐慌。可偏偏有人就是理解不了。

吴思祥大声说道:“有什么技术问题不能出去以后再研究吗?”

魏虹说道:“如果不研究出对策就出不去呢?”

马桂兰也回头笑着对大家说道:“我们要相信魏导和老周他们,停车自有停车的道理。俗话说心急吃不了热豆腐,大家一着急,容易使他们乱了方寸。我们还是耐心等待吧。”

听了众人的对话,周东国也有些着急,想了一下说道:“要么咱们再搏一次,把车开到隧道门前,看怎样打开大门。”

“咯咯咯咯”高登那沉闷沙哑的声音响起:“你们还想出去?别做梦啦!看见前面那四个黑色圆孔吗?你们敢再往前开,我只要发一个指令,叫你们全都葬身火海!”

车厢里瞬间安静下来,气氛陡然紧张,谁也不再说话。

高登又得意地说道:“再告诉你们一个坏消息,赵天宇已在我的掌控之中,他和你们一样,谁都跑不了。你们只有听从我的指挥才能保住性命。”

周东国刚要说话,乔羽生拦住了他。然后乔羽生一字一字大声说道:“高登,你不是要我帮你吗?现在你就派辆车过来,把我接走。条件是放太空一号安全离开。”

高登听后冷冷说道:“尊敬的乔先生,你不感觉这么说太晚了吗?我要的是要么你们全都留下,要么一起葬身火海。给你们十五分钟时间,好好考虑吧。”

就在旅游团几乎身陷绝境之际,魏虹的手机突然在坤包中震动!她又惊又喜,有震动说明有信号,有信号就能对外联系!

第二十一章　我自横刀向天笑

魏虹赶忙从皮包中拿出手机一看，竟是黄振军的号码。按下接听键后，听筒中传来的却是陌生的声音：“是魏导吗？”

“对，我是魏虹。”她回答的声音有些颤抖。

“魏导，我是华夏安全局的杨剑，现在你听我说，因为高登在樊进才的头皮下埋置了微型窃听芯片，所以下面我问你的问题你只能回答是或不是，明白或不明白。明白了吗？”

“明白。”魏虹惊诧万分地答道。

“你们旅游团还处于高登控制之下吗？”杨剑问道。

“不是。”魏虹答道。

“你们现在位置还在基地宾馆吗？”杨剑又问道。

“不是。”魏虹答道。

“你们现在在太空一号上吗？”杨剑继续问道。

“是。”魏虹答道。

“你们现在的位置是在逃离的路上吗？比如隧道。”杨剑连忙追问。

“是。”魏虹答道。

杨剑闻听魏虹答是，立刻松了一口气，他压低声音说道：“你们团有医生，太空一号有药箱。你马上请医生把樊进才百会穴头皮下的微型窃听芯片取出来。”

“明白。”魏虹说完立刻拿出药箱，找来曹秋玉如此这般叙说一遍，惊得曹秋玉目瞪口呆。

当魏虹告诉樊进才他的头上被高登埋置了微型窃听芯片时，樊进才比曹秋玉更吃惊，连连说着：“这怎么可能，这怎么可能！我一点感觉也没有啊。”

曹秋玉轻轻拨开樊进才的头发，仔细检查头皮，果然在百会穴处有一道不到一厘米长的淡淡的白痕，这伤口并非缝合，而是黏合，平整牢固，不仔细观察还真看不出来。

曹秋玉先对头皮消毒，然后用手术刀划了一道小口子，很快，一片薄如蝉翼半个米粒大小的芯片出现在众人眼前。

周东国小心翼翼地将芯片放进一个小铁盒，笑着说道：“带回去交给科研单位，说不定科技上还能有所突破。”接着又对大家说道：“我这小铁盒可是频蔽的，现在可以随便说话了。”

吴思祥问樊进才：“疼吗？”

“不疼。”樊进才翘着大拇指笑着说道：“曹医生医术高超”。

魏虹说道：“也许这是我们华夏在月球的第一例外科手术，应该申请吉尼斯纪录”。

旅游团员们的说笑声中，魏虹的手机铃声又响了，还是杨剑打来的。

“我想窃听危机一定解除了吧？”杨剑的声音比前一个电话显得轻松。

“是的，樊进才头上的芯片已经取出。”魏虹答道。

“好，现在你把手机交给赵天宇，我对他说一下营救安排。”杨剑说道。

杨剑的话一下又引起了魏虹对赵天宇的牵挂，她的声音有些颤抖：“可老赵不在车上，他说一个人要去执行特殊任务。”

“什么？一个人去执行特殊任务？什么任务？还有比保护旅游团更重要的任务？”杨剑一下又紧张起来：“这样，你让周东国听电话。”

“周东国，赵天宇去干什么你清楚吗？具体是什么任务？”杨剑问道。

周东国答道：“报告首长，老赵去干什么他对我说过，现在不方便说，但真的很重要。”

杨剑听周东国如此说，便不再多问。于是他接着对周东国说道：“特种兵小队准备炸开石壁和隧道大门强攻营救。为避免误伤，现在你们把太空一号退到一公里以外。在一个小时的时间里，如有敌人追击，你要设法阻击。”

“是，保证完成任务！”周东国信心大增，回答铿锵有力。

根据杨剑指令，太空一号开始倒车后退。

看到倒车，车厢里又引起一阵小小的骚动，刚才停车可以说是在商量对策。现在后退又是为了什么呢？

魏虹见了，立刻站起身说道：“请大家相信我们很快就能把大家带出去，大家还记得电影《南征北战》中的一句台词吗？”

罗云莉学着山东腔大声说道：“我们今天后退，就是为了明天大踏步地前进。”

她的回答引来一片笑声。

“对，我看大家也很累了，先打个瞌睡，也许一觉醒来，我们已经在前往笛卡尔大酒店的路上了。”魏虹的神态十分轻松，给大家吃了一颗定心丸，车厢里响起了笑声。

高登的面前有一台微型监控设备。从监控中看到太空一号倒车，咯咯笑道：“看来还是你们识时务，知难而退，回来就好，我既往不咎。”他说话的声音很大，既是说给旅游团人听的，更是说给赵天宇听的。

高登耳麦中传来了特维斯的报告声：“太空一号退到离电弧区还有 100 米的时候，又停下了。”

高登此时注意力全在赵天宇身上，无暇他顾，只是说道：“卢卡斯已经带人来增援你了，一定要把太空一号拦截回来，否则拿你是问。”

赵天宇抬眼看了看对面长廊上站着的高登，特别是听高登说“看来还是你们识时务，知难而退，回来就好，我既往不咎”时，不禁双眉一皱，心中大惊。

不过他脸上未露分毫，反而笑嘻嘻地对高登说道：“看来，我还是小看了你，在指挥控制中心被毁的情况下，你还能想到我来了储备区，而且追得那么快，不能不为你点赞。”

高登也确实称得上是金色帝国的一代枭雄，不仅没有被激怒，还颇为得意地说道：“那算不了什么，只要乔羽生肯帮我忙，我们的实验能获得成功，何必在乎一个指挥控制中心？刚才也许你听到了，在我的硫氢火焰炮面前，他们不得不乖乖退回来。”

赵天宇故作沉思状。

赵天宇听到高登的话，知道旅游团突围一定碰到了困难。眼下自己既要观察地形环境和储气罐的布局，又要尽可能拖住高登，为旅游团脱险创造条件，所以此刻他最需要的是时间。

不过高登没有让他过多考虑，阴笑着说道：“怎么样，赵先生，我想你不会是个不识时务的人吧？”

赵天宇也笑道：“高登先生，你想错了，我还真是个不识时务的人。我来这里的目的你应该清楚，你既然是华夏通，一定听说过不到黄河心不死这句俗话吧？告诉你，我可是到了黄河游过去的人。”

库巴对高登说道：“我们先打死他！”说罢举起手中的枪。

高登连忙用金色帝国语言制止了他：“不行！万一一枪打不死他，而他只要有一发枪弹打中储气罐，我们储备区这一千多个燃烧剂和氧化剂储存罐就全完了！”

赵天宇见他们“叽里咕噜”不知在说什么，于是大声说道：“高登，我可要游黄河了！”说罢，举起了手中的AK100手提导弹发射器。

“别着急嘛。”高登急忙说道，“难道你就一定确保自己能游过去？我看你未免太自信了吧。指挥控制中心我是被你打了个措手不及，但是现在，你看，我这里有几十支枪口对着你，你能逃得出去？”

“那我们就试试！”赵天宇应声说道。

高登一见，连忙摆手说道：“看来你还真是个急性子。我如果就这样将你乱枪打死，用你们华夏人的说法叫以众敌寡，胜之不武。这样，我有个主意，比试武艺，一局定胜负，你胜了，这里随你处置，我放你的朋友们离开；如果我方获胜，你必须听从我的安排。”

“如何比法，愿闻其详。”赵天宇说道。

高登说道：“我今天要让你输得心服口服，你们不是吹嘘华夏功夫厉害吗？就比你们华夏擅长的冷兵器，刀枪剑戟任你挑选，以一对一，这总公平了吧？”

旁边的库巴立刻出面阻止:“总督，不行，这家伙的华夏功夫神出鬼没厉害得很。”

高登充满自信，轻声说道:“库巴，你是被他打怕了吧？我们的马洛基可是将华夏各大门派武功秘籍的编码段随机地组合在一起，通过虚拟、互动、动力、智能形成意想不到的指令，在电脑模拟演习时，鲜有对手能在马洛基手下走过十个回合，与各大门派在电脑上过招，马洛基全胜。”

库巴说道:“万一赵天宇不答应……”

“你不了解华夏人，他会答应的。”高登还是那么自信。

赵天宇没有马上回应高登的挑战，自顾抬眼扫视周边情形。

这里是悬于半空的一圈围廊，四面各有一扇门。围廊到下面地坪约有十七八米高，地坪约有二百平方米大小，四面安装着不同颜色的大型储气罐，每个储气罐直径三米，长足有八米左右，上面标示着全宇宙都能看懂的禁明火和危险品符号。

赵天宇这一看，心下顿时了然，于是“嘿嘿”一笑说道:“我手里只有一把匕首……”

高登说道:“这有何难，我们神风部队从你们地球收集了各种兵器，你说用什么吧。”

“给我找把刀吧。”赵天宇说道。

赵天宇能使多种冷兵器，刀术是他最拿手的。他的先辈曾经是大刀营的营长，从小他父亲就将祖传刀法教授与他，后来在部队虽然武器先进、设备精良，但他始终带着一把大刀。直到现在离开部队当了副局长，武功也未落下，每天早上还要练习一遍祖传刀法。

高登很快就让一名硫基士兵找来一把大刀。

赵天宇抽刀出鞘一看:此刀三尺长，两寸宽，虽然不是什么名刀，倒也冷森森寒气逼人，舞了个刀花感觉还算顺手，于是问道:“到哪里比？这围廊上可施展不开。”

“你抬头看。”高登指着上方说道，“这上面各垂下两条钢链，比武的人只能一手抓住钢链，一手使用兵器。无论是被对方击中还是松手坠地，都将判负。这样的比试确实有些难度。何况我们的勇士把凡能收集到的华夏武功秘籍都学了个遍，什么少林武当崆峒峨眉的精髓不说十成，至少也掌握了八九成。赵先生，你如果知难而退，现在还来得及。”

“废话少说，把你们所谓的勇士请出来吧。”说罢，赵天宇背好AK100手提导弹发射器，手握大刀严阵以待。

高登朝身后一招手，闪出一个身材高大的硫基人，戴一顶白色小帽，穿一身白袍。手上拿着一根长逾四尺，似棍非棍，似枪非枪的兵器。说它是棍，但两头尖锐；说它是枪，但并无枪尖枪柄之分。更奇怪的是两头尖端下部各有一个尖钩。

关于这种兵器，赵天宇莫说从未见过，就连听都没有听过，不由暗暗吃惊。

高登指着那硫基人说道:“赵先生，这位就是我们金色帝国第一勇士马洛基，虽然他比你年轻，你也别让着他，因为你们这可是生死之战，不死不休，你想好了吗？”

赵天宇昂首答道:“来吧！”

高登见双方都已站在围廊栏杆上，便将手一挥:“开始！”

话未说完，只见黑白两道身影同时从两侧围廊跃起，各抓住空中的一条钢链。二人身形笔直，并无晃动，显然一上来就都展示了深厚内功。

双方大概都是想让对方先出手，以便寻找对方破绽一击制敌。

十几秒钟里谁都未动。

在马洛基的既定程序里，静止对视时间不超过三十秒，时间一到，他突然将钢链向后甩起，利用返回的冲击力一招蟒蛇吐信直向赵天宇刺来。

好个赵天宇，不慌不忙向右侧身避过棍枪，回以一招风卷残云，手中刀横扫马洛基。

马洛基眼看一招落空，赵天宇的刀已到腰前，猛地吸腹后闪，手中棍枪变招乌龙绞柱，将棍上钩刺来绞赵天宇的长刀。从进招、撤招到变招环环相扣，一气呵成。

赵天宇见对方果然非等闲之辈，顿时燃起好胜之心，抖擞精神，抽刀变招，左手猛地一使劲，人已腾空飞起，右手长刀趁势一招力劈华山，向马洛基兜头砍来。这一刀快若惊鸿，眼看马洛基就要命丧当场。

可是，马洛基也非等闲之辈，只见他棍枪向上，一招举火烧天，直刺赵天宇咽喉，这分明是宁可挨上一刀，也要与你同归于尽的打法。

赵天宇心知重任在肩，岂能与此等宵小同死。于是刀锋一转，用一招白鹤亮翅挡开了马洛基刺来的棍枪。刀尖顺势划破了马洛基鼓起的衣衫，露出里面的钢架和线路。

赵天宇一见大惊，脱口而出："机器人！"

那马洛基功夫果真了得，不断变招，招招凌厉。赵天宇以不变应万变，沉着应对，丝毫不落下风。

两条钢链在空中摆来晃去，忽而聚拢忽而分开，交手时只见银光闪烁，只闻磕碰铿锵。二人足足斗了五十余回合，仍未分出胜败。

赵天宇暗暗心急，如此斗下去，机器人不知劳累，自己如拼到筋疲力尽，岂不遂了高登心意。就在钢链再次荡开的刹那间，他突然想起一位围棋大佬说过的话“要战胜电脑机器人选手，必须要用棋谱外的招数”。很显然，现在他必须拿出刀谱外的绝招方能速战速决。

“对，就用飞天断魂刀！”父亲当年将这一绝招传授给他时就说过，这是刀谱外的招数，江湖上很少有人知晓。飞天断魂刀对使招者功力、心态都要求极高，稍有不慎，极易漏出空门伤了自己。所以不到万不得已最好不要使用。

但现在不用，更待何时？

心思已定，当马洛基棍枪刺来时，赵天宇不退反进，就在枪尖离他只有几厘米之际，他突然左手一使劲人已向上飞起到了马洛基右上方，反手一刀用上十分功力，只听得“哨啷”一声脆响，火花四溅，马洛基的棍枪从中断为两截！

恰在此时，赵天宇头顶的钢链突然断开，方才他劈出的那一刀更加快了下坠速度。在高登咯咯的奸笑声中，他向着身下十七八米的地坪狠狠摔去！

高登做梦也没想到，他派出的 UFO 竟成了杨剑的前沿指挥所。战前准备会正在这里举行。参加会议的除了金浩和黄振军之外，还有国际月球治安部主任海肯、M 国驻月球联络官汤姆和 F 国笛卡尔大酒店的代表凯瑟琳。

当汤姆获悉本国被龙卷风卷走的蓝色天空宾馆竟然在月球出现时，被惊得张大了嘴，好长时间说不出话来。要不是黄振军正式公文照会，打死他也不会相信。他第一时间向 M 国作了汇报，得到的指令是全力以赴，配合华夏营救旅游团和宾馆人员。为此他要求参加营救行动。

杨剑对金浩说道:“现在我们面临三个问题，第一个问题是我们用什么去炸开石壁和金属门?”

金浩说道:“一种是导弹，优点是可以远距离轰击，缺点是烈度不易掌握，万一山体塌方，太空一号就出不来了。另一种就是炸药，优点是可以定向爆破，只要计算准确，可以炸出合适的洞口。缺点是必须深入石壁前安放，容易受到对方袭击破坏，有一定危险。”

黄振军说道:“我们没有炸药，只有 AK100 导弹。”

汤姆说道:“我们在氦 3 工程处有炸药，我可以立刻调来。”

杨剑面露难色，对金浩说道:“如果用炸药，特种兵小队有可能会有牺牲……”

金浩听了立刻说道:“请首长放心，我们一定做好万全的准备，保证完成任务!”

杨剑欣慰地点头，接着说道:“第二个问题是，特种兵小队炸开石壁和金属门之后，碎石和残破的金属门必须立即清理，此项工作由谁来做?”

海肯自告奋勇说道:“这件事交给我吧，我从氦 3 工程处各调一台无人驾驶推土机和铲车过来，估计应该够了。”

杨剑客气地说道:“那就辛苦海肯先生了。第三个问题是，太空一号旅游团出来后是回太空家园还是直接去笛卡尔大酒店? 从情理和心理上说，回太空家园休整一下是必要的。但去笛卡尔大酒店路程要近得多。”

凯瑟琳听了急忙说道:“来开会前我们总经理就说了，一定要把旅游团请去，我们一定做得不比太空家园差，让旅游团就像回到自己的家一样。请首长放心!”她竟也像金浩似的向杨剑敬了个礼，逗得大家哄堂大笑，严肃的气氛一下轻松起来。

两小时之后，汤姆送来了三块 SCT 烈性炸药。他告诉金浩，这是 M 国最新科技成果，别看只有面包大小，但这三块足以把石壁炸穿两次。而且，每块炸药上都有一个小型定时器，根据需要设定爆炸时间，有点像定时炸弹，但威力却要大几十倍。

这次，金浩谢绝了卡希尔同行的好意，但借了他的巡逻车，带了十名特种兵战士二次进入无名环形山。

为确保特种兵小队安全，杨剑还安排凌峻驾驶武装直升机在空中盘旋，随时向金浩通报无名环形山山上山下的动态。

山谷里静悄悄的，所以显得巡逻车的马达特别响。金浩在山谷里安排了五名战士担任巡逻警戒任务，自己和另外五名战士直接来到石壁前，准备安放炸药。

金色帝国的一名士兵发现了进入峡谷的特种兵战士，立刻报告了领队。

领队说道:“他们只是例行巡逻，不用理睬他们。上次莽撞的丹尼斯开枪打死了开车的警察，总督说他暴露了金色帝国的秘密，将他罚去做苦力，你忘了吗？”

金浩选择好了安装炸药的位置，战士们开始打孔作业。

声响惊动了受高登指令前来守护隧道大门的卢卡斯，他在监控中看到了金浩他们的行动，于是下令开枪。怎奈角度限制，射击孔打出的子弹只能打到离石壁五米远的地方，最多将特种兵们封锁在石壁前，却伤不了他们的性命。

在山谷中巡逻的特种兵见两侧山石暗藏的射击孔开枪打向金浩他们，立刻端起火焰喷射器扫向有子弹射出的位置。这一招果然有效，炙热的火焰和烟雾顿时使这些射击孔短时间内哑火。

烟雾散去，卢卡斯下令向巡逻战士开火。可是特种兵们早已按既定方案迅速撤向两侧死角。当他再次下令向洞口射击时，特种兵们又幽灵似的闪出，用火焰封死了射击孔。

如此两个回合，金浩已经将炸药安装完毕，设定十五分钟后爆炸，然后利用火焰喷射烟雾升腾的瞬间，迅速撤回巡逻车，负责巡逻守卫的特种兵边打边退回到车上。等卢卡斯回过神来，他们已经一溜烟撤出了山口。

卢卡斯眼看特种兵消失，急得直跳脚，急忙带领十多名硫基士兵从专用守卫通道出来想要拆除金浩他们安装的炸药。可是炸药装得很深，一时竟挖不出来。

就在卢卡斯六神无主、急得像热锅上的蚂蚁时，“轰隆”一声，炸药响了！

随着这声震天地、惊鬼神的巨响，石壁碎裂成几十块，最远的飞到了数百米以外。里层的金属门四分五裂，飞向隧道内。那四根黑洞洞的火焰喷射管早已粉身碎骨不见了踪影。

停在一公里以外的太空一号里的旅游团员们被这突如其来的爆炸声给震惊了，胆小的被吓得叫出声来，胆大的看向前方，只见眼前浓烟滚滚，烟雾弥漫，什么都看不清。

周东国听到这一声爆炸，仿佛打了兴奋剂，大手一挥，吩咐楼宝坤:“开车！”

魏虹也兴奋地对大家说道:“大家坐好，系好安全带，我们出去啦！”车厢里顿时响起热烈的欢呼声。

魏虹快步来到车后，看着空荡荡的隧道，满脸失望，热泪盈眶。

太空一号风驰电掣般冲向隧道口。可是在离隧道口不远的地方，楼宝坤不得不停车，前方的路被残破的金属门和一人高的大石块堵死了。

“我们太空一号不是能悬空加速吗？”吴思祥问道。

张凯从后面拍了拍他的头说道：“你动动脑筋好吧，洞这么小，能飞得起来吗？”

在轰隆隆的作业声中，海肯调来的一台无人推土机和一台无人铲车还在隧道外清理着爆炸留下的废墟，将石块和残破的金属门推向两边，为太空一号开辟一条通道。

突然魏虹大叫：“周经理，有情况！”

正在此时，隧道里响起了凄厉的警报声。在无名环形山石壁和金属门被炸的同时，隧道里的灯一下子全灭了，黑咕隆咚的，只有隧道口留有一点光亮。现在灯一下又亮了！

周东国回头一看，警报声来自远处一辆车，速度奇快，刚才还只有一个点，转眼间便能看清那是一辆装甲大巴。

周东国知道是追兵到了。

第二十二章　最后的行程

“啪，啪啪，啪啪啪！”枪声响了，子弹是打向隧道顶部的，这是特维斯在鸣枪示警。

眼看追兵离太空一号越来越近，周东国问道：“按这进度，我们还有多长时间才能出去？”侯炳昆答道：“按无人推土机和无人铲车目前的清理速度，至少还要十五分钟。”

周东国对侯炳昆说道：“如果让装甲大巴靠近太空一号，就会很麻烦。炳昆，你负责观察前方情况，清出道路就马上冲出去。我来对付后面。”

说罢，他拎着 CS-20 机枪来到车后部，让后排的团员们往前挪。走道中间地上有一个二十厘米见方的方盖。他用脚一踩一旋，地板向上翻起，露出五十厘米见方的一个洞。周东国立即跳了下去。

太空一号腹部有一米五高，前部是行李舱和仓储位置，后部有两米多是封闭的独立空间，储存武器弹药。打开密封盖，后壁上竟然有射击孔！

周东国将 CS-20 机枪从射击孔中伸出去，从暗藏的瞭望镜向后一看，只见装甲运兵车已经开到了离太空一号只有三百米的地方。

特维斯其实也听到了惊天动地的爆炸声，此刻看见了隧道洞口的亮光，他一拳狠狠捶在车门上。现在看到太空一号居然停在前面，他立刻开心地说道："废墟挡道，我看你们往哪儿跑？快超过去拦住他们！"

硫基司机摇头说道："路太窄了，超不过去。"

"那就停车，"特维斯转身命令硫基兵："你们下去，包围前面那辆车。"

太空一号里的团员们看到前有废墟挡道，后有追兵鸣枪，由刚才的兴奋热烈仿佛一下子又跌进了冰窟窿。

魏虹看了看前后情况，故作轻松地说道："大家不要紧张，后面的敌人，周经理会对付他们。只要前面清理出一条道来，咱们就出去了。"

周东国开始用行动印证魏虹的话，他的 CS-20 机枪开始点名了："哒、哒、哒，哒哒哒哒"，从装甲运兵车上下来的十几个硫基兵一下倒了七个，剩下的几个吓得赶忙缩了回去。

特维斯在装甲运兵车里看到 CS-20 机枪威力强劲，硫基兵们已不敢下车。他掏出对讲机呼叫高登，却没有任何回音，急得双脚直跳。

特维斯对硫基司机说道："给我用火焰炮轰，烧死他们！"

硫基司机摇头说道："你别忘了，高登先生说要把他们活着带回去，一轰……"

"笨蛋！一旦让他们逃出隧道，高登会饶恕我们吗？我们都得死。还不如毁了他们的车，剩下的人有几个算几个，带回去交差，总比全都逃走的好。"

硫基司机听了，按下了一个按键，露出炮管。

周东国从瞭望孔中清楚地看到装甲运兵车下方突然伸出了一根

碗口粗细的管子，顿时大惊失色，全身肌肉似乎一下紧绷起来：这根管子形状与隧道门上那四根喷射管一模一样，只是管径略细，不由大喊：“不好！”

此时，装甲运兵车上的车载扩音器响起蹩脚的汉语喊话声：“前面的人听着，赶快投降，跟我们回去。不然我们就将你们人和车统统烧死。”

车上的人和车腹里的周东国都急得两眼冒火，却无可奈何。

特维斯见喊话无反应，便发令开火！

“咚”的一声巨响过后，紧接着又听到“轰隆”一声爆炸，车辆变成了一堆大火球熊熊燃烧，车上一片鬼哭狼嚎。

燃烧的不是太空一号，而是特维斯的那辆装甲运兵车！

周东国不敢相信自己的眼睛，这是怎么回事？

正在此时，有个人从太空一号车身下面钻了出来，手上提着一台 AK100 手提导弹发射器，笑嘻嘻地看着他。

周东国惊喜大叫：“金浩！”

太空一号的两边各闪出三名特种兵小队的战士举枪警戒，护卫着车上的旅游团员。

无人推土机和无人铲车终于清理出了一条宽五米的通道。太空一号风驰电掣般冲出隧道。

车厢里欢呼声响成一片，只有魏虹望向后方车窗，浓烟和火光溢满了整个隧道。此刻，她的心似乎揪得越来越紧，她在牵挂着一个人，内心默默呼唤：“天宇，你现在在哪里？”

高登听到手下说华夏人不见了踪影，立刻打开了面前的监控器，调到回放，只见钢链一断裂，赵天宇立刻松手，在空中一个鹞子翻身，然后向上腾起，减缓了下坠冲力，落地时一个前翻已将冲力完全卸去，随即起身飞奔到储气漕罐后面。

“库巴，我们分头下去找，一定要抓住赵天宇，记住千万不要开枪！”高登立刻下令。临走还关照一个硫基手下，通过储备区大厅监控搜寻赵天宇。

刚才在围廊上，赵天宇只能看到储气漕罐的一部分，落地后环视四周，令他震惊的是其规模，每一方向都是二三百米的深度，排列着密密麻麻的储气漕罐。他隐身的黄色漕罐上有一块标牌，上面的硫基文字他虽然不认识，但化学元素符号他却看得懂：偏二甲肼。他又迅速转移到另一侧红色漕罐，标牌上化学元素符号显示：红烟硝酸。而另两侧的蓝色和紫色漕罐分别是四氧化二氮和甲基肼。

赵天宇明白，这里就是高登储存火箭燃烧剂和氧化剂的场所。此刻他除了要吸引高登注意、争取更多时间帮助旅游团脱身之外，更重要的就是要炸毁这些燃料，彻底粉碎高登的阴谋。

赵天宇灵巧地穿梭于储气漕罐之间，四下张望，用手比划着选择最佳位置。突然，他在蓝色漕罐区发现了一扇小门，过去打开一看，里面是一条长廊，黑洞洞的，不知通向哪里。

刚关上门，便听到不远处传来库巴的喊叫声：“赵天宇，有胆量的话你出来，我们再比试比试。躲着藏着算什么英雄！”

原来是高登和库巴各带着一队硫基兵，手握长刀、身背弓弩在储气漕罐之间搜索寻找。他们想用激将法使赵天宇现身。

赵天宇根据脚步声判断这些家伙正在朝着这个方向合围过来。于是赵天宇朝着脚步声相反的方向奔去。

快到拐弯处，又听到高登的叫声：“赵天宇，我同意你的请求，让你看着太空一号离开。只要你肯出来，后续的事，我们一切都好商量。”

赵天宇见前后都被封堵，只好一猫腰朝漕罐下钻去。幸好漕罐下空档勉强能容纳赵天宇通过。他等到两支搜索队会合，才悄悄转移到对面漕罐。

突然，高登的耳麦中传来报告声：“报告总督，在蓝区 242 号漕罐发现了那个华夏人！”

高登果断挥手示意库巴一起包抄赵天宇。

两队硫基兵分两边冲向蓝区 242 号漕罐，可是搜遍漕罐四周，并无赵天宇踪影。

“马赛罗，他到底去哪里了？”高登有些愤怒。

“我再看看，啊，他到了紫区 356 号漕罐。”负责监控的马赛罗说道。

于是高登手一挥，硫基兵们又扑向紫区。

在紫区 356 号漕罐和 357 号漕罐之间，库巴首先发现了赵天宇，他眼疾手快，取下弩箭，趁赵天宇不备，一箭射出。

谁知赵天宇腾身而起，那支箭从他脚下窜过。他人已到了漕罐顶上。

硫基兵们也朝着赵天宇方向乱箭齐发。

库巴抬头看去，赵天宇又不见了。

突然，高登的耳麦中又传来马赛罗的呼喊：“不好了，总督先生，他们出去了！”

“谁出去了？”高登一时没反应过来。

“是华夏人的车冲出去了！”马赛罗说道。

高登狂怒：“该死的特维斯！”

不过，高登很快恢复了镇定，他对硫基兵们说道：“谁打死赵天宇，我升他为副总督！”

高登对马赛罗说的话，赵天宇听得清清楚楚，他知道旅游团脱险了，脸上露出欣慰的笑容。

“报告总督，华夏人奔向黄区 165 号漕罐。”马赛罗报告。

高登刚想对库巴说什么，耳麦中又传来马赛罗的声音：“报告总督，华夏人到了黄区 376 号漕罐。”

才跑了几步，只听马赛罗说道：“华夏人到了红区 419 号漕罐。”

高登有些无奈地说道：“这家伙怎么转移得那么快，难道真是鬼魅？！”

库巴说道：“听说华夏有一种轻功叫凌波微步，飘闪腾挪，快速无比……”

话未说完，马赛罗又报告赵天宇回到了蓝区 266 号漕罐。

高登和库巴率领硫基兵回头扑向蓝区。

远远就听到赵天宇雄浑的声音：“高登，赵爷爷不想再和你们玩了，谢谢你一路相送，那我也送你们一程吧！”

话音方落，人已现身蓝色和红色漕罐区之间的中央通道，只见他手端 AK100 手提导弹发射器，仿佛天神一般。

高登远远看见忙大声喊道：“不要！”

赵天宇毅然决然地叩动了 AK100 手提导弹发射器的扳机……

随着一道耀眼的白光射向黄色储气漕罐，“轰”的一声巨响，碎裂的漕罐喷射出橘黄色的火焰，冲出了一股灼烈的热浪。滚滚浓烟中，洞顶坍塌，山石坠落，四面的储气漕罐就像连续被按动的钢琴琴键，一起发出惊天动地的最强音，爆炸的气浪穿过洞顶，冲破山脉，在空中绽放出一朵巨大的蘑菇云。

太空一号顺利冲出了隧道，重新回到了月面上。无论是旅游团的人还是蓝色天空宾馆的人心中都充满了劫后余生的庆幸，一起鼓起掌来。

在山口，芮长安、杨剑、黄振军和菲利普、海肯、汤姆以及凯瑟琳都等候在那里，见到太空一号稳稳地驶来，也不约而同鼓起掌来。

魏虹第一个下车，见到芮长安便报告道："旅游团全员脱险，安全归来……不……"说道此，她突然停住，泪水夺眶而出，哽咽着补充道："老赵为了粉碎敌人阴谋，下落不明。"

另一边，周东国在向杨剑汇报赵天宇未能随车归来的原因，杨剑感动得只会说一句："英雄，天宇是真正的英雄！"随即，他便拉着周东国和金浩一起商量看怎样接应营救赵天宇。

汤姆见到莫尼雅等人平安归来，兴奋之情溢于言表，上来就给了莫尼雅一个大大的拥抱，然后请她们上了自己的太空旅行车，前往 M 国在月球的阿波罗宾馆。临走时，汤姆还特意向芮长安、杨剑、黄振军等人深深鞠了一躬表达谢意。

在和芮长安、杨剑、黄振军一番商量之后，魏虹回到了太空一号，对团员们宣布："现在我宣布，继续接下来的行程！"她的话音刚落，车内立刻响起震耳欲聋的欢呼声。

魏虹刻意掩饰疲惫，立刻进入职业状态，满面笑容就像春天里盛开的桃花。她双手做了个下压的动作，车厢里顿时安静下来。

魏虹说道："大家还记得吗？我说过离开静海之后，我们将前往哪里？"

"笛卡尔高原！"小阿龙抢先答道："我爸爸还回答了您的问题。"

魏虹点头夸奖道："阿龙真聪明，是笛卡尔高原，可是我们增加了原先行程表上没有的参观金色帝国月球基地……"

她的话还没说完，吴思祥就插话说道："魏导，您可不能要我们增加旅游费用哦！"

他的话立刻引来一片笑声。

魏虹笑着说道："月球上的高原，科学界将之称为'月陆'，是月球最古老的地理单元，大概有着四十亿年以上的历史了，笛卡尔高原就是其中之一。现在我们所处的位置比静海太空家园高出了4000 多米。我想在座各位都经受过严格的训练和考核，绝对不会有高原反应吧？"

她这一说，好多人都向车窗外看去，这才发现太空一号竟然不知不觉地进入了悬空加速状态，仿佛在平静的海洋中漂浮。

魏虹接着说道："大家上次参观了阿波罗十一号在月球静海的登陆点，要告诉大家的是，笛卡尔高原是阿波罗十六号的登陆点。虽然，在许多国家的飞行器都曾经在这片土地上登陆，包括我们华夏。之所以重点说阿波罗十六号是有原因的，很可能和在座的各位有关……"

"和我们有关？阿波罗十六号登陆月球可是八十八年前的事了，这怎么可能？"冯彦君立刻提出了疑问。

"别着急，且听我慢慢道来，"魏虹摆出一副说书人的架势说道："话说 1972 年 4 月 21 日，阿波罗十六号飞船登月舱在月球笛卡尔高原登陆，航天员在月球表面工作了 71 小时后，于 4 月 24 日升空进入月球轨道。就在他们准备返回地球时，遇到了意外情况。负责摄像机操作的航天员突然从镜头中发现，介于阿波罗十六号飞船和月球之间，有一个异常物体。这个带圆顶的碟形物体，仿佛在偷偷跟踪阿波罗飞船的动态。随着摄像机画面速度的调整，该不明飞行物会从视线中消失，而当摄像机画面再次回到原来的速度时，它又出现了。当时就有科学家认为这可能是外星文明的飞碟，也就是UFO进行的涉月飞行。联想我们此次在金色帝国月球基地的所见所闻，八十八年前阿波罗十六号飞船航天员看到的带圆顶的碟形物体，会不会就是金色帝国的飞碟？”

“他们叫运盘，我在他们的视频上见过。”乔羽生插话说道。

冯彦君如梦方醒，说道：“难怪魏导说可能和我们有关。从他们月球基地的规模来看，他们在月球上的时间至少已经有几十甚至上百年了。”

魏虹接着说道：“告诉大家一个好消息，我们华夏特种兵小队在营救我们旅游团的过程中缴获了金色帝国的一个运盘。在我们回程途中，如果上级允许的话，我们麻烦楼师傅绕点路，大家亲眼近距离看看这个UFO，不知大家有兴趣吗？”

“有！”全团人异口同声，要不是太空一号结实，声浪真能把车顶掀翻。

此刻，楼宝坤已经将太空一号降落到了月面。

魏虹看了看窗外，回身说道：“还有十五分钟我们就要到达F国笛卡尔大酒店了，下面请笛卡尔大酒店的代表凯瑟琳小姐给我们讲话。”

在热烈的掌声中，金发碧眼、玉齿红唇、身材高挑的凯瑟琳站起身来向大家鞠躬行礼，红着脸说道：“我是F国笛卡尔大酒店的前台经理凯瑟琳，我代表总经理摩尔先生热烈欢迎华夏旅游团的朋友们光临我们酒店，现在他正在酒店恭候大家。我们将以最高的礼遇让大家吃好、住好、玩好，让来自华夏的朋友们感受到F国人民的诚挚友情。”

笛卡尔大酒店背山而建，仿佛被大山环抱。山口一排金色的栅栏，在黑色山岩的衬托下熠熠生辉。透过栅栏可以看到一组“U”字型建筑，正面三层，两侧伸展出的是两层。米黄色的墙面，拱门高大，柱廊长列，既有F国古典主义建筑的华丽雄伟，又不失巴洛克建筑风格的简洁大气。

在月球上竟然能见到如此规模的建筑，旅游团的团员们惊呆了。就连到过世界几十个国家演出、见多识广的歌唱家罗云莉也脱口而出：“天哪，这不是F国卢帆宫的迷你版吗！”

凯瑟琳没有食言，笛卡尔大酒店以最高的标准接待了华夏月球旅游团。

装修豪华的餐厅里灯光明亮，镀金的餐具更添几分华贵。

凯瑟琳向团员们介绍晚餐：“这是各位来到我们笛卡尔大酒店的第一餐。”她突然回头问魏虹：“魏导，这在你们华夏应该怎么说？”

魏虹笑着答道：“叫接风宴”。

凯瑟琳忙道：“对，我们给朋友们接风。我们安排的菜肴是干煎塌目鱼、酥皮洋葱汤、法式煎鹅肝、炉烤羊小排、凯撒素沙拉、红酒炖牛腩、第戎焗蜗牛、芥末鲑鱼块、啤梨杏仁塔、草莓吐司卷，还有各种冰淇淋、甜品您随便！”

尚春林笑道：“凯瑟琳大概学过相声，给咱们耍贯口报菜名哪”。

马桂兰说道：“这么多菜能吃完吗？”

魏虹笑道：“她把几天的菜全给报了。”

魏虹的话引得团员们哄堂大笑。

餐桌旁，团员们垫上白色餐巾，享用闻名遐迩的F国大餐。

樊进才边吃边说：“这鹅肝煎的，远比我当年在F国皇家餐厅吃的还强！”

笛卡尔大酒店的客房也属一流，除了面积略小，只有二十多平方米，但设施设备、布草用品都是按五星级标准布置的，除了咖啡饮料，每人还有一个在月球称得上珍稀之物的苹果。这一晚，团员们每个人都睡得那么安稳、那么香甜。

地球时间的第二天早上，团员们用过早餐，有的去庭院里拍照，当然还是要经过三道密封门，穿上航天服。还有的三三两两在大厅休息，有些人坐在沙发上看电视，是笛卡尔大酒店通过卫星电视播放的 F 国新闻节目，其中有两条新闻引起了大家的注意：

第一条是 2060 年 12 月 16 日月球云海弗拉马里翁地区火山爆发，烈焰腾空，升起巨大的蘑菇云。有专家指出，云海弗拉马里翁地区并不处在原先掌握的火山带上，而且月球新近没有任何的火山和地质活动迹象，所以被天文学家称为“熄灭了”的星球。因此，这次月球云海弗拉马里翁地区火山爆发引起了各国专家的极大兴趣。有专家甚至提出要组织科考团前往一探究竟。

第二条是 2060 年 12 月 16 日国际月球警察部队的巡逻直升机在距弗拉马里翁火山口不到一公里的地方发现了一名处于昏迷状态的受伤者，立即降落现场施救。随后第一时间将该受伤者送往月球管理局医院接受进一步救治。据本台记者从月球获得的第一手信息，受伤者为华夏月球旅游团一名失踪的团员。经医院全力抢救，目前受伤者虽然还未清醒，但生命体征稳定。至于这位旅游团员为何会出现在弗拉马里翁火山口附近，本台记者还在深入调查中，本台也将及时跟进报道。

随着女主持人抑扬顿挫、声情并茂的报道，视频里出现了弗拉马里翁火山口附近的山坡上仰卧着的一团黑影和盘旋降落的直升机。虽然视频画面略显模糊，受伤者浑身沾满了砂石灰尘，别说看不清面目，就连航天服的颜色也难以辨别。但魏虹却知道他是谁，几天的担忧和思念，使她食不甘味、夜难入眠。面对电视，她竟不敢相信自己的眼睛和耳朵。在团员们高兴的欢呼声中，她终于喜极而泣，情不自禁地喊出了声:“天宇，是天宇！”

魏虹多么想立刻赶到医院，赶到赵天宇病床前。可是她不能，她还要带团。

在之后的几天里，华夏月球旅游团还入住了E国的月宫大酒店，尝到了最好的鱼子酱。在M国阿波罗大酒店，团员们和莫尼雅等人一起参加了汤姆组织的舞会。参观了国际联合组织的氦3前期研究团队试验站，亲眼看见了氦3怎样变成了清水……

在完成了月球旅游的全部行程后，太空一号启程返回太空家园。

车厢内，魏虹笑容满面地告诉大家:“上次大家都表示想看看我们特种兵小队的战利品，金色帝国的‘运盘’，也就是人们常说的UFO。我们的要求得到了首长的批准……”

她的话还未说完，车厢内便响起了欢呼声和掌声。

“不过……”魏虹故意停顿了一下，车厢里顿时安静下来，大家紧张地看着她。

魏虹接着说道:“因为种种原因，我们只能车览，不能下车，所以只能隔着车窗拍照。给大家十五分钟，两边的人轮换拍照，时间应该够了。”

魏虹话刚说完，楼宝坤已经将车稳稳停在离UFO五十米的地方。

魏虹将副驾驶的位子安排给了熊兴海，他举着摄像机不停拍摄，既留下了UFO周边景象，也记录着团员们的兴奋和激动。

樊进才说道：“就凭这家伙，也够我老樊吹上一阵了，有几个人在这么近的距离亲眼见过外星人的飞碟？我老樊就是其中一个！”

他的话音刚落，吴思祥朝大伙挤了挤眼睛，笑着说道：“别忘了，你可以吹的还有高登装在你头上的芯片。”

车厢里顿时洋溢起欢快的笑声，樊进才搂着吴思祥的脖子笑着说道：“第三条值得吹的就是结交了你这么一个老出我洋相的兄弟！”

病房内，赵天宇躺在病床上。

当他从昏迷中苏醒时，感到头晕目眩。费力睁开双眼，朦胧中他看到了上方的吊瓶。窗外一缕阳光照射进来，给洁白明亮的病房增添了几分暖意。

“我这是在哪里？月球上怎么会有这样的场景？难道我已经回到地球了？”

他竭力转头想看看周边情况，但固定颈部的颈托限制了他。不过他还是看清了那窗户是假的，窗外射进的一缕阳光，只是设计师巧妙安装的一盏射灯。

他感到眼皮沉重得好似灌了铅，不得不再次闭上了眼睛，进入出生入死的回忆。

赵天宇清醒地记得那惊心动魄的瞬间：面对高登声嘶力竭叫喊不要时那张因惊慌而扭曲变形的脸，他脸上露出一丝不易察觉的冷笑，毫不犹豫地用食指扣动了 AK100 手提导弹发射器的扳机。

就在一道耀眼的白光射向黄色的储气漕罐的同时，他转身飞跃到身后的那扇小门前，几乎就在开门的同时，他听到了身后惊天动地的爆炸声，仿佛整个月球都在抖动。他不顾一切地狂奔，尽管不知长廊通向哪里。可是他并没有跑多远，便随着那条深不见底的长廊飞上了天……

现在，他确信自己还活着。是上天眷顾正义，带走了“九死”，为他留下了“一生”。

他慢慢睁开了眼睛，看到了魏虹那张白里透红的脸庞，修长的柳眉下水汪汪的大眼睛里充盈着担忧和期待。看到他醒来，眼睛里的担忧和期待瞬间被惊喜所代替，她笑着说道：“天宇，你醒了，你终于醒了！”

魏虹仿佛捡了个大宝贝似的，三步并着两步冲进医生办公室：“医生，赵天宇醒了！”

为赵天宇做完检查，年过半百的院长不敢相信自己的诊断，嘴里不停嘟囔着：“奇迹，这真是奇迹！经受了那么大当量的爆炸，除了脑部轻微震荡和几处骨折硬伤，生命体征各项指标居然全部正常！”

魏虹赶忙给芮长安他们打电话报告喜讯，不一会儿，芮长安、杨剑、黄振军、周东国和菲利普等人一起来到了病房。

黄振军将一束鲜花送给赵天宇说道：“天宇，这可是咱们太空家园自己培育的。”

赵天宇想起身，激烈的疼痛感使他皱起了眉头。

魏虹按住了他，接过了黄振军手上的鲜花。

赵天宇问道：“旅游团都好吗？”

芮长安答道：“放心，旅游团都好，全员脱险，包括蓝色天空宾馆的，就连那个至今糊里糊涂的哈林也出来了，一个不少！”

赵天宇看向魏虹说道：“你不该来，你是导游，应该带团。”

黄振军笑着说道：“这你就错怪魏导了。旅游团今天在太空家园自由活动，经芮局批准，魏导一早就来看你了。刚才听说你醒了，团员们都想来看你，怕影响你休息，被杨局给拦住了，大家都要我们代为向你问好，感谢你舍生忘死救了大家。”

菲利普接过话头说道：“尊敬的赵先生，你不仅救了旅游团，也救了我们大家，维护了月球的和平与安宁，我代表国际月球事务管理局向您表示最诚挚的谢意！”

赵天宇微笑着答道：“菲利普先生，您太客气了，这是我应该做的。”

说罢，他把眼光转向了杨剑，嘴唇动了动，挤出了两个字：“箱子”。

魏虹忙告诉他：“放心，笔记本和资料都已交给了杨局。”

杨剑笑着点头认可。

魏虹眼里真情流露，略带羞涩说道：“至于私人物品，暂时就由我保管吧。”

赵天宇看着她布满红晕的脸说道：“不！”

魏虹惊呆了！

“不是暂时，而是就由你保管！”说罢，赵天宇笑了，魏虹笑了，笑得那么香甜。

2060 年 12 月 23 日，华夏月球旅游团完成了预订行程，乘坐空天飞机回国。

国际月球事务管理局局长兼海关关长菲利普先生亲自到安检口送行，他深邃蓝色的眼睛里流露出满满的感激之情。

菲利普告诉芮长安：“国际月球事务管理局将研究起草《月球防御公约》提交各国审议，进而加强月球的安全保卫工作。”

说完又对杨剑说道：“尊敬的杨，您能同意特种兵小队留下，协助月球警察前往金色帝国月球基地扫清残敌，太好了，我代表国际月球事务管理局向您表示深切的感谢！”

莫尼雅过来找到芮长安说道：“尊敬的芮，我要求和虹乘同一架飞机。”

芮长安微笑同意。

旅游团员依次登上神鹰七号。

神鹰七号仍然是旅游团专机。莫尼雅坐了赵天宇的位置。

神鹰八号除了芮长安、杨剑之外，还有搭机的M国蓝色天空宾馆的幸存者。最令人瞩目的是拆除了几排座位，安装了一张诊疗床，月球管理局医院的一位主任医师和曹秋玉护理着身受重伤躺在床上的赵天宇。

神鹰七号由月球轨道变轨到了地球轨道，团员们又看到了丽日蓝天下的白云飘拂。

魏虹看到莫尼雅对着舷窗发呆，笑着问道：“莫尼雅，如果再让你去一次金色帝国月球基地，你愿意吗？”

莫尼雅回过头来，抱着脑袋大叫：“我的天哪，那是一场噩梦，我再也不会回到地狱去。”

“可是，从今天起，那里将不再是地狱。”魏虹见团员们的目光聚集到了她的身上，便大声说道：“刚才我听菲利普先生说，国际月球事务管理局已经决定将那里改造建成旅游景点，并且按五星级标准改造我们曾经住过的月球蓝色天空酒店。莫尼雅难道你不愿意与你的洛克在那里举行一场举世瞩目的盛大婚礼吗？”

莫尼雅惊呆了，她不敢相信自己的耳朵，喜悦和激动轮番冲击着她的心房，许久她才喊出声来：“我太愿意啦！”

机舱内顿时被掌声和欢呼声充盈。

这一切都被熊兴海的摄像机录入。

不是尾声的尾声

转眼间三年过去了。

华夏申江电视台播放了一条新闻，美丽端庄的女主持人说道："由国际月球事务管理局旗下十五个国家联合投资，华夏基建集团承建的月球蓝色天空宾馆已于近日通过竣工验收，将于十二月八日对外营业。据记者从有关方面获悉，全球已有六十多个国家的三百多家旅行社申请预订房间。开业首日，便将有两对新人在这里举行盛大的月球婚礼。"

2063 年 12 月 8 日，应华夏太空家园总经理黄振军和 M 国蓝色天空宾馆董事长乔治的盛情邀请，三年前华夏首次赴月球旅游团的团员们前来参加赵天宇和魏虹、洛克和莫尼雅的婚礼。

无名环形山也有了自己的名字。为表彰赵天宇舍生忘死的英雄行为，由国际月球事务管理局申请，经国际星际协会批准，将无名环形山命名为天宇环形山。

离山口不远，楼宝坤将太空一号缓缓停了下来。

导游单小萍激动得声音有些颤抖："各位团友，三年前我们就是在这里开始踏上歧路，落入高登设下的陷阱。现在给大家十分钟时间，下车看看今天的环形山口。”

单小萍从东方外语学院毕业后便考上了航空航天大学旅游专业研究生，两年后成为太空旅行社专职导游。她既是三年前的团员被邀请对象，又是今天带团的导游。

突兀的峭壁上，“天宇环形山”五个金色大字熠熠生辉。

山口上空悬浮着八个巨大的红灯笼，左侧有一块高三米、长五米乳白色巨石，上面用十五个国家文字镌刻着“月球蓝色天空宾馆”金字铭牌。由于这种石料在月球十分罕见，所以特别显眼。

山口里，一条二十米宽的平整大道通向峡谷深处。

单小萍介绍道：“这条路被国际月球事务管理局命名为平安大道。这种月壤泥粉是由我们华夏科学家研究发明的，性能比水泥牢固百倍，能经受 150℃高温和 -180℃严寒，不开裂，不变形。平安大道的承建单位是华夏基建集团。”

乔羽生站在山口前，心潮澎湃，思绪万千。三年前的那次金色帝国月球基地之行，惊心动魄、历历在目，仿佛就在昨天。在之后的这一千多天里，他和太空所的同事们孜孜不倦潜心研究，终于完成了《关于相对稳定地月距离的可行性方案》这一重大课题，并在二次登月前提交华夏科学院初审。

他知道，这是送给赵天宇和魏虹最重的一份结婚贺礼。

太空一号沿着平安大道开进了大峡谷，峭壁依然突兀，峰峦依然高耸，好似仪仗队在行注目礼，欢迎着贵客的光临。

车厢里的宾客不约而同地欢呼起来：“太美了！”

只见平安大道的两旁出现五彩祥云，忽而似春风里柳絮轻拂，忽而似晚霞中烈焰升腾，忽而似丰收日棉海深陷，忽而似暴雨后彩练当空。伴随着耳中传入的实况配乐，则给人以身处仙境的感觉，令宾客们目不暇接、啧啧赞叹，哪里还有半点当年进入无名环形山时的阴森恐怖！

“单导，月球上没有大气，也没有自然液态水，怎么会形成云呢？”提问的是阿龙，他现在已经是个大小伙子了。

单小萍笑着回答：“你们看到的可不是真正的云彩，那是几个国家的科学家联合研究，为无名环形山定制打造的中子彩云灯光秀，现在大家是不是有一种飘飘欲仙的感觉？”

月火隧道，无论是两侧张牙舞爪的鬼魅影像，还是高登那沉闷而带有嘶哑的声音；无论是隧道门上那四门黑洞洞的火焰喷射炮，还是那妖艳的蓝色电弧，都像是一场噩梦，深深刻印在众人的脑海中。所以太空一号进入隧道的刹那间，每个人的心都一沉，不寒而栗。

但这种感觉顷刻间便消失了。

月火隧道已经更名为月宫隧道。明亮的隧道里，两侧排列着来自世界各国的广告橱窗，有商业的，也有公益的，有色彩艳丽的平面宣传，也有形象生动的立体视频，争奇斗艳，精彩纷呈。

单小萍为活跃气氛故意说道：“大家还记得吗，三年前我们进入这条隧道，有人还被吓得哭鼻子呢。”

阿龙不好意思地轻声说道：“那时人家还小嘛！”

车厢里立刻洋溢起众人欢乐的笑声。

欢乐的高潮自然是赵天宇、魏虹和洛克、莫尼雅的婚礼。

月球蓝色天空宾馆餐厅今天成了欢乐的海洋。近二百人参加的婚礼规模在月球上是第一次。除了华夏月球旅游团的团员以及特种兵小队成员，还有来自 M 国蓝色天空宾馆的获救者以及莫尼雅的亲友。相关各国驻月球机构的负责人和代表也应邀参加了盛典。

舞台天幕上，大红囍字的两侧分别写着赵天宇、魏虹和洛克、

赵天宇
魏虹
洛克
莫尼雅

莫尼雅的名字。

璀璨的灯光下，轻盈的乐曲声中，熊兴海正忙着摄像，喜气洋洋的嘉宾中，我们看到了芮长安、杨剑、黄振军、周东国、菲利普、汤姆、乔羽生、马桂兰、俞洪发、关彤、阿龙、曹秋玉、尚春林、楼宝坤……

婚礼主持人是张凯和凯瑟琳，俊男靓女齐声宣布："新郎新娘入场！"

餐厅里的灯光渐暗，结婚进行曲响起。黑暗中一束明亮的锥光里身着结婚礼服的赵天宇、魏虹和洛克、莫尼雅缓缓入场。

在欢快的音乐和整齐的掌声中，赵天宇与魏虹深情相拥，洛克为莫尼雅戴上钻戒。

熊兴海的镜头记录和见证了两对新人的爱与甜蜜。

突然，负责宾客接待的小夏匆匆来到赵天宇身边，轻声说道："赵队，刚才有人过来放下这包裹，说是给你的礼品便走了。"

赵天宇接过包裹、解开金纸包装一看，里面是一个十五厘米长的金色盒子。打开盒盖，一柄精致的金色短剑出现在眼前，短剑上刻着一个人的名字：奥尔东。

赵天宇浓眉高挑，冷笑一声说道："该来的，还是来了！"

后 记

当我在键盘上码下最后一个字，我竟有一种恋恋不舍的感觉。

似乎我也是华夏月球旅游团的一员，仿佛和赵天宇、魏虹、乔羽生、周东国甚至可爱的小阿龙一起经历了那出生入死惊天动地的月球之旅。就像我每次外出旅游都会认识一些新的朋友，结下深厚的友谊。每到行程结束临别之际，总有说不完的话，不愿离去。

现在到了我和赵天宇、魏虹、乔羽生们挥手说再见的时候了。望着他们渐渐远去的背影，我的视线有些朦胧。面对显示屏上那一个个熟悉的名字，我不断地问自己："我是什么时候产生参加月球之旅的冲动，进而认识这些可敬可爱的旅友的？"

2010 年，第 41 届世界博览会在中国上海举行。我有幸作为上海航天八院运营团队的一员参与了太空家园馆的运营管理工作。太空家园馆每天都要接待成千上万的参观者，我们的工作人员面对人们提出的一个又一个问题，一般都能给出令对方满意的答复。可是，有一次我却在一位小姑娘的问题面前卡壳了。

那天正值我当班，负责接待一支来自宝岛台湾的中学生参观团。参观结束时，外面下起了瓢泼大雨。我急忙安排所有的办公、后勤人员去取雨伞护送孩子们过馆。在等待的间隙，一位十四五岁的女孩问我：“伯伯，你们的馆真好看。可是人类什么时候才能真正在太空建成自己的家园呢？三十年、五十年还是一百年？”

望着她那充满稚气的脸庞，特别是渴望的眼神，我竟一下不知如何回答。稍瞬才说道：“具体多少年我真的说不了。但是我们航天的科技人员正在努力，相信那一天一定会到来。”

小姑娘有些失望，在我们工作人员组成的伞廊下一步步走向左侧的可口可乐馆。

我知道，我的回答是那么空洞、那么苍白。也许她只是要一个估算的答案，看自己是否有可能登上太空去参观、去旅游甚至去居住！

我想，如果把《华夏旅游团月球历险记》比喻成一棵树，那么在那一刻就埋下了种子。

随着 2022 年虎年的第一声钟响，神舟十三号三位航天员翟志刚、王亚平和叶光富在距离地球四百公里的中国空间站给全国人民拜年。电视机前的我激动之余突然意识到中国空间站不就是太空家园这台大戏的序幕吗！于是埋藏心底十余年的那颗种子开始萌动、破土、发芽。之后恰逢疫情被困在家，于是《华夏旅游团月球历险记》不断抽枝散叶，天天向上。

自己虽然在航天系统工作了四十余年，毕竟对航天科技知之甚少。因此落笔前做了一些准备，收集了许多与航天、宇宙太空方面的资料。但在写作过程中还是碰到了不少问题，需要向内行请教。最好这位老师能兼具文学功底，同时帮我纠错、指点、把关。于是我想到了巴蕉。

巴蕉，当年中国航天科工集团公司国际部部长，第一届至第十一届珠海航展主办单位总协调人，世博会太空家园馆三位馆长之一。我虽然和巴馆长一起工作不足一年，但她却给我留下了极其深刻的印象。她平时为人随和，性情豪爽。工作严谨专业，把控全局的能力极强。巴馆长不仅述说航天如数家珍，而且在文字交往中，我发现她行文规范流畅，文字功底深厚。特别是她的一些纪实文学作品，情感丰富，文采斐然，描写生动，引人入胜。显然，巴馆长是能为《华夏旅游团月球历险记》把关的不二人选。

尽管知道巴馆长很忙，何况自己和巴馆长在世博会一起工作也只有短短八个月时间。但我还是怀着十分忐忑的心情将手稿发送过去，并请她批评指点，提出宝贵意见。我的请求得到了巴馆长的热情回应，她不仅认真仔细读着一篇篇手稿，做出犀利准确的点评。而且发挥其他方面的优势，帮助我找专家、找编剧、找业界的熟人，从创作风格到专业内容，先后听取了许多关于内容的修改意见，使《华夏旅游团月球历险记》内容日臻完善。可以说，没有巴馆长的大力扶持,便没有《华夏旅游团月球历险记》的成书出版。此时此刻，我的感动、感恩、感谢之情难以言表。

同时，还要感谢梁小虹、何挺、左芷津、许建荣、林天强、吕晓戈等各位老师在我的创作过程中提出了许多修改意见。正是这些准确、中肯、坦率、创造性的意见使《华夏旅游团月球历险记》稚嫩的树干变得粗壮丰满，枝繁叶茂。

特别要感谢的是中国航天报社原总编辑、中国宇航出版社原副社长石磊老师为本书作序，不仅对本书给予充分肯定，对笔者给予殷切鼓励，而且以其独到的眼光对本书进行了精辟透彻的点评。这是我的幸运，也是《华夏旅游团月球历险记》的幸运。

2022 年，是由法国伟大的电影艺术家、被誉为戏剧电影之父的乔治·梅里爱根据凡尔纳和威尔斯的小说改编而成，被称为“史上第一部科幻片”的影片《月球旅行记》诞生120周年。这些前辈们在120年前提出的充满前瞻性的、古灵精怪的奇思妙想，当时只能是一场美丽的梦。可以告慰前辈的是，他们美丽的梦正由21世纪的人类一步步在实现。

中国航天正在由航天大国迈向航天强国。

我们完全有理由相信，在不远的将来，我们一定能在宇宙太空建立起幸福的家园，现在的出境游将延伸为太空游，也许到时候那位台湾女孩能成为华夏月球旅游团的一员。

让我们拿起笔来，展开想象的翅膀在太空中遨游和飞翔，给正在奋斗的航天人以鼓励，给我们的下一代又下一代以启蒙，吸引更多的人关心、热爱、投身航天事业，不断让科幻变为现实，去实现我们伟大的中国梦！

张保国

2022年12月9日于上海罗店